Oliver Carzon

Rififi à Annecy

Collection « Énigmes historiques »
Le mystère des Origines, Une mort de trop – Tome 1
Le mystère des Origines, Une mort de trop – Tome 2
Le mystère des Origines, Le navire du néant – Tome 3
Le mystère des Origines, Le navire du néant – Tome 4
Le mystère des Origines, Le secret de l'univers – Tome 5
Le mystère des Origines, Le secret de l'univers – Tome 6
Le mystère des Origines, Le dernier combat – Tome 7
Le mystère des Origines, Le dernier combat – Tome 8

Collection : « Mystères et phénomènes inexpliqués »
20 heures pour sauver la Terre !
Crash à Seyssel
L'impossible survivant
Alerte à Seyssel !
Le monstre de Bellegarde

À paraître :
Sur la piste de Fawcett

Collection : « Police/Suspense/Thriller »
Morts au Salève
Folie, douce folie… meurtrière !
Les démons du Vuache
Choc en retour, naissance d'une vengeance – Tome 1
Choc en retour, unis à tout jamais – Tome 2
La disparue du Mont des Princes
Bellegarde-sur-Meurtres
Le mort de la Semine
La route de Tcherkassy
La voix de l'assassin
Triple meurtres à Clermont-en-Genevois
Arnaque à Genève
Terreur à Aix-les-Bains

À paraître :
Les brumes de Bletterans
La loge des corrupteurs
L'inconnu de Rumilly
Le vagabond des 7 fontaines

Collection : « Aventure/Action »
La dernière plage, Machinations – Tome 1
La dernière plage, Le dernier Condottiere – Tome 2

Il y a des circonstances où le mensonge
est le plus sain des devoirs.
(Eugène Labiche)

Un grand merci à Luc Van Nieuwenhuyze, Directeur du Carrefour Market d'Annecy-le-Vieux et sa collaboratrice et responsable rayon culture Maryline.
Un salut appuyé à Sandy Boulley, ancien directeur du groupe Auchan en Chine et ancien propriétaire du restaurant « *Les Pêcheurs* », à Nice.
Un clin d'œil à Penelope, l'irrésistible patron du restaurant « *Pen* », à Annecy.

Un très grand coucou à Suzy et « Hombre » !

Photo et couverture par :
L'Atelier Rouge 100
7 Place Centrale
74270 - FRANGY

Toute l'actualité d'Oliver Carzon
sur www.olivercarzon.com
Blog : www.carzon.eu

ASSASSINAT ! …

Alpes Maritimes, Nice,
restaurant « *Les Pêcheurs* » ([1]),
18 Quai des Docks,
samedi 16 juin,
01 h 48

— À poil ! À poil ! À poil !

— *Non, sans rire !*

— Ah, fallait la voir la Jacqueline ! Totalement déchaînée qu'elle était. Elle nous a fait un de ces shows ! Oh putain, du vrai délire. Debout sur les tables, fallait la voir taper du pied en rythme !

— *Et ensuite ?*

— Ensuite, rien, fallait voir la tête du Francis, mais tu aurais vu celle de son concubin, alors là, mon vieux ! L'était pas joyeux, l'gars ! D'un autre côté, avec la jupe à raz la touffe, un robert à l'air libre et tous les mâles du restaurant qui lorgnaient sur ses cuisses en bavant comme des porcs, j'aurais fait la même tronche aussi.

— *Son concubin, c'est Genetelli, non ? L'analyste financier ?*

— Ouais, Fabrice Genetelli. Un expert et un as. Y

[1] Restaurant « *Les Pêcheurs* ». Spécialités niçoises depuis 1945. La qualité est telle que l'on n'hésite pas à faire des kilomètres pour venir s'y restaurer.

en a pas deux comme lui pour débusquer une fraude fiscale. Même Cahuzac n'aurait rien pu faire s'il lui était tombé dessus.

— *Et qu'est-ce qu'il a fait ?*

— C'te question ? Il a attrapé sa Jacqueline et hop, manu militari il l'a ramenée à la Casbah ! Faut pas déconner quand même.

— *Ça a dû être une sacrée corrida !*

— Et encore, t'as pas tout vu. Bon, c'est pas que je m'ennuie, mais j'ai du boulot demain matin, alors...

— *OK ! On se voit plus tard. Salut !*

— Salut !

L'homme ferme son portable tout en souriant. Il a encore la tête pleine des images de ce retentissant repas. Presque tous les gars de la boîte étaient présents. Pauvre Fabrice, tout le monde rigolait en le croisant dans les couloirs. Faut dire que la Jacqueline, elle a du tempérament.

Il respire longuement, appréciant intensément cet air d'iode et de marée. Il s'en remplit les poumons et décide de flâner un petit peu sur les quais.

Encore en train de se remémorer les moments les plus hilarants de cette inoubliable soirée, il ne prête pas attention au type qui vient vers lui.

À sa hauteur, l'inconnu s'arrête, sort une arme de son jeans et ouvre le feu. Le fêtard a à peine le temps de se rendre compte de ce qu'il lui arrive.

Il tombe au sol, face contre terre, sans pousser un seul cri.

Le flingueur fait demi-tour et détale aussi vite que possible. À l'angle du Quai des Deux Emmanuelles, il bouscule une femme d'une quarantaine d'années qu'il était loin de trouver sur son chemin.

— Barrez-vous, putain !

Au même moment, une voiture de la BAC arrive à toute vitesse, plein phares et gyrophare hurlant.

— Les flics !

Instinctivement, la femme saisit le tueur par le bras.

— Par ici, vite ! hurle-t-elle.

Près du corps, la voiture stoppe dans un crissement de pneus, un policier en descend et le véhicule s'arrache du bitume pour tenter de rattraper les deux fuyards.

— À droite ! Vite, dans l'allée ! ordonne-t-elle.

À peine cachés, la voiture de la BAC passe en trombe.

— Par ici, venez. Dans cette cave, il y a une trappe, ouvrez-là !

Le tueur s'exécute tout de suite et les deux fuyards s'engouffrent dans une série de couloirs plus ou moins sordides qui les mènent directement dans une arrière-salle de billard enfumé.

— Il est *clean*, Vicente, il vient de buter un type.

Le loubard lève sa canne et dévisage curieusement l'inconnu que la femme a introduit.

— Lucienne, combien de fois t'ai-je dit de ne jamais ramener de mecs inconnus ici ?

— Il est *clean*, te dis-je. Il vient de flinguer un mec, j'ai tout vu. L'ennui c'est que les condés sont arrivés tout de suite. Manque de bol.

Le dénommé Vicente fait le tour du billard. Les autres joueurs se sont arrêtés et attendent la réaction de leur chef, les mains proches de leurs armes.

— T'es qui ?

— Rudi.

— Rudi comment ?

— Rudi.

— C'est comme tu veux.

— En effet, c'est comme je veux.

Vicente se plante devant le flingueur et le fixe intensément. L'inconnu ne cille pas. Le joueur de billard sourit rapidement en coin. Un mec qui ne baisse pas le regard devant lui en a dans l'estomac... ou ignore à qui il a affaire.

— Tu n'es pas d'ici, n'est-ce pas ?

— J'ai besoin d'une planque, le temps de me faire oublier.

— Tu sais qui tu as flingué ?

— Un contrat est un contrat. Le reste je m'en fous.

— Tiens, un flingueur ! Bouge pas, on va vite savoir qui t'as refroidi.

Sans cesser de l'observer, Vicente se rend à son téléphone mural et compose un numéro. Quelques sonneries et on décroche. Rapidement, Vicente évoque la fusillade.

— OK, j'attends !

Plusieurs secondes passent, puis l'interlocuteur répond. Vicente hoche la tête à plusieurs reprises avant de remercier son informateur et de raccrocher. Il sourit, prend le temps de la réflexion puis regarde à nouveau le tueur.

— Tu es d'où ? Pays Basque ? Catalogne ? Gascogne ? Allemagne ? Belgique ? T'es de l'IRA ?

— Je suis Français.

— Ouais, comme il te plaira. Tu sais qui tu viens de flinguer ?

— Je viens de vous le dire : je m'en fous.

— Tu as dégommé un privé de Genève : Stanislas Jourdan ! Il bossait pour Mondial Protection. Dis donc tu ne fais pas dans le menu fretin. C'est une pointure. Ça va faire du bruit.

— Je ne rate jamais ma cible.

— Ne la ramène pas trop, mon gars. Sans la Lucienne, t'étais cuit.

— Mais ce n'est pas arrivé.

Vicente réfléchit.

— L'air de la Côte va vite devenir irrespirable ici, surtout pour mes petites affaires. Va falloir t'envoyer en villégiature et j'ai peut-être un *job* pour toi. Tu connais Annecy ?

— Là ou ailleurs !

RIEN NE VA PLUS ! ...

Suisse, Genève,
siège de « *Mondial Protection* »,
Avenue des Morgines,
lundi 18 juin,
08 h 58

La nouvelle de la mort aussi terrible que brutale de Stan a fait l'effet d'une bombe nucléaire. Tout le personnel est sidéré.

Alors que les conciliabules vont bon train entre les hommes, les femmes, quant à elles, pleurent à chaudes larmes.

Mais quand surgit soudain Francis Magenta, le patron, un silence sépulcral s'abat sur tout le monde. On respire difficilement. Tous le regardent passer. Tous voudraient lui exprimer leurs sympathies, mais aucun n'ose faire le premier pas.

On n'est jamais préparé à ce genre d'épreuve. De plus, tous savent à quel point les deux hommes étaient extrêmement proches. Plus que des collaborateurs, des amis, des frères.

Francis s'avance, les épaules voûtées, le visage fermé, impassible.

Solange et Liliane, les deux fidèles standardistes n'arrivent pas à retenir leur chagrin.

Francis les salue, comme à son habitude, mais c'est un salut bien timide.

— Virez-moi tous ces cons ! lâche-t-il sur un ton neutre, à peine audible.

Aussitôt, plusieurs agents de sécurité se précipitent dehors et refoulent rapidement la horde de journalistes attirée par l'odeur du sang. Quel scoop en perspective.

Francis Magenta traverse le hall à pas lents, comme si chaque mouvement relevait d'un effort titanesque. Il a beau faire comme si de rien n'était, il lui est impossible de cacher sa détresse.

C'est seulement une fois assis à son bureau, seul, qu'il éclate en sanglots en s'affaissant presque sur lui-même.

Finette, la chèvre, a compris qu'il se passait quelque chose de grave. En geignant, elle trottine vers Francis et se colle contre ses jambes. Machinalement, il la caresse sous le regard triste de Zoupette qui, pour une fois, semble s'intéresser réellement à ce qui se passe dans le bureau.

Les yeux dans le vague, brouillés, Francis regarde fixement le vide alors que défilent des souvenirs en vrac et à toute vitesse. Il en a le tournis. Il se redresse lentement, étirant longuement ses mains bien à plat sur le bureau. Tête en l'air, il se pose mille et une questions sur la fatuité de la vie.

Myriam entre tout doucement à cet instant.

Francis la regarde venir vers lui. Un timide sourire s'affiche sur ses lèvres tremblantes.

Il renifle à plusieurs reprises tout en s'épongeant les yeux avec un Kleenex.

Sa compagne s'agenouille à ses côtés et le serre dans ses bras.

Ils ont besoin de se retrouver, d'être ensemble, pour traverser cette douloureuse épreuve.

Au bout de longues minutes, Myriam murmure :

— Tout le monde est là.

Francis hoche simplement la tête. Il sait pouvoir compter sur tous ses amis. Il les devine derrière la porte, prêts à venir le soutenir. Cela lui réchauffe le cœur, malheureusement, ça ne change rien à la réalité.

On se sent impuissant dans de tels moments. La vie file à toute vitesse. Elle est son propre maître, nous ne sommes que des « locataires » et elle décide de quand nous devons partir. Il n'y a rien à faire contre ça ! On ne peut que subir et accepter. Oooh bien sûr, certains diront que c'est d'une épreuve que jaillissent de nouvelles perspectives, mais en attendant, le moment présent à vivre est terriblement cruel.

Doit-on vivre de tels moments pour en connaître de plus beaux ?

On est en droit de se poser la question.

Mais non contente de nous asséner des coups terriblement douloureux, la vie nous impose toujours, quoiqu'il arrive, son effroyable tempo. Les affaires continuent et rien ne saurait les arrêter.

Même avec la sourdine activée, le téléphone ne cesse de vibrer. Francis regarde son combiné comme s'il le voyait pour la première fois de sa vie. Machinalement, il visualise sa messagerie et la découvre inondée de mails de condoléances.

Distraitement, tout en caressant la fine chevelure noire de Myriam, de l'autre main, il tapote sur la pile impressionnante de messages. Pas la peine de les lire, il sait à l'avance ce qu'ils disent tous.

— Et il va falloir répondre ! a-t-il encore le courage de dire en se forçant à l'ironie.

De longues minutes s'écoulent encore, rendant ce moment de silence encore plus poignant. Écrasé de douleur, le couple n'a plus la notion du temps. Puisant au plus profond de lui-même, Francis, décide finalement de se lever. Doucement, il repousse Myriam, en pleurs, et se redresse.

Il pose sur elle un sourire blafard censé la rassurer, mais il ne passe pas. Elle tente de le lui rendre, sans plus de succès.

— Il y a réunion. Dit-il d'un ton monocorde.

— Tu devrais l'annuler, supplie Myriam en le prenant par les bras.

— Le travail... Il y a des dossiers extrêmement importants qui ne peuvent pas attendre.

— En souvenir de Stan, laisse courir, implore-t-elle.

Avec un sourire de façade, Francis secoue doucement la tête avant de poser un long baiser sur son front.

— Lui-même aurait voulu que nous ne changions rien à nos pratiques. C'est justement en son honneur que je me dois de maintenir cette réunion.

DÉCIDÉMENT, RIEN NE VA PLUS ! ...

Salle de conférences,
09 h 48

Avec des gestes lents, Francis pose ses dossiers en tête de table, comme à son habitude. Il lève un visage défait sur ses plus proches collaborateurs.

Pas un ne parle. Aucun ne le regarde. Tous ont le nez vissé sur leurs dossiers respectifs. Myriam, juste derrière son compagnon, est silencieuse.

Certains n'osent pas le regarder, d'autres lui sourient, essayant de faire comme si de rien n'était. Seule, la place vide que Stan occupait habituellement rappelle la triste réalité. Même la corbeille de pains au chocolat qu'il adorait par-dessus tout est là.

Stan Jourdan est présent.

— Bien ! Messieurs, je suis heureux de vous voir. Nous avons à faire le point sur les enquêtes en cours. Avant toute chose, je mets provisoirement le dossier Rosswald en « stand-by ». J'ai besoin d'une quinzaine pour réfléchir quant à la suite à donner et...

— Je ne suis pas d'accord ! s'exclame le Gascon en regardant durement Francis. C'est à cause de cette histoire foireuse que Stan est mort, lâchement assassiné, et maintenant, tu veux abandonner ?

— Je n'ai pas dit ça. J'ai simplement besoin d'y voir plus clair pour...

— Que dalle ! Tu te débines ! Tu refuses de reconnaître qu'envoyer Stan à Nice était une pure folie. Tu refuses d'admettre que c'est de ta faute. Combien de fois t'ai-je dis de ne pas l'envoyer seul, là-bas ? Mais bien sûr, monsieur n'en fait qu'à sa tête !

— Jean-Georges. J'ai dit quinze jours.

— Eh bien moi, je ne suis pas d'accord !

— Quinze jours ! La discussion est terminée.

Le ton cinglant de Francis douche le Gascon qui prend une profond inspiration en se calant dans son fauteuil.

— Bien, cet aparté étant clos, nous commencerons par examiner le dossier Walder. Fabrice, à toi.

Particulièrement gêné, l'analyste financier s'agite sur son fauteuil et tripatouille dans ses dossiers, les changeant de place.

— Nous t'écoutons, répète doucement Francis, bras croisés.

— Eh bien... en effet, le chargement d'or de la Société Walder a bel et bien été dérobé lors de son transport.

— Dans le train ! s'exclame Benoît.

— Oui, oui, oui ! Un coup d'une audace incroyable. Les voleurs ont profité d'un ralentissement dans un tunnel pour sauter sur le toit du wagon postal. Ensuite, ils ont injecté un puissant gaz anesthésiant par la bouche d'aération. Quelques petites secondes plus tard, les quatre gardes armés et le convoyeur étaient au sol, inanimés. Dans les minutes qui ont suivi, à l'aide d'un puissant acide, de l'extérieur, ils ont réussi à détruire la serrure spéciale. La suite est simple. Une fois la porte ouverte, ils se sont laissés glisser dans le wagon et se sont emparés d'une caisse qui contenait cinq cents kilos d'or. Klaus Walder avait exigé que tout son or soit fondu en un seul bloc. Il pensait décourager les voleurs.

— Tu parles !

— Mais comment ont-ils fait pour dérober une caisse aussi lourde ? demande Stéphanie sans entrain.

— Là, ça relève du film hollywoodien dans toute sa splendeur. À un moment donné, la voie ferrée longe la route sur plusieurs kilomètres. Un complice est arrivé à la même vitesse à hauteur du wagon. À l'aide d'un tapis roulant spécialement conçu à cet effet, le, ou les voleurs dans le train, n'ont eu qu'à pousser le chariot avec la caisse posée dessus sur le tapis. En quelques secondes, l'or s'est retrouvé sur le plateau du camion. La suite... tout le monde la connaît.

— À combien est estimé l'or volé ? demande Francis.

— À seize millions huit cent cinquante mille euros au cours du jour, soit : trente-trois mille sept cent euros le kilo d'or. Walder fulmine et compte vraiment sur nous pour retrouver son bien.

Francis semble ne pas entendre. Il fixe un point invisible loin devant lui. En fait, il se rappelle sa longue et fastidieuse traque de l'or de Tcherkassy ([2]). L'or est vraiment un métal maudit qui ne permet à l'homme qu'à faire surgir ses plus infâmes travers.

— On a des éléments ? demande soudain Francis comme s'il faisait un effort surhumain.

— On sait qu'ils sont deux, maximum trois. Le trio opère sur toute l'Europe et n'a pas d'attache fixe, ce qui fait qu'il peut être nulle part et partout en même temps.

— C'est tout ?

— On a un nom... plutôt un prénom : Chris ! Ce serait, a priori, le cerveau. Rien d'autre.

Francis ouvre grands les yeux.

— On ne va pas bien loin avec ça. Et concernant l'hypothétique troisième homme, quelque chose ?

Genetelli hausse les épaules de dépit.

— C'est encore plus mystérieux. On ignore absolument tout de lui. D'après de vagues rumeurs, ce serait lui, en fait, le véritable cerveau de ce trio maléfique.

— On a un nom ?

— Un surnom : le Serpent.

— Intéressant. Ça promet !

---

[2] Voir « *La route de Tcherkassy* » et « *Arnaque à Genève* ».

— Il aurait gagné ce surnom à sa manière d'opérer. Il passerait des jours et des jours, invisible, à observer sa proie, parfois de très, très près, avant de frapper à la vitesse de l'éclair. C'est imparable.

Francis respire profondément.

— Une piste ?

— Compte tenu de la nature de ce qui a été volé, on est en train de recenser tous les receleurs capables de négocier pareil butin. Sur la place mondiale, ils ne sont guère plus de neuf. Mon favori est un Uruguayen d'origine Panaméenne : Alfonso, Diego Norriega. C'est le seul, dans l'immédiat, à avoir les épaules assez solides pour se charger d'écouler la camelote. De plus, il a été vu à l'hôtel des Bergues quelques semaines avant le retentissant vol de l'or.

Francis se caresse le sourcil.

— Les enfants, vous avez du pain sur la planche et...

— Tout ça est bien beau, tonne soudain le Gascon, visiblement très remonté.

— Un commentaire, fait de façon très dédaigneuse l'enquêteur.

— Oui ! Et un sacré ! On est là, réunis autour de cette table. On fait comme si de rien n'était, mais qu'est-ce qu'on fait pour Stan ? ... Je vous le demande ! Nous ne faisons rien, strictement rien du tout. Nous nous voilons la face, lâches que nous sommes...

— Ça suffit ! rugit Francis en s'approchant. Qu'est-ce que tu crois ? Que personne ici n'est sensible à sa mort ? C'est une tragédie qui nous touche tous. Alors je ne te permettrai pas de venir nous donner des leçons de morale. Tu peux te les garder !

Le Gascon ne se laisse pas démonter. Il s'éjecte de son fauteuil et vient se planter droit devant son patron et ami.

— Je n'ai eu de cesse de te dire et répéter tous ces derniers mois qu'envoyer Stan à Nice était une grossière erreur mais, comme d'habitude, tu n'en as fait qu'à ta tête, toi et ta sale manie de te croire invincible.

Francis ne réagit pas.

Il laisse passer quelques minutes.

Un silence de plomb enveloppe le petit auditoire. Personne n'ose bouger.

— Jean-Georges. En souvenir de ce que nous avons traversé ces dernières années et qui nous unit, je ferai celui qui n'a rien entendu. Je mets cela sur le compte de ta rage, de ton impuissance et, surtout, sur ta colère de ne pas pouvoir venger un ami qui nous était très cher à tous.

Mais le Gascon ne l'entend pas de cette façon. Il se fait même menaçant.

— Que dalle ! Tu ne sais rien de mes sentiments. Moi, ce que je vois, c'est qu'à cause de ta grande gueule et de ta façon autoritaire de diriger cette boîte, nous avons perdu l'un de nos meilleurs éléments. C'est ça qui me révolte !

Francis croise les bras. Le Gascon s'en prend aux autres, cherchant ses alliés.

— Mes amis, il est grand temps de vous réveiller. Il y en a assez de ses façons de faire de fasciste.

Personne ne relève la tête. Tous font le gros dos en attendant que ça se passe.

Décontenancé, le Gascon s'approche de sa compagne et la prend à partie.

— Stéphanie, merde, ce n'est pas le moment de me lâcher ! Tu me disais encore ce matin que tu en avais assez des manières dictatoriales de Francis, et qu'il était plus que temps que cela change. La mort de Stan est significative de méthodes de travail du passé totalement révolues. Tu es avec moi ?

Pas de réponse. La belle Angevine se contente de tapoter mécaniquement sur son dossier.

Jean-Georges se redresse, un rictus méprisant sur les lèvres.

— Aaaah elle est belle l'équipe de Mondial Protection ! Ah vous pouvez vous vanter d'avoir des couilles ! Des poltrons, voilà ce que vous êtes ! Tous à mettre dans le même sac. Forts en gueule, mais dès qu'il s'agit de faire face, de faire front, il n'y a plus personne. Vous me faites vomir !

— Tu as fini ?

Le Gascon se tourne sèchement vers Francis qu'il menace d'un index très mobile.

— Toi, je t'interdis de me tutoyer. J'en ai ma claque. Tu veux savoir un truc ? Je me casse de ta boîte ! Tu auras ma lettre de démission cette après-midi.

Sans rajouter un seul mot, Jean-Georges lui fait un bras d'honneur et sort de la salle de conférences en promettant pis que pendre.

La porte qui claque résonne comme un coup de tonnerre.

Francis reste mutique, bras croisés puis, d'un coup, il se met à marcher en croisant les mains dans le dos. Comme un chasseur flairant une proie, il commence à tourner autour de la table. Personne n'ose le regarder.

Au bout d'interminables minutes, il prend la parole.

— D'autres volontaires pour quitter le navire ?

En même temps, il dévisage chacun de ses collaborateurs, s'arrêtant plus particulièrement sur Stéphanie.

— Alors, qu'est-ce que tu décides ?

Tiraillée entre son amour pour son remuant compagnon du Sud-Ouest et celui qu'elle voue à son travail, la belle Angevine ne sait pas quoi faire. Elle se frotte mécaniquement le nez, fuyant le regard inquisiteur de son patron.

Elle glisse des regards à droite et à gauche puis, soudain, se redresse, comme aiguillonnée.

— Je... ce n'est pas ce que... mais, je...

— Tu es libre de t'en aller. Personne, ici, ne te fera la moindre remarque. Je te souhaite bon vent. Sache que si un jour tu veux revenir, ma porte te sera toujours ouverte.

Sans répondre, Stéphanie prend ses affaires et se dirige vers la porte, épaules voûtées. Elle s'immobilise, se retourne, ouvre la bouche pour se justifier, mais aucun son n'en sort.

Elle hésite, puis se dirige rapidement vers la porte qu'elle franchit presque comme une voleuse.

Francis respire profondément et se rue sur son Interphone.

— Liliane ?

— *Oui, patron ?*

— Faites tout de suite une note de service. Jean-Georges Damestoy et Stéphanie Cailliau ne font plus partie du personnel. Effet immédiat ! Supprimer tous leurs codes d'accès aux différents logiciels de la société. Résiliez leurs badges. Supprimez toutes leurs accréditations.

— *Heu... bien patron !*

Francis se reporte alors sur les deux derniers collaborateurs qui sont restés.

— Bien ! Maintenant que les choses sont claires, nous allons pouvoir nous remettre à travailler. Des questions ?

Genetelli lève timidement le doigt.

— Oui, Fabrice ?

— Que fait-on pour ces journalistes qui campent devant nos locaux ? Ils nous suivent depuis des semaines comme des toutous, ça devient vraiment agaçant.

— D'autant que pour notre boulot, ajoute Benoît, ça devient franchement catastrophique. Notre meilleur atout, c'est l'anonymat, mais avec eux, autant nous rendre quelque part avec une fanfare. Comment travailler correctement dans de telles conditions ?

— Je comprends vos problèmes. Sachez que j'y travaille. Bientôt je vous présenterai un plan d'action. Maintenant, revenons-en à l'affaire Walder.

LA VIE CONTINUE ! ...

France, région Auvergne-Rhône-Alpes,
Bron,
mercredi 20 juin,
10 h 24

Les funérailles de Stanislas Jourdan se déroulent dans la plus stricte intimité. Silencieux, recueillis, Francis et Myriam suivent les parents terrassés de douleur et la famille anéantie à bonne distance.

Seul résonne le bruit des sabots du cheval qui tire le corbillard. Ainsi en avait décidé Stan lors d'une mémorable soirée. En rigolant, il avait fait un pari... qu'il avait gagné.

Suisse, Onex,
132 Route de Chancy,
le soir même, restaurant « *La Ferme* »,
21 h 26

Le couple mange en silence et sans appétit. Lui et elle sont plongés dans leurs souvenirs communs. Ils sont dans un autre monde.

Autour d'eux plusieurs tables occupées. Des rires, des conversations, des exclamations.

À l'écart, le serveur s'approche doucement du chef de salle.

— C'est glacial à la « 7 ». Qu'est-ce qu'il se passe ?

L'homme lève la tête de sa pile d'additions et regarde dans la direction de la table située le long de la grande baie vitrée donnant sur la Route de Chancy.

— Ils viennent d'enterrer leur meilleur ami.

Le serveur hoche mécaniquement la tête.

Soudain, des éclats de voix retentissent, faisant tourner toutes les têtes.

— J'en ai assez ! hurle la jeune femme en se levant.

Elle jette sa serviette sur la table, prend son sac et tourne les talons, furieuse.

L'homme continue de manger comme si rien ne s'était passé.

Il s'en fout !

Il se fout de tout !

Le chef de salle, sidéré, regarde passer la femme devant lui et la suit du regard avant de se reporter sur l'homme tranquillement en train de finir son énième verre de Chianti.

Surpris, incrédule, il se secoue et se dirige vers la table alors que les autres clients, encore surpris pour certains, retournent à leurs assiettes.

— Heu... excusez-moi, monsieur Magenta... puis-je faire quelque chose pour vous ? ... La maison vous offre un digestif : Amaretto di Saronno, je sais que c'est votre préféré et...

— Double Cognac !

Quand Francis, légèrement éméché, quitte le restaurant, il ne reste plus beaucoup de monde. Mains dans les poches, absent, il marche sans but précis. Machinalement, il consulte sa montre. Elle indique 22 heures 25.

Il n'y a pas beaucoup de bruit. De temps à autre, celui des bus qui passent vite le tire de sa léthargie. Il s'immobilise soudain et regarde une vitrine.

Penché en avant, comme pour mieux voir les articles que vend la boutique, Francis ne bouge pas.

Il est juste sous un réverbère. Il sourit soudain. Il avait bien entendu les pas derrière lui juste après être sorti de son restaurant favori. Les deux hommes qu'il aperçoit grâce à la réverbération de la lumière sur la vitre, se sont immobilisés, surpris par son brusque arrêt.

Il voit assez pour se faire une idée précise des deux individus. De toute évidence, ce ne sont pas des touristes.

Souriant à nouveau, Francis se redresse, puis part d'un pas hésitant droit devant lui.

Un pochard doit être facile à dépouiller ! se dit-il, sur ses gardes maintenant.

France, Annecy,
00 h 25

— Alors ?

— *Cette fois-ci, il est complètement et définitivement seul.*

— La Goldfeder l'a laissé tomber ?! s'exclame l'homme au téléphone.

— *Affirmatif ! On était là, on a assisté à une belle engueulade. Elle s'est tirée comme une furie. Lui n'a même pas réagi.*

L'inconnu au téléphone sourit largement.

— Le patron sera content.

— *Que fait-on ? On s'occupe de lui ?*

— Surtout pas. C'est beaucoup trop tôt. Laissons-le mariner dans son jus. Gardons simplement un œil sur lui. Dans quelque temps, on lui rendra une petite visite... amicale !

— *Avec une belle promenade dans la lac Léman à la clé !*

— Où est-il actuellement ?

— *Il vient de rentrer chez lui,* répond l'homme de main entre deux hoquets de rire.

— Parfait ! On va le tenir à l'œil encore quelque temps, puis on avisera. S'il continue encore à fouiner dans nos affaires, les poissons auront de quoi se régaler, d'ici là, laissons-les en paix. Rentrez ! On a du boulot ici.

— *OK !*

LE PETIT NOUVEAU ! …

France, Annecy,
vendredi 13 juillet,
08 h 45

Vingt-neuvième ville de France, Annecy est une ville magnifique. Située en Haute-Savoie dans la région Auvergne-Rhône-Alpes, elle se trouve dans ce qui est communément appelé le sillon alpin. À seulement quarante kilomètres de Genève, forte de ses presque deux cent cinquante mille habitants, elle est devenue un carrefour incontournable.

La « Perle des Alpes », comme l'a appelé Raoul Blanchard, a été, au 13ème siècle, la résidence des Comtes de Genève avant de devenir, au 15ème siècle, celle des Comtes de Savoie. Son rôle religieux devient prépondérant en 1536, lors de la réforme Calviniste. François de Sales ([3]) en fait une « forteresse » de la contre-réforme catholique qui lui vaut le surnom de « Rome des Alpes ». Le 24 mars 1860, le traité de Turin

---

[3] François de Sales, né le 21 août 1567 au château de Sales, près de Thorens-Glières, est un prêtre catholique. Nommé évêque de Genève, il ne peut jamais prendre son poste devenu la « Rome des Calvinistes ». Il resta en résidence à Annecy. Il a été proclamé saint et docteur de l'église. Il est décédé le 28 décembre 1622 à Lyon.

entérine l'annexion du duché de Savoie et du comté de Nice à la France.

Appelée également la « Venise des Alpes » grâce à ses fameux et célèbres canaux du Vassé, elle attire chaque année des milliers de visiteurs qui repartent émerveillés avec la promesse d'y revenir dès que possible.

Immeuble « *Émeraude* »,
Avenue du Petit Port,
siège du Bouddha, patron incontesté de la pègre

— Je vous écoute. Soyez bref, j'attends quelqu'un.

— *On fait quoi pour Magenta ? Ça fait un bon mois qu'on le filoche. Il ne va presque plus au bureau. Il traîne dans les bars et les parcs. Il ne parle à personne et ne voit plus aucun membre de sa société. Il a tout délégué à Genetelli. Il picole de plus en plus au point de déclencher des bagarres de rues. Les condés l'ont déjà mis en cellule de dégrisement à plusieurs reprises. Il sombre. Exactement comme vous l'aviez prévu.*

— Du côté de notre affaire en cours ?

— *Négatif, patron ! Ses enquêteurs s'occupent d'autres dossiers, en particulier du fameux vol d'or de la Société Walder.*

— Parfait, parfait ! Que nos amis journalistes continuent néanmoins la surveillance, mais relâchée.

— *On le fout quand même aux poissons ?*

L'homme réfléchit en tapotant sur son bureau.

— Non ! Je crois qu'il a son compte. Inutile de prendre des risques pour lui, je ne crois pas qu'il nous cause des soucis maintenant, mais on ne sait jamais. Rentrez !

— *OK !*

11 minutes plus tard

— Entrez !

L'homme qu'il attendait pénètre dans le luxueux bureau. D'un regard rapide, il se fait une idée précise de l'endroit où il se trouve. D'office, il se rend près de la baie vitrée qui permet une vue époustouflante sur tout Annecy.

— Pas mal, n'est-ce pas ? Voilà notre empire !

L'homme ne répond pas et s'assoit sans même attendre qu'on le lui propose.

— Je vous écoute, Salinesi.

— Monsieur Salinesi... Ici, on m'appelle monsieur Salinesi.

En même temps, le Corse se place juste derrière le tueur à gages et se penche doucement au niveau de sa tête.

— C'est clair ? murmure-t-il à l'oreille gauche de Rudi.

— Très clair.

— Parfait ! répond le gangster en se redressant. Je vois que nous nous comprenons.

— Si vous voulez. Je vous écoute quand même.

— Votre logement vous plaît-il ?

— Si vous appelez ma piaule de vingt mètres carrés un logement, alors oui, ça me plaît. Ça fait trois semaines que je végète ici. J'ai besoin d'action, moi.

— Il fallait attendre que les eaux se calment un peu.

Dominique Salinesi scrute longuement son visiteur avant de faire le tour de son immense bureau situé à l'avant-dernier étage de l'imposant bâtiment de verre fumé et d'acier.

— Alors c'est vous le fameux Rudi ?

— C'est moi.

— Vicente m'a raconté ce que vous avez fait. Savez-vous qui vous avez abattu ?

— À quoi bon le savoir ? Mon job, c'est d'abattre les gens que l'on me désigne et pour lesquels je suis payé. C'est tout ! Le reste...

Salinesi sourit en portant ses mains à hauteur de ses lèvres en un geste très jésuitique.

— Vous avez descendu Stanislas Jourdan, dit Stan. Une pointure dans le macrocosme de la sécurité.

— Je m'en fiche.

— Cette mort a causé pas mal de remous dans notre petit monde et en cause encore.

— Ça m'est égal.

— Savez-vous de qui il était le bras droit ?

— Oui, et alors ?

— Alors je trouve que la vie, parfois, vous réserve de drôles de coïncidences...

Rudi fronce les sourcils.

— Que voulez-vous dire ?

Salinesi efface la demande d'un ample geste du bras en souriant énigmatiquement.

— Rien ! Rien du tout.

— Qu'attendez-vous de moi ?

Salinesi sourit longuement à nouveau.

— Ce cher Vicente m'avait dit que vous alliez toujours droit au but.

— C'est un avantage.

— Vicente ! ... Vicente est un homme du passé. Il a encore un vieux téléphone mural...

— Il vous a quand même parlé avec.

— De nos jours, vous savez, tout n'est que technique et...

— Je répète : qu'attendez-vous de moi ?

Salinesi observe une pause tout en fixant le tueur à gages qui ne cille pas. Il retourne s'asseoir, l'air amusé.

— On a pris des renseignements sur vous. Pas mal, pas mal ! Joli parcours...

Le Corse laisse sa phrase en suspens et se penche lentement pour attraper un dossier posé devant lui.

— Rudi Mahoney, né le 7 octobre 1980 à Vancouver, Colombie Britannique. Vous entrez au service de la très puissante famille Brambilla à quatorze ans. Vous vous faites remarquer en quelques années au point que vous devenez le porte-flingue attitré de Giovanni Brambilla, le patron de l'organisation la plus puissante de tout l'Ouest du Canada. Tout va bien pour vous jusqu'à la mort brutale de Douglas Carrington, votre alter ego. Vous passez sous les radars quelque temps et on vous retrouve aux USA. Curieusement, partout où l'on vous trouve, certains de vos semblables ont la fâcheuse tendance de finir au cimetière.

— La vie est ainsi faite !

— Joe Talendo à Abilene, Kurt Normann à Dallas, Louis Trolin à Phoenix, Lewis Clayton à Milwaukee, Carter Ferguson à Los Angeles...

— J'ai touché un million de dollars pour ça. Mon meilleur coup ! Un tir à cinq cent cinquante-huit mètres.

— Je sais... Je sais aussi que ces cinq personnages étaient tous en affaires avec la famille Brambilla et qu'ils avaient tendance à la concurrencer sérieusement. De là à imaginer que vous ayez été payé pour leur rappeler leurs obligations, il n'y a qu'un pas. Du bel ouvrage ! ... Seulement, avoir une énorme paire de couilles et un gros flingue ne font pas obligatoirement de vous un type intelligent.

— Si vous avez lu mon dossier, alors vous devez savoir que quatre-vingt-quinze pour cent de mes « clients » sont décédés de mort... « naturelle ». Je ne flingue que si je ne peux pas faire autrement.

Salinesi hoche vigoureusement la tête, admiratif.

— Oui, oui, oui... Ce qui tendrait à prouver que, non seulement vous êtes un expert en armes, mais que vous savez également utiliser ce qui vous sert de cerveau. Bien ! Très bien même ! ... Sauf que...

— Sauf que ?

— À Nice, vous avez singulièrement manqué de jugeote. Abattre votre cible, comme ça, en pleine rue, ça manque d'imagination. Ça ne vous ressemble pas.

— Avant de m'acquitter d'un contrat, j'aime bien prendre le temps nécessaire pour me familiariser avec ma cible. À Nice, j'ai dû faire dans l'urgence.

— Vous n'ignorez pas que dans notre partie, on ne passe à la TV que quand on merde ? Vous avez eu chaud.

— Je suis ici, non ?

— Souvent inquiété, parfois incriminé, toujours relâché...

— Manque de preuve, non-lieu... Comme vous dites, je sais très bien utiliser ce qui me sert de cerveau.

— Mais une fois condamné, d'ou votre passage par Saint Quentin ([4])... Comment un type comme vous a-t-il pu se laisser entraîner dans un minable casse qui a mal tourné ?

— Une dette est une dette, surtout quand elle est morale.

Intéressé, Salinesi se redresse.

— Tiens donc ! Vous auriez donc une morale ?

— J'ai accepté, gratuitement, de donner un coup de main à Hector...

— Hector Peralta, oui je sais. Pauvre vieux ! Cancer !

— Hector a été le seul type à m'avoir aidé quand j'étais dans la merde. Un service en valant un autre... J'ai pour habitude de toujours renvoyer l'ascenseur.

— Un ascenseur qui vous a rapporté onze ans de taule.

— Libéré au bout de six. Vice de procédure. La paperasse, vous savez ce que c'est...

— Oui, oui. Votre avocat a très bien manœuvré.

Salinesi observe une pause.

— Et quelques mois plus tard, on vous retrouve à Nice où vous abattez ce Jourdan. Curieux, non ?

— Un contrat est un contrat.

— Bien sûr, bien sûr. Mais ce que j'ai du mal à comprendre, c'est quel est le rapport entre vos activités aux États-Unis et cette liquidation ? Ce Jourdan aurait-il eu quelque chose à voir avec les Brambilla ?

---

[4] Ouverte en 1852, la prison d'État de Saint Quentin (Californie) a été construite par ses propres détenus. Elle s'étend sur presque 2 km². C'est la seule prison californienne habilitée à appliquer la peine de mort. On y trouve le fameux « couloir de la mort ». La chambre d'exécution se trouve dans l'ancienne chambre à gaz. Elle a été reconvertie pour permettre de donner la mort par injection létale. Jusqu'en 1933, elle abritait des hommes et des femmes. Celles-ci sont désormais transférées à la prison de Tehachapi. C'est à Saint Quentin qu'en 1967 a été créé le gang suprématiste blanc « Fraternité Aryenne ». Le 24 février 1969, Johnny Cash y fit un concert pour les détenus.

— Allez savoir ! Il ne m'appartient pas de juger de la pertinence des décisions de mes employeurs. J'exécute, un point c'est tout.

— J'aimerais en savoir plus. Ce sont les Brambilla qui sont derrière ?

Salinesi fixe le tueur à gages avec une rare intensité, mais celui-ci ne bronche pas.

— Je prends votre silence comme un « oui ».

— Si vous voulez… Je vais vous faire une fleur : il ne s'agit pas d'une « liquidation », mais d'une vengeance.

— Une vengeance ! Tiens donc ?

— Edgar Berthier ([5]).

Salinesi se redresse en croisant les bras. Il réfléchit quelques secondes avant de sourire largement.

— J'y suis. Edgar Berthier, ce n'est pas cet ancien patron des services de renseignements français retrouvé une balle dans la nuque, il y a quelques années ?

— Lui-même.

— On n'a jamais su par qui ni pourquoi il avait été éliminé.

— La famille Brambilla voulait s'implanter en France. Elle avait besoin de solides appuis pour le faire.

Comme si l'affaire lui revenait, le Corse hoche vigoureusement la tête.

— Oui, je vois maintenant. À l'époque, ce Jourdan et son patron avaient résolu une affaire complexe de tueur en série protégé par ce Berthier. Donc, oui, je commence à mieux comprendre. Berthier mort, Brambilla perdait toute chance de s'implanter durablement sur l'hexagone.

— Giovanni Brambilla a préféré jeter l'éponge mais tenait à régler ses comptes.

Salinesi se met à ricaner.

— C'est curieux. Il se pourrait que nous ayons, lui et nous, les mêmes à solder.

— Comment ça ?

---

[5] Voir « *La disparue du Mont des Princes* ».

Le Corse ne répond pas. Il semble perdu dans ses réflexions.

— Nos amis de Chicago ont confirmé, point par point, votre parcours et ne tarissent pas d'éloges à votre sujet, ce qui m'inciterait à vous faire confiance...

— J'ai l'impression que vous ne me croyez pas !

Le Corse ricane.

— Croire ne me suffit plus. J'ai besoin d'être sûr. Vous ne vous imaginez pas combien de personnes mal intentionnées se promènent dans les rues de nos jours... Je n'aurais pas été nommé à un tel poste à responsabilités, si je m'étais contenté de me tourner les pouces... J'ai besoin d'hommes comme vous. En ce moment...

— Combien ?

— Dix mille euros par mois. Avec un bonus si... vous voyez ce que je veux dire ?

Rudi hoche la tête.

— En liquide ?

— Si vous voulez.

— Je veux. Que dois-je faire ?

— Nos activités vont du racket au jeu, de la prostitution au trafic d'armes, de médicaments, d'enfants, très lucratif, d'ailleurs... nous sommes très diversifiés. Vous ferez équipe avec Gilles. Votre secteur sera la grande distribution. J'ai besoin de quelqu'un capable de remettre de l'ordre dans ce domaine. Ces derniers temps, les profits stagnent, pour ne pas dire qu'ils baissent...

— Il me faut autre chose. Je ne cours pas dans la même catégorie.

Salinesi sourit énigmatiquement et se lève. Il se rapproche à nouveau de son interlocuteur pour venir lentement se placer dans son dos. Il observe une pause puis approche sa tête à son niveau.

— Ici, quand je donne un ordre, murmure-t-il à l'oreille droite de Rudi, on ne le discute pas. C'est clair ?

— Très clair.

— Parfait. Nous ne sommes pas aux États-Unis. Ici, vous devez faire vos preuves avant de vous hisser dans la hiérarchie. Ceci dit, il n'est pas exclu que je vous mette sur un gros coup.

— Une cible ?

— Deux. Goldfeder, Magenta ! Ça vous parle toujours ?

— Oui.

— Myriam Goldfeder était la régulière de Magenta. Elle a quitté Genève avant que j'aie eu le temps de m'occuper d'elle après avoir plaqué son mec, ce qui lui a peut-être sauvé la vie, finalement. Quant à Magenta... Bref, revenons-en à votre job immédiat. Vous vous occuperez, discrètement, des encaissements en grande distribution. Comme je vous l'ai dit, les profits baissent.

— Un souci ?

— Un certain Barnier ! Ce poulet idéaliste a ciblé notre activité et cela nous cause des pertes non négligeables.

— Vous voulez que je lui explique ?

Salinesi sourit largement en levant la main en signe d'arrêt.

— Doucement, doucement ! Nous ne sommes pas à Chicago, ici. On ne s'en prend pas aux flics tant qu'il est possible de faire affaire avec eux. Nous aimons notre tranquillité.

— Que dois-je lui dire, alors ?

— Rien ! Vous ne lui direz rien du tout. Il est de ceux qui sont très difficiles à convaincre. On y mettra le temps. En attendant, faites seulement en sorte que les affaires reprennent. Soyez inventif !

— C'est tout !?

— Non ! Quand vous aurez compris comment nous fonctionnons, il faudra vous charger des frères Galtier. Ils contrôlent le haut de la ville et commencent à devenir encombrants. L'ennui, c'est que Bernard Galtier, l'aîné, émarge sur les fiches de paie des flics.

— Un « tonton » ! ([6]).

— Moyennant quelques renseignements, les flics lui fichent la paix. Il s'est enhardi. Maintenant, leurs

---

[6] Tonton. Surnom donné aux informateurs.

activités gênent considérablement Bouddha. Or, nous ne pouvons pas nous attaquer directement à eux. Le faire serait comme une déclaration de guerre. Les poulets vont remuer ciel et terre et cela ne peut que nuire à nos opérations. Notamment une.

— Laquelle ?

— Cela ne vous regarde pas. Pour en revenir aux frères Galtier, vous êtes prévenu. Voilà pourquoi ce... « travail » doit être fait par quelqu'un qui ne puisse pas être rattaché à nous.

— Je vois.

— Ce que vous ne voyez pas, c'est la difficulté du boulot. Les frères Galtier se gardent bien. Si vous les loupez, eux ne vous louperont pas.

— Je ne les louperai pas.

— Nous verrons. En attendant, remettez de l'ordre dans ce secteur. Les responsables de Carrefour et des autres enseignes ont horreur des conflits sociaux. Ils ont besoin de calme et de stabilité pour vendre leurs produits frais et locaux, donc...

— La protection se paie.

— Vous comprenez vite, c'est bien. Mais encore faut-il que la discipline soit maintenue. Ce sera votre *job*.

— Je voudrais voir Bouddha.

— Bouddha ne reçoit personne, sauf moi. S'il a envie de vous voir, il vous le fera dire. Vous commencez demain matin. En attendant, familiarisez-vous avec nos méthodes de travail. Gilles vous expliquera tout et vous accompagnera.

D'un geste sec, Salinesi indique une porte sur la gauche de Rudi. L'entretien est terminé.

Salinesi regarde sortir sa nouvelle recrue. Une fois seul, il fait la moue en se frottant énergiquement le genou. Et il n'aime pas ça ! Quand il le démange comme en ce moment, c'est toujours mauvais signe.

Il se redresse, fait quelques mouvements pour endormir la petite douleur qui lui vrille le dos en grimaçant.

Salinesi porte bien la quarantaine. Plutôt petit, mais bien proportionné, il donne plus l'impression d'un bon père de famille que d'un patron de gang.

Un visage carré, souligné par deux sourcils noirs et broussailleux. Un nez assez petit rehaussé par une moustache fournie, deux yeux marron très mobiles se cachent derrière une paire de lunettes en or, le tout sous une chevelure d'un noir total. Petite distinction : deux beaux favoris très prononcés.

Soupçonneux par expérience, cupide par intérêt, sans pitié par nécessité, c'est avant tout un cérébral qui réfléchit très vite et pense à tout. Il n'oublie jamais le moindre détail et ne cesse de vérifier et revérifier les opérations qu'il monte avec la plus grande minutie.

Il prend une grande inspiration et appuie sur une touche de son Interphone.

— Tony !

— *Patron ?*

— Viens me voir tout de suite, j'ai un boulot pour toi.

— *OK ! J'arrive !*

MAIS QUEL VOYAGE ! …

Italie, Toscane,
station balnéaire de Principina a Mare,
jeudi 29 juillet,
12 h 57

L'homme remonte lentement il Corso Delfino « Il Vialone », comme tout le monde l'appelle ici. Cette grande artère rectiligne traverse la pinède sur plusieurs kilomètres pour venir mourir au bord de la mer Tyrrhénienne.

La chaleur est accablante.

Il est en colère et tape machinalement sur son volant.

— Quel con ! Mais quel con ! Pourquoi me suis-je laissé convaincre ? C'est bien moi, ça, je me fais toujours avoir.

Paul Rudel, grand patron de la police criminelle en Auvergne-Rhône-Alpes, ne cesse de se reprocher sa décision. Il la juge trop hâtive.

— Mais il est où ce foutu putain de restaurant à la noix ? … Qu'est-ce que je viens foutre ici, moi ?

Il regrette toujours son poste en Corse. Il y a côtoyé le célèbre Commissaire Broussard, mais il était dit que le soleil ne serait pas son havre de paix.

Il a fait des pieds et des mains pour être muté, après un bref passage à la brigade antiterroriste, sur l'île de Beauté, estimant toucher de vraiment trop près les couloirs nauséabonds du Pouvoir, tout en se jurant de se « *farcir* » le prochain demeuré de la place Beauvau qu'il rencontrerait. En ce sens, le fait qu'il y ait, maintenant, ses petites entrées, est un atout considérable. Mais en même temps, il se rapproche des cercles nauséabonds qu'il exècre avant tout. Plus on monte dans l'échelle de la hiérarchie, plus elle devient glissante.

Qu'importe, il est de toute façon payé pour faire régner l'ordre et la loi dans n'importe quel endroit de l'hexagone et non pour couvrir les agissements malhonnêtes des politicards véreux qui s'estiment au-dessus des lois.

À peine quarante ans, ce célibataire endurci a un visage aux traits puissants et incisifs, mais viril malgré une calvitie précoce qui l'agace. Il a constamment l'impression que l'on ne voit en lui que son large et grand front. Il a des yeux marron qui vous percent en un éclair. Curieux de tout, intuitif, doté d'une intelligence aussi vive que pratique, soupçonneux par nature, suspicieux par expérience - dans la maison on l'appelle le Grand Inquisiteur - il est doué d'une vivacité d'esprit peu commune qui en étonne plus d'un tout en irritant d'autres de par son manque d'humour ; ce qui reste encore à prouver. Souple comme un félin (il adore le sport), il se fait un point d'honneur à entretenir une forme qui fait de temps à autre l'émerveillement de ravissantes jeunes femmes rencontrées au hasard d'un dîner ou d'une réception à la préfecture. Cela ne va guère plus loin ; une certaine forme de timidité, plutôt une dévotion, un amour immodéré pour la seule femme qu'il n'ait jamais aimée, la police, l'en empêche.

Dans ces conditions, il y a en effet bien peu de place pour quelqu'un d'autre. D'un naturel discret, il n'aime pas se donner en spectacle et préfère travailler dans la tranquillité. Autant dire que tout ce qui s'appelle journaliste, qu'il soit connu ou non, n'a guère de crédit à ses yeux. Ces empêcheurs d'enquêter en rond l'exaspèrent souverainement.

En faisant attention de ne surtout pas renverser un groupe de touristes ou de gamins en vélo, le policier découvre enfin, sur sa droite, le restaurant indiqué par son contact.

« L'Albatros » est une jolie construction de plein pied en forme de « V » très évasé. La cuisine est typiquement méditerranéenne. Elle est simple, mais aussi goûteuse que copieuse. Ses plats de poissons sont réputés tout comme sa fameuse recette de « Penne all'Arrabbiata ». On vient de loin pour les savourer ([7]).

Sous un soleil de plomb, envoûté par le chant lancinant des cigales, on sombre très vite dans le farniente. C'est le maître mot de cette station balnéaire familiale réputée pour son calme et sa tranquillité. Il y fait bon vivre ([8]).

Le Commissaire fait se retourner presque tous les regards sur lui.

Il faut dire qu'avec son costume sombre, il dénote beaucoup entre les estivants en maillots et tongues ou les touristes en jeans et tee-shirt.

Seule concession, il a laissé tomber la cravate, mais sa chemise blanche qui lui colle littéralement à la peau à cause de la chaleur enveloppante, lui donne l'air d'un fossoyeur égaré sur une planète inconnue.

Il s'éponge le front et pénètre dans le restaurant à ciel ouvert.

Son air renfrogné disparaît quand il avise, assis à une table, seul, l'homme qui l'a convaincu de le rejoindre.

Paul Rudel s'assoit lourdement, pas fâché d'être arrivé.

---

[7] Authentique.

[8] Principina a Mare est une petite bourgade balnéaire située en pleine pinède, sur les bords de la mer Tyrrhénienne. Située à 12 km de Grosseto, dans la Maremma, c'est une zone qui s'est développée dans les années 1960. On y trouve essentiellement des résidences secondaires, des villas, des hôtels, quelques restaurants et des boutiques. Dans les années 1960, il y avait une plage privée comportant… 6 parasols ! Distance entre chaque parasol : environ 20 mètres ! Un rêve aujourd'hui ! Peu de gens y vivent l'hiver.

— Francis, j'espère que tu ne m'as pas fait faire plus de huit cents bornes uniquement pour goûter des recettes de poissons. Tu crois qu'il te suffit de siffler pour qu'on laisse tout tomber pour venir te voir ? Sache qu'en ce moment, je fais reluire un siège sous mes fesses Place Beauvau, et que je n'ai pas que ça à faire. On enchaîne réunion sur réunion, c'est d'un lassant ! Surtout depuis qu'un certain Serpent a décidé de défier toutes les polices européennes.

— Le Serpent ! Tiens donc ! Tu travailles sur ce dossier ?

— Quoi ? Toi aussi ?

— Possible. Il aurait un rapport avec l'or volé de Walder.

— Bref, mon cher Francis, ceci pour te dire de prendre l'habitude de donner tes rendez-vous dans des lieux plus... accessibles.

Magenta sourit largement, amusé par l'attitude de son ami.

— Il faut que je te parle d'une affaire complexe, dit d'emblée l'enquêteur redevenu soudain sérieux.

— Il faut qu'elle le soit bigrement pour m'obliger à en parler à huit cents bornes de mon bureau.

— C'est le cas.

Rudel se redresse, surpris.

— Que se passe-t-il, Francis ? Je suis assez étonné de te voir te prélasser dans ce coin paradisiaque alors que tu viens de perdre ton meilleur ami ! Je dirais même : choqué.

— Ce n'est pas parce que je ne pleure pas que je n'ai pas de chagrin. Stan était tout pour moi. Sa présence me manque, son rire me manque, ses facéties, son humour, aussi discutable qu'inattendu, me manquent. C'est une partie de moi qui est morte. C'est un fardeau que je porterai toute ma vie sur les épaules. Mais que veux-tu, la vie continue...

Rudel se fait plus incisif, fixant étrangement son ami durant de longues minutes.

— Sans compter la défection du Gascon et de sa compagne ni le départ fracassant de Myriam... Tu as passé quelques nuits en cellule de dégrisement suite à des rixes sur la voie publique et dans des restaurants. Je me suis même laissé dire que tu ne gérais plus vraiment tes affaires. Certains journalistes, notamment économiques, affirment que ton groupe pourrait être racheté par des Américains ou des Allemands. Ce n'est pas ton année, on dirait ? D'où ma question : que se passe-t-il ?

Francis esquisse un petit rire.

— Que la liberté de la presse est une bonne chose.

— Garde ce genre de réponse pour les gogos. Tu sais que l'alcool ne résout pas les problèmes ?

— Le lait non plus.

Rudel s'anime.

— Ces quoi ces discours à la con ? Tu ne peux pas parler franchement pour une fois ?

— Donner l'illusion du contraire de ce que tu fais a l'avantage de laisser les bavards s'agiter sur le devant de la scène, sans compter que l'effet de surprise est total quand... tu attaques.

Rudel se détend un petit peu, mais continue de fixer tout aussi étrangement son ami. Il essaie de le comprendre.

— Rosswald, ça te parle ?

Le Commissaire a du mal à cacher sa surprise.

— C'est ça ton affaire complexe ?

— Tu ne m'as pas répondu.

— Oui, je suis au courant, bien sûr que je le suis, qu'est-ce que tu crois ? La presse ne fait que d'en parler. Cette tentative non élucidée de rapt est encore présente dans tous les esprits. On a même créé une cellule spécialisée entièrement dédiée aux recherches.

— Je sais. Le Commissaire Barnier la chapeaute en plus de ses très nombreuses autres fonctions.

— Ce pauvre gosse a bien failli disparaître dans la nature ! Sans l'intervention musclée de ses deux gardes du corps, il serait probablement mort à l'heure actuelle. Ce môme est aussi connu que son illustre mère. Dans la région, on ne parle que d'elle. Mais dis-moi, Francis, je croyais que tes équipes travaillaient sur le vol de l'or de la Société Walder ? ...

— Aussi. Mondial Protection a les moyens de mener les deux enquêtes de front.

— L'affaire Rosswald, même si les journalistes se font encore du gras avec, c'est, pour moi, de l'histoire ancienne. Qu'est-ce que tu as à y voir ?

Francis observe une courte pause.

— Quand ton collègue Barnier a travaillé sur ce rapt manqué, il a remué ciel et terre pour retrouver les commanditaires. Il faut dire qu'il n'avait pas tellement le choix. Le beau-père, Robert Rosswald, n'est pas n'importe qui, loin de là. C'est un capitaine d'industrie particulièrement renommé, sans compter qu'il a un physique avantageux. Toutes les femmes ne rêvent que de lui. S'il est un chef d'entreprise clairvoyant et aussi réputé que redouté, c'est également un sportif accompli. Sport automobile, varappe, vol à voile, parachutisme, aviron, sports mécaniques... bref, tout ce qu'il touche devient de l'or. On ne compte plus ses trophées. Il est incontournable de la réussite de la Haute-Savoie. Les prouesses économiques de cette région sont en très grande partie dues à son action et à son mérite personnel. C'est une vraie locomotive. Il fait bien entendu des jaloux et des envieux, mais tout le monde est unanime pour saluer son savoir-faire et son engagement illimité pour sa région qu'il adore par-dessus tout. Ses usines de décolletage, entre autres, font vivre beaucoup de monde dans la région, et il a des appuis politiques puissants...

— Robert ! laisse tomber le Commissaire, les yeux dans le vague en faisant rouler son verre vide entre ses paumes.

— Robert Rosswald a le bras long, très long, et des entrées partout, précise-t-il. Son carnet d'adresses est impressionnant. Il fricote avec certains membres du cabinet du Ministre de l'Intérieur. Il a ses habitudes à Bercy et à Matignon.

— On le dit très proche du Premier Ministre.

— Il l'est.

— Merci de me le confirmer.

Rudel reste pensif quelques secondes avant de poursuivre.

— Malheureusement, avec le temps, actualité oblige, nous avons été obligés de passer à autre chose. La menace terroriste est maximale et nos missions si nombreuses. Enfin, nous n'avions pas les effectifs suffisants pour faire face à toutes nos obligations.

— Je sais. C'est à ce moment qu'à la demande expresse de Paola Rosswald, la mère, j'ai accepté de reprendre le flambeau.

Rudel sourit largement.

— Je me disais bien aussi.

— J'ai très vite relevé des indices intéressants, mais plus j'avançais, plus « on » me mettait une pression insupportable sur les épaules. Une campagne de presse virulente et très hostile à mon groupe, des menaces à peine voilées et, pour finir, des « agressions » en pleine rue. Avertissements très clairs !

— Tu avais atteint la ligne rouge. Celle à ne pas franchir.

— Mais j'ai tenu bon malgré tout, même quand un vent de contestation s'est levé au sein de mes propres équipes.

— Je sais. Ton Gascon t'a mené la vie dure. Lui était d'avis de tout arrêter. Trop dangereux !

— Ce sont les aléas de la vie. Bref, j'ai quand même fini par découvrir que les ravisseurs avaient des contacts avec le milieu de Marseille et, surtout, celui de Nice, et plus particulièrement dans le monde des jeux.

— Et tu as donc décidé d'y envoyer Stan pour enquêter en profondeur ?

— Exact ! Malheureusement, j'ai mal évalué le danger. Ces gens ne rigolent pas. La preuve.

— Et ils s'en sont ensuite pris à toi ?

— J'étais le prochain sur la liste. C'était évident. Je n'avais donc plus d'autre choix que de faire baisser la pression. La mort de Stan m'oblige à continuer, rien que pour pouvoir le venger. Sa mort ne doit pas rester impunie... Je sais, tu dois trouver que je suis sacrement gonflé de profiter de la mort de mon meilleur ami pour... mais que veux-tu, je suis ainsi fait. J'ai pris des engagements envers les Rosswald, notamment auprès de la mère, cette pauvre Paola. Elle n'est plus que l'ombre d'elle-même. Je trouve même qu'elle tient bien le coup. Ce genre d'épreuve doit la rendre totalement folle d'inquiétude. Se lever chaque matin sans savoir si ton gosse mangera à la maison le soir... Difficile à gérer.

— Et toi, là-dedans ? Tu es encore sur le coup ?

— M'immerger dans le travail, même de très loin, m'empêche de trop penser. C'est une très bonne thérapie.

Rudel regarde tout autour de lui, faisant mine de découvrir l'immensité des somptueux et majestueux pins parasol, alors qu'une légère brise marine vient chatouiller ses narines. L'air embaume. Le refrain des cigales l'endort.

— En effet, à ce que je vois, tu as une façon de t'immerger bien particulière.

Francis ne répond pas, se contentant de manger machinalement de délicieux *Gressini*.

L'air d'un comploteur, Rudel s'approche lentement.

— Pourquoi parler de l'affaire Rosswald, ici ?

Le policier martèle la nappe de son index droit pour appuyer sa question.

— Les murs ont des oreilles aussi bien à Genève qu'à Annecy.

Le Commissaire se redresse en ricanant.

— J'en étais sûr.

— La technique de nos jours est particulièrement efficace. Quelqu'un qui maîtrise cet outil peut faire tout ce qu'il veut. Pire ! Il anticipera tout ce que son « adversaire » pourra imaginer. C'est imparable.

— Tu te sens surveillé ?

— « Je »... suis surveillé... enfin, je l'étais.

— Et tu viens jusqu'ici pour le vérifier ?

— Je fais coup double. Loin de Genève et d'Annecy, je donne l'impression de délaisser mes affaires, et la distance devient un sérieux problème pour mes « anges gardiens ». Ils sont deux. Très doués, mais pas assez pour moi.

Rudel fronce les sourcils.

— Pour qui travaillent-ils ?

— Je n'en ai strictement aucune idée. Juste quelques sérieux soupçons.

— En rapport avec ton enquête sur la tentative de rapt du petit Rosswald ?

— Pas seulement.

Le Commissaire soupire bruyamment.

— Si tu continues à me parler par énigme, on n'y arrivera jamais. C'est quoi ton problème, exactement ?

Francis appelle la serveuse et, d'un geste explicite, lui fait comprendre que leurs verres sont vides.

La jeune fille ayant acquiescé de la tête, il regarde à nouveau le policier qui a croisé ses mains. Il attend et cache difficilement son impatience.

— Quand Julien Rosswald a failli se faire enlever, il se rendait auprès de son répétiteur, le professeur Jacquart. L'homme est paraplégique, c'est pour cela que la famille payait deux gardes du corps, Daniel et Richard, pour accompagner le gamin où qu'il aille.

— Je sais tout cela. La Mercedes que conduisait l'un des deux gorilles, a été contrainte de stopper quand une fourgonnette l'a soudainement obligée à se rabattre sur le bas-côté.

— La suite tient du plus pur film policier. Les deux agresseurs ont été retrouvés morts non loin de leur véhicule. Cervicales brisées : méthode de professionnel. Les deux gardes ont réagi au quart de tour, c'est tout à leur honneur.

— Sauf que quelques jours plus tard, Daniel était abattu en sortant de sa pizzeria préférée...

— Quant à Richard, poursuit Rudel, il a donné sa démission. Risquer sa vie, OK, mais la perdre bêtement, même pour un gosse, là, il n'était plus d'accord.

— Cette opération ratée, tous ces assassinats, et cette vengeance porte une signature.

— Oui !

Les deux hommes se dévisagent.

— Tu as la même idée que moi ?

— C'est très possible.

Rudel observe une pause puis repose son verre vide.

— Bouddha ?
— Bouddha !

QUI A TENTÉ DE KIDNAPPER JULIEN ROSSWALD ? ...

— Je ne vois pas qui d'autre que lui aurait pu tenter un coup pareil avec autant d'audace. Bouddha règne en maître absolu sur plus d'un quart Sud-Est de la France. Il ose tout et a une chance insolente. Protégé par une armée de porte-flingues et une armada d'avocats, il s'en sort toujours. Même au niveau du fisc, impossible de lui reprocher la moindre peccadille. Ce criminel va me rendre fou !

— La délinquance en France ne cesse de progresser. Ce n'est pas à toi que je l'apprendrai. Le laxisme de la justice lui donne des ailes. Elle ose tout ! On se croirait revenu au joyeux temps qui a suivi la Libération ([9]). Juste après la guerre, vous avez été longtemps dépassés par les évènements. Cela a perduré durant la guerre d'Algérie, trop occupés avec les Arabes et l'OAS ([10]). Après la guerre d'indépendance, vous avez heureusement vite repris le dessus ([11]).

---

[9] Authentique. La décennie qui a suivi la Libération, a vu les voyous prendre une nette longueur d'avance sur la police.

[10] Authentique. OAS : Organisation Armée Secrète. Tenante de l'Algérie Française. Ses membres, essentiellement venus de l'armée, voulaient assassiner le Général de Gaulle. De nombreux attentats ont été ainsi commis sur le territoire français même. Les hommes politiques de l'époque ont recruté des gens du milieu pour combattre l'OAS.

[11] Authentique. Durant cette période faste de la voyoucratie, les voleurs s'en sont donnés à cœur joie. Les fourgons postaux

Rudel fait celui qui n'a pas entendu. Il ne tient pas à se laisser embarquer dans une discussion qu'il estime aussi fastidieuse qu'hors de propos. Il est flic, pas juge. À ce titre, il a bien assez de problèmes à résoudre.

— Grâce à la camionnette, nous avons découvert où les deux voyous devaient séquestrer le gosse. Mais rien n'a été découvert de significatif à l'intérieur. Nous avons eu alors la conviction d'avoir affaire à des professionnels. Et ce genre de pro ne peut être stipendié que par Bouddha. Tous nos services ont fouillé la région dans tous les sens. Personne n'a rien trouvé. Bouddha est extrêmement puissant. Personne n'arrivera à le déboulonner. Et pourtant, Barnier lui a collé une pression d'enfer ! Mais, même là, il ne s'est pas trahi une seule fois. Ce type n'est pas humain.

Francis sourit en coin. Manifestement, il n'est pas de cet avis.

— Grâce à ma « défection », la pression est retombée et la surveillance s'est peu à peu relâchée. Après la mort de Stan, les démissions de Jean-Georges et de sa compagne, le départ de Myriam, Bouddha a dû estimer que je ne représentais plus vraiment de danger pour lui. Je veux dire... de danger immédiat.

Rudel sourit en coin. Au ton, il a tout de suite compris qu'il fallait lire entre les lignes.

— Mais comme ça, tu travailles toujours en coulisse sur l'affaire ! Je commence à mieux comprendre.

En même temps, il se détend, rassuré de constater que son ami est toujours parfaitement

---

n'existaient pas. Ils attaquaient les facteurs les jours de mandats. La paye des usines se faisait de la même manière. Les voleurs braquaient les employés de la poste qui se laissaient délester des valises qu'ils transportaient. De plus, la frontière entre policiers et gangsters était extrêmement poreuse. Tout ce petit monde travaillait souvent en étroite relation. Renseignements contre tranquillité. Les accointances remontaient, parfois, très, très haut. Jusqu'aux plus hauts niveaux des politiques.

opérationnel. Il reconnaît que l'astuce est payante mais risquée. Francis a misé gros, très gros.

— Exactement. Je n'avais pas d'autre choix que de faire baisser la pression.

Rudel pèse le pour et le contre. La serveuse approche et dépose deux bières Nastro Azzurro bien fraîches. Francis en profite pour passer commande, les tables se trouvant de plus en plus prises d'assaut par les vacanciers, mieux vaut ne pas perdre de temps.

Rudel prend le temps de la réflexion.

— J'en reviens aux Rosswald. Comment qualifierais-tu leur union ?

Francis sourit.

— Toi aussi, tu te poses la question. Je te reconnais bien là. Que dire ? Ma foi, elle est éperdument amoureuse de son second mari. La mort brutale de Frédéric, son premier époux, le père de Julien, l'a détruite. Heureusement, elle a pu s'appuyer sur l'épaule plus que solide de ce Robert...

Rudel boit religieusement, yeux fermés.

— Cette femme est admirable, poursuit Francis. Paola Manfredi ! Une icône en Haute-Savoie. Tous les médias en parlent. Les femmes ne jurent que par elle. Et pour cause, elle a réussi le tour de force d'allier sa vie professionnelle de mannequin international avec celle, tout aussi énergivore, de mère de famille. Une sacrée réussite que beaucoup admirent avec un brin de jalousie et, surtout, d'envie ! Malgré ses innombrables activités, elle a su, avec un brio rare, s'investir totalement pour son fils qui compte plus que tout. C'est un modèle pour toutes les mères qui voient en elle l'exemple parfait à suivre. Mais en ce moment, malheureusement, elle vit un véritable calvaire.

— C'est peu dire.

La serveuse interrompt Rudel qui allait poser une question. Il attend qu'elle ait fini son service pour poursuivre, tout en humant le délicat fumet des « Penne all'Arrabbiata ».

— À propos du fils, justement, j'ai découvert que ça ne va pas si bien que ça avec le beau-père. Paola s'évertue à tout faire pour que Julien le considère comme son « papa », mais le gosse ne l'entend pas ainsi. Pour lui, son « papa », c'est Frédéric. Robert n'est que le mari de sa mère. Le gamin fait bien la différence. Il y tient. Pauvre gosse ! La mort de François Manfredi, son grand-père auquel il était très attaché, il y a quelques années, l'avait déjà pas mal secoué. Ne parlons pas de celle de son père. Et maintenant, cette nouvelle épreuve... Ouais, pauvre gosse !

Francis réfléchit quelques secondes.

— On le disait extrêmement proche de son grand-père. C'est d'ailleurs lui qui lui avait transmis le virus du train électrique.

— C'est exact. Pour en revenir à Robert, je ne le sens pas, ce type.

— Si tu me parles de lui, c'est parce que tu envisages possible qu'il soit derrière ce kidnapping, n'est-ce pas ?

— Ça fait vraiment plaisir de travailler avec des personnes qui comprennent tout au quart de tour... dis donc ! Fameuses tes « Penne » !

— Je parie que tu regrettes déjà moins d'avoir fait tout ce chemin.

En secouant la tête de satisfaction, Rudel reprend :

— En effet. Les rapports entre Julien et Robert son très tendus. Il devient presque un obstacle entre lui et sa mère. À chaque fois, Paola prend le parti de son fils contre Robert. Un jour ou l'autre, ça va péter. Robert est quelqu'un de strict. Un bourreau de travail. Il ne jure que par les études, l'enseignement, la bonne éducation. Pour lui, c'est le seul moyen pour se faire une place au soleil. Il tient essentiellement à l'étiquette, au « qu'en dira-t-on ».

— Et ce pauvre gosse n'a que douze ou treize ans, grand maximum. Il joue encore au train électrique et l'autre veut le faire intégrer une école pour fils de riches en Suisse. Le décalage est flagrant, mais ton idée n'est pas si idiote qu'elle n'en a l'air. N'oublions pas que Robert est le cousin de Frédéric. Cousin éloigné, certes, mais cousin tout de même. D'après mes informations, il a toujours été jaloux de Frédéric. La réussite de ce dernier, ses conquêtes féminines, sa facilité déconcertante de jouer, et de gagner gros, au jeu, l'ont toujours ulcéré. Épouser Paola a été, pour lui, je suppose, comme prendre sa revanche sur la vie. Se mettre enfin au même niveau que ce cousin honni. Robert, même avec une excellente situation et son carnet d'adresses, a pas mal de soucis financiers en ce moment. D'ici à ce que l'idée de demander une rançon à sa femme lui ait traversé l'esprit, il n'y a qu'un pas. Il en a la capacité intellectuelle et les moyens, grâce à ses appuis hauts placés, il se sait « intouchable » en cas de... Il fait ainsi d'une pierre, trois coups : il empoche le pognon du rapt, élimine le gosse, et retrouve l'amour dans les bras de Paola qu'il console comme se doit de faire tout mari éploré. À lui la grande vie !

— Bonne déduction. Dans la famille, en effet, c'est Paola, la mère, qui, selon toute vraisemblance, possède la fortune, donc...

— Pourquoi « selon toute vraisemblance » ?

— D'après certaines vieilles rumeurs, il y aurait eu un sacré sac de nœuds avec son père, François.

— Tu en sais un peu plus ?

— Non, malheureusement. Francis, tu sais ce que c'est ! Les rumeurs, ça va ça vient, et elles circulent encore plus quand tu es blindé aux as et en quasi permanence sous les feux de l'actualité. Alors dans une famille pareille, hein !

LA SURPRISE DU CHEF ! ...

Rudel savoure visiblement son second plat de « Penne all'Arrabbiata » sous l'œil amusé de Francis.

Le Commissaire laisse soudain sa fourchette en suspens.

— Que veux-tu me demander ?

Pourtant habitué aux façons de faire de son ami, Francis est surpris par la grande sagacité du policier.

— Ça se voit tant que ça ?

Rudel s'affaire à prendre une belle fourchette de « Penne » en souriant.

— Comme le nez au milieu de la figure. Alors, de quoi s'agit-il ?

— Devarieux.

Le Commissaire est à son tour surpris. Il en laisse sa bouche ouverte, fourchette en l'air.

— Devarieux ! Qu'est-ce que tu lui veux à cette brèle inutile ? Il a été dégagé des cadres pour incompétence et, surtout, suspicion grave de corruption avec des gangsters notoires, notamment à Annecy.

Francis prend une profonde inspiration et se jette à l'eau.

— Que tu le nommes à la place de Barnier.

La stupeur se lit sur le visage du Commissaire qui manque s'étouffer. Francis affiche un large sourire.

— Quoi ? ... Ai-je bien entendu ? Tu veux que je remplace Barnier par cette espèce de... ce connard incompétent ? Dis-moi, le soleil de Toscane t'a trop tapé sur la tête ou quoi ? Tu te rends compte de ce que tu me demandes ? Ce mec oscille entre le bien et le mal. Il est tellement mouillé de partout qu'il risque de se faire descendre, comme le Commissaire Blémant ([12]).

— Oui ! Et c'est bien pour ça que c'est à toi que je m'adresse. Il n'y a que toi qui aies l'autorité pour le faire.

Rudel prend le temps de la réflexion. Il accuse encore le coup.

— Et tu crois que c'est avec deux plats de pâtes et quelques bières que tu vas obtenir gain de cause ? Tu me connais mal, mon gars !

Francis avait prévu sa réaction. Il lâche du lest.

— Arrange-toi pour que Devarieux soit sur le coup. Que cela se sache. Garde Barnier, mais il me faut Devarieux.

L'étonnement grandissant se lit de seconde en seconde sur le visage du policier.

— Que je m'arrange ! ... Mais nom de Dieu, Francis, qu'est-ce qui te passe par la tête ? Barnier n'est pas un foudre de guerre, certes, mais il fait le *job* et il le fait très bien ! Il a stoppé l'enkystement des banlieues. Bloqué la vague de racket...

— Tout particulièrement à Annecy, oui, je sais.

---

[12] Robert Léon Arthur Blémant, dit « Monsieur Robert ». Né le 13 février 1911, à Valenciennes. Il est l'emblème de toutes les collusions et de toutes les opacités qui ont marqué les grands scandales de la IVème et Vème république. Fervent patriote, il a dirigé la branche de la DST (Contre-espionnage) à Marseille durant l'Occupation et, en tant que résistant, a contribué efficacement à la lutte contre les Allemands. En 1956, il sera fait Chevalier de la Légion d'Honneur. Durant cette période, il s'est lié d'amitié avec pas mal de malfrats, au point qu'il finira par démissionner en 1949 pour devenir lui-même un voyou. Il est alors en cheville avec le puissant groupe du clan Guérini (jeux). Leurs dossiers disparaîtront mystérieusement au lendemain de la guerre grâce à... Blémant. Les deux frères Guérini aideront beaucoup Gaston Deferre dans son accession à la Mairie de Marseille. Blémant finit par les trahir en se mettant à son compte sous des noms d'emprunt. Le 15 mai 1965, il est abattu de 2 rafales de MAT 49 par un commando dirigé par René Mondoloni, fils naturel de « Mémé » Guérini.

— Et tu voudrais que je foute en l'air tout son travail, simplement parce que « Môssieur » a besoin de Devarieux ? Non, mais tu sais ce que tu fais ?

— Paul, je n'ai jamais été aussi sérieux de ma vie.

Abasourdi, Rudel enfourne sèchement sa fourchette et mâche lentement tout en fixant Francis. Il réfléchit à s'en faire exploser les neurones avant de se redresser lentement.

Il pose sa fourchette et s'essuie consciencieusement la bouche.

— C'est un « non » catégorique !

— Paul, il faut que...

— Ce n'est pas négociable ! Mais qu'est-ce que tu crois ? Qu'on est revenu aux temps bénis où la police s'appuyait sur les malfrats ? On ne gagne rien à traiter avec ce genre de personnes parce que si elles vous rendent des services, un jour ou l'autre, elles vous en demanderont. Je ne crois pas que l'on ait le moindre intérêt à s'appuyer sur les éléments douteux. La démarche est vouée à l'échec. C'est prendre une bien trop grande responsabilité que de décider d'utiliser en dehors de la légalité des types de ce genre, parce qu'un jour ou l'autre, comme je viens de te le dire, tu seras obligé de renvoyer l'ascenseur. La corruption commence par des petits cadeaux, puis... après, tout devient incontrôlable. La corruption, c'est la peste des États, le fléau des peuples. Ça coûte une fortune à l'intérêt général et ne rapporte strictement rien au bien commun, et nous tous en sommes collectivement les victimes invisibles. Trouve autre chose !

Francis s'attendait à ce genre de réponse, mais il n'entend pas se laisser renvoyer dans ses vingt-deux mètres sans réagir. L'enjeu est bien trop grave.

— Connais-tu Montesquieu ? ([13]).

---

[13] Charles Louis de Secondat, baron de La Brède et de Montesquieu. Né le 18 janvier 1689 à La Brède (près de Bordeaux) est un penseur politique, précurseur de la sociologie, philosophe et écrivain français. Il a marqué la période dite « des Lumières ». Il est mort le 10 février 1755, à Paris. Avec John Locke, il est l'un des principaux

Le Commissaire est à nouveau surpris.

— Quel rapport ?

— En 1734, il a publié un texte intitulé : « Considérations sur les causes de la grandeur des Romains et de leur décadence »...

— Et alors ? Où veux-tu en venir à la fin ? Tu es agaçant !

— Il a notamment consacré un chapitre entier à la corruption des Romains.

— Tiens donc !

— Observant que les richesses insolentes accumulées par un petit groupe avaient engendrés des inégalités socialement insupportables pour le plus grand nombre, Montesquieu écrivit, je te cite de mémoire : « *La grandeur de l'État fit la grandeur des fortunes particulières ; mais comme l'opulence est dans les mœurs, et non pas dans les richesses, celles des Romains, qui ne laissaient pas d'avoir des bornes, produisirent un luxe et des profusions qui n'en avaient point. Ceux qui avaient d'abord été corrompus par leurs richesses le furent ensuite par leur pauvreté ; avec des biens au-dessus d'une condition privée, il fut difficile d'être un bon citoyen ; avec les désirs et les regrets d'une grande fortune ruinée, on fut prêt à tous les attentats* ». J'ai comme l'impression que rien n'a vraiment changé, non ?

Rudel ne répond pas, se contentant de boire en silence avant de continuer à manger lentement.

L'argument a porté.

Un long silence rythmé par le concert des cigales s'ensuit. De temps à autre, de loin en loin, des éclats de rire, le tintement des verres... Le ballet incessant et parfaitement millimétré des serveuses très souriantes et vraiment professionnelles, accentue ce côté festif.

Francis se garde bien d'intervenir.

---

penseurs de l'organisation sociale et politique sur laquelle nos sociétés d'aujourd'hui s'appuient. Il est à l'origine de la conception de la séparation des pouvoirs ainsi que du principe de la « Démocratie Occidentale ».

Le Commissaire s'interrompt soudain, pose sa fourchette et regarde tout autour de lui, humant l'air chaud et parfumé de la pinède.

— Dis donc, la Toscane t'inspire drôlement... Si tu me demandes ça, c'est parce que cela sert tes intérêts, mais je n'arrive pas encore à voir ce que... Nom de Dieu ! ... Ne me dis pas que ? ...

Francis sourit tout en acquiesçant de la tête.

— Fais surtout en sorte que cela se sache. C'est essentiel ! Tu entends ? Capital même !

— À qui veux-tu faire passer le message ?

— À Bouddha !

— Nous y voilà !

UN HOMME INQUIET… TRÈS INQUIET ! …

France, Annecy,
lundi 20 août,
10 h 23,

Même si le temps est encore au beau fixe après un bref épisode de canicule, on sent que l'atmosphère change. Les premiers signes annonciateurs de l'arrivée d'un bel automne sont là, aux aguets, imperceptibles, mais bien présents.

— Entre Tony, entre !

L'homme de main franchit rapidement la distance entre la porte d'entrée et le bureau du Corse, Dominique Salinesi, debout, imperturbable.

On entend juste le ronronnement du puissant ventilateur. Même en altitude, la chaleur est encore bien présente.

— Installe-toi. Alors, quoi de neuf ?

Tony s'assoie lourdement.

Tout est lourd en lui. Le visage, le corps. Mais qu'on ne s'y trompe pas, il est étonnamment agile et non dépourvu d'une solide intelligence. C'est d'ailleurs pour cela que l'homme de confiance de Bouddha se repose presque entièrement sur lui.

— J'ai fait comme vous me l'aviez demandé. Rudi est *clean*.

Salinesi ne semble pas apprécier cette information.

— Tu es sûr ? demande-t-il en s'asseyant lentement, suspicieux.

— Absolument. Je n'ai pas cessé de le suivre. Il fait son boulot avec efficacité, tout en restant soigneusement en retrait, comme vous le lui avez ordonné. Personne ne sait qui il est et encore moins pour qui il bosse.

— OK ! Admettons. Et quand il n'est pas de service ?

— Rien d'extraordinaire. Il reste cloîtré chez lui, sinon il fait tous les deux ou trois jours le tour du lac en courant, comme en ce moment. Il s'entretient, le mec. Et drôlement même.

— Le tour du lac ! Rien que ça !

Étonné, Salinesi se dirige vers l'immense baie vitrée qui donne sur le lac d'Annecy. La vue est imprenable. Droit devant lui, l'immense étendue d'eau calme s'étend sans fin et, légèrement sur sa droite, l'imposant Casino-Hôtel Impérial affiche avec insolence une réussite exceptionnelle tout en rappelant les fastes d'une époque révolue.

— Durant ses entraînements, tu n'as rien remarqué d'anormal ? Il ne s'arrête jamais pour parler à quelqu'un ?

— Jamais. Écouteurs vissés aux oreilles, il court seul et ne s'arrête presque jamais. On a même du mal à le suivre, c'est un sacré sportif.

— Je n'aime pas ton « presque ». Il s'arrête ou pas ?

— Ben si, oui, une fois ou deux. Il fait des exercices de respiration et des assouplissements. Enfin, le truc habituel, quoi.

— Il est seul à ce moment-là ?

— Oui et non.

— C'est « oui » ou c'est « non » ?

— Ben, y a d'autres joggeurs avec lui qui font pareil.

— Il leur parle ?

— Rien d'extraordinaire. Bonjour, bonsoir, le temps qu'il fait, j'ai battu mon record, deux blagues, trois idioties, une histoire de cul... Bref que des conneries de sportifs.

Salinesi réfléchit, pas convaincu. Il ne veut rien laisser au hasard, car il sait très bien que le hasard n'existe pas et que dans son métier, il est mortel.

— Ce sont les mêmes personnes qui s'arrêtent près de lui ?

— Des fois oui, des fois non. Ça varie en fonction des jours, mais c'est normal de rencontrer plus ou moins les mêmes personnes.

— Des fois oui, des fois non, ça varie, plus ou moins. Quand seras-tu un jour précis, bordel de merde ? Tu as fait des enquêtes sur ces gens qu'il rencontre « plus ou moins » ?

— Bien sûr, mais on perd notre temps, patron, je...

— C'est moi qui décide si on perd notre temps ou pas. C'est clair ?

— Très clair.

— Alors ? Des résultats ?

— Négatif ! On a repéré plusieurs Suisses.

Le Corse se détend.

— Ah si, y a aussi un Américain en vacances. C'est tout.

— Quoi ?! Un Américain ?!

Salinesi est dans tous ses états.

— Ben oui ! Qu'est-ce que cela a d'extraordinaire ?

— Il est rare de trouver un Américain ici, à Annecy, mais quand j'en trouve un à côté de Rudi Mahoney, je m'inquiète.

— Pourquoi ?

— Mahoney a bossé aux States.

— Et vous croyez que...

— Je ne crois pas, je veux être sûr. Comment s'appelle ce type ?

— Pourquoi ? Quel intérêt de...

— Parce que je te le demande, triple connard !

Tony farfouille dans ses notes.

— Heu... Ange à fait une rapide enquête et...

— Son nom ! Vite !

— Webster ! Garry Webster. Natif de l'Illinois. Vit à Sacramento. Marié, deux gosses. Bosse comme vétérinaire... Patron, ce type est en vacances. D'ailleurs sa femme est française, ce qui explique cela.

Salinesi sourit curieusement.

— Tony, quand mon genou me fait toujours mal, c'est qu'il y a quelque chose qui ne tourne pas rond. Tu m'as dit que Rudi portait toujours des écouteurs ?

— Je confirme. Un baladeur dernier cri. Ça vaut un gros paquet de fric !

— Tu es sûr et certain ? Ces écouteurs, tu as vérifié ce qu'il écoutait ?

— Affirmatif ! Beatles, Stones, Pink Floyd, Nirvana, Pendragon... que des groupes de rock. On a fouillé sa carrée de fond en comble : rien de suspect.

— Son baladeur ?

— Ben aussi ! Mais il est tout ce qu'il y a de plus *clean*.

Salinesi fait une drôle de moue. Il s'attendait à quelque chose de nettement plus croustillant. Il est vaguement rassuré mais en même temps, cette banalité dans le mode de vie de Rudi, l'inquiète. Il ne peut s'empêcher de trouver cela étrange.

Tout comme, soudain, il trouve étrange la présence d'un énorme bateau ancré juste en face de l'immeuble.

— C'est quoi ce navire ? crie-t-il presque en pointant un doigt bien droit sur l'embarcation en question.

Tony s'approche.

— Ah ça ! Pas grave !

— Je ne te demande pas si c'est grave ou pas, connard ! Je veux savoir ce que fait cette barque devant l'immeuble !

— C'est le nouveau bateau-restaurant de la Compagnie des Bateaux d'Annecy. Il devrait, à terme, remplacer l'actuel « Libellule ».

Salinesi se calme.

— Il est, pour le moment, en travaux. Les ouvriers sont en train de terminer les ultimes agencements.

Le Corse fixe le grand navire puis, d'un coup, en se retournant :

— Des femmes ?

— Sur le bateau ?

— Mais non, connard ! Je te parle de Rudi !

— Négatif ! Ce type est un ascète. Tout pour le boulot et pour l'entretien de son corps.

Salinesi fronce les sourcils.

— Il ne serait pas ? ... Tu vois ce que je veux dire ?

— Non, patron, ce mec est *very clean.* À tous les niveaux. Croyez-moi.

— Justement ! laisse tomber le Corse, toujours inquiet.

Le bras droit du plus puissant patron de la pègre de la région n'en rajoute pas, observe une pause, cherchant où il aurait pu se tromper. Il n'a pas droit à la faute. Il sait ce qu'il encourt dans le cas contraire.

En effet, il y a énormément à perdre dans la balance. Bouddha contrôle tout depuis Clermont-Ferrand jusqu'à la frontière Italienne, à Chamonix, et du Nord de la Bourgogne à la Côte d'Azur. Dans cette zone, rien de ce qui se négocie à l'abri des investigations policières ne lui échappe. Du plus petit au plus gros des trafics. Partout, avec une extrême violence s'il le fallait, il a imposé sa « protection ». Sur tout, il touche sa commission. Il a amassé un tel trésor de guerre qu'il peut tranquillement financer ses opérations à très haut rendement financier : drogues, armes, trafics de médicaments, d'enfants et, surtout, le kidnapping. En général, les victimes ont trop peur pour en parler à la police. Il fait toujours en sorte que la trouille soit impossible à gérer. Il a des moyens particulièrement efficaces pour cela. Il sait se montrer persuasif.

Les victimes ne souhaitent qu'une chose, c'est que le cauchemar finisse, que leur soit rendu leur enfant chéri. Alors, elles payent, sans rechigner. En général, Bouddha rend les enfants. Son système est parfaitement bien rôdé. Personne, aussi malin soit-il, n'est en mesure d'identifier les ravisseurs.

Seulement, ces derniers temps, il semblerait qu'un grain de sable se soit glissé dans cette mécanique aussi bien huilée que parfaitement machiavélique.

Il a enregistré son premier « flop » et ça a le don de mettre Salinesi dans une fureur noire. Du coup, il se méfie de tout et de tous.

Quelqu'un d'autre serait-il sur le coup ? Quelqu'un qui aurait eu tout intérêt à prévenir les gardes du corps ?

Voilà pourquoi Salinesi, prudent, prend autant de précautions, surtout quand il embauche un nouveau. Son dossier est si parfait, si éloquent, qu'il a des doutes. Pourtant, tous les indicateurs sont au vert. Reste l'ultime épreuve : celle du feu !

— Bon, c'est bien. Retourne à ton travail... Mais je veux un rapport complet sur cet Américain. Ce Garry Webster ne m'inspire pas. C'est louche.

— On va le faire.

— Non ! hurle Salinesi. On le fait !

Tony baisse la tête et se dépêche de quitter le bureau.

Une fois sorti, Salinesi croise ses doigts et se tapote mécaniquement les lèvres tout en fixant sans le voir l'immense navire qui tire doucement sur ses amarres.

Ça l'aide à réfléchir.

Il se secoue soudain.

Il a pris une décision.

— Il est temps de passer à l'action. Grand temps ! Je veux en avoir le cœur net, faut qu'on sache ce que ce mec a dans le coffre.

Au même moment, sur le navire

Le canon du fusil de précision glisse de droite à gauche avec une régularité de métronome implacable.

Parfaitement camouflé et dissimulé dans le navire, le sniper s'amuse à suivre les évolutions des coureurs et des promeneurs qui se pressent pour profiter des dernières journées de soleil.

Il en profite pour régler sa lunette de visée.

Le confort de travail, c'est essentiel !

Satisfait, il s'attache maintenant plus particulièrement sur un coureur affublé d'un baladeur dernier cri. Il court vite et très régulièrement. Facile à suivre !

Rapidement, mais sans geste brusque, le sniper tourne son arme et la lève sur l'immeuble « Émeraude ». Très vite, il bloque son mouvement sur une fenêtre en particulier.

Le sniper sourit de contentement.

Dans son viseur, un homme qui semble bien inquiet.

Le tireur d'élite s'amuse à effleurer la queue de détente de son fusil tout en surveillant le Corse, puis en faisant une moue embarrassée.

— Pan ! laisse-t-il tomber sans conviction.

Il relève la tête et, pensif, regarde fixement la façade vitrée de l'immeuble, de moins en moins convaincu.

— Trop bas ! marmonne-t-il, dépité. Je suis trop bas. Compte tenu de la distance, de l'élévation, du vent et, surtout, de l'épaisseur de la vitre… Hum, non ! Trop bas ! Faut trouver autre chose.

PAS DROIT À L'ERREUR POUR NUIT D'ENFER ! ...

France, zone industrielle d'Argonay,
mardi 21 août,
02 h 14,

La nuit est noire. Un peu de vent, sans plus. Pas un bruit. Pas un chat.

La voiture s'arrête doucement. L'homme en sort et se dirige directement vers un alignement d'entrepôts et de bâtiments visiblement à l'abandon au bout de la route de Montava.

Rudi marche résolument vers le premier. Il s'immobilise, regarde aux alentours, puis se glisse rapidement derrière un grillage en fin de vie.

Il s'agenouille derrière un fourré asthmatique et ouvre sa petite mallette.

— Trois grenades incendiaires pour trois dépôts, ça devrait suffire pour les inciter à discuter.

Il en saisit une, se redresse lentement, tous les sens aux aguets. Après avoir vérifié que personne ne va venir l'interrompre, il arme son bras et lance la première grenade. Le bruit de la vitre brisée est très vite couvert par la puissance de l'explosion.

Rudi a disparu. Il est déjà une rue plus loin, dans l'Allée des Algonelles. Il recommence en ciblant spécifiquement une villa délabrée en vente depuis des décennies. La deuxième grenade fait les mêmes ravages.

La troisième retentit presque aussitôt un peu plus loin, dans l'Impasse des Marais.

Rudi rejoint rapidement son véhicule et par la D173, rejoint la D1201 qui va lui permettre de gagner Annecy. Il croise plusieurs véhicules de pompiers qui foncent, sirènes hurlantes, vers le lieu des incendies. On entend quelques détonations, sourdes, mais longues et terrifiantes.

Rudi sourit tout en conduisant tranquillement.

— De toute façon, ces bâtiments étaient destinés à la démolition... mais la quantité d'alcool de contrebande qu'il y avait dedans va faire un sérieux trou dans la caisse des frères Galtier. Salinesi va être content !

Il dépasse le Super U de Pringy et, une fois au niveau de l'échangeur autoroutier, non loin de l'Impasse de la Ravoire, juste en face des Établissements Salomon, il se gare sous la protection d'un petit bosquet jouxtant un parking.

Une voiture parmi d'autres voitures !

Il regarde sa montre tout en tendant l'oreille. Le bruit des explosions et le puissant ronflement du brasier lui parvient assourdi mais bien réel.

Il sourit, consulte à nouveau l'heure et prend son portable à carte prépayée. Il compose un numéro.

— Bernard Galtier ?

— *Qui êtes-vous ?*

— Trois de tes entrepôts sont en train de brûler. C'est moi qui y ai mis le feu. Je pensais que ça t'intéresserait de le savoir.

— *Allo ! Mais qui êtes-vous ? ...*

Rudi a déjà raccroché. Satisfait, il sort de sa voiture, extirpe la carte du portable, la casse en deux et là jette dans l'écoulement du caniveau.

03 h 19

Rudi remet en marche et revient sur ses pas pour rejoindre Pringy. Il s'arrête au feu tricolore. Sur sa gauche, un restaurant très connu : « Le Madigan's ».

— Ce bon vieux restaurant existe toujours, murmure-t-il. C'est ici que ça se passera.

Rapidement, il en fait le tour, se gare discrètement derrière et se dirige vers les fenêtres. En quelques secondes, il est à l'intérieur. Désactiver le système d'alarme est un jeu d'enfant pour lui. Vivement, il se dirige vers les toilettes des hommes et s'y enferme.

Avec des gestes précis, il ôte le couvercle du réservoir d'eau et le pose délicatement à l'envers sur la cuvette du WC. Il sort un vieux colt 45 de son blouson, le pose avec précaution dedans et le colle avec plusieurs morceaux d'autocollant avant de remettre le couvercle à sa place.

— J'en connais qui vont être surpris.

Rudi vérifie à nouveau son installation. Tout doit être parfait.

— Voilà qui est fait, l'artillerie est en place, dit-il avec satisfaction. C'est parfait ! Espérons seulement qu'il n'y a pas parmi ces voyous un accro de Francis Ford Coppola. Si jamais il a vu « Le Parrain » ([14]), je suis cuit ! Enfin, les copains et la baronne seront en embuscade. Maintenant, allons dormir. Demain, petit coup de téléphone aux frères Galtier. Dès 8 heures ! Après ce que je viens de leur faire, rien de ce que je dirai ne pourra les laisser indifférents.

Annecy,
QG des frères Galtier,
07 h 53

— Plus de soixante mille euros partis en fumée ! C'est agréable à entendre, surtout à 7 heures du matin ! Mais qu'est-ce que tu attends pour mobiliser nos amis de la police ? On les paye assez, il me semble. Tu veux

---

[14] « Le Parrain » (The Godfather), sorti en mars 1972, ce film de Francis Ford Coppola avec Marlon Brando, James Caan, Robert Duvall, Al Pacino, Al Lettieri et Sterling Hayden, retrace la vie tumultueuse de la famille sicilienne Corleone de 1945 à 1955. Le film rencontra un énorme succès et remporta 3 oscars.

que je te dise : c'est un coup de Bouddha ! Il ne supporte pas qu'on marche sur ses plates-bandes.

— Qu'est-ce que tu crois que j'ai fait ? Nos « amis » sont gênés. Ils tergiversent et tu sais très bien qu'ils n'ont pas les effectifs suffisants pour mettre une patrouille à chaque coin de rue... Quant à Bouddha, je ne pense pas qu'il soit dans le coup, jamais il n'oserait nous affronter directement. Il faut attendre que...

Le téléphone sonne.

08 heures

Emmanuel Galtier répond à la première sonnerie. Bernard reste assis.

— Je m'appelle Rudi...

— *Rudi comment ?*

— Pour vous ce sera Rudi. J'ai l'intention de me faire une place au soleil. Nous pouvons travailler à trois, ici. Nous pourrions discuter. Je vous propose une entrevue ce soir, au « Madigan's », à 22 heures. À ce soir !

Le cadet des Galtier raccroche, furibard.

— Ça, c'est le bouquet ! Il y a un gars qui s'est pointé à Annecy et qui prétend y faire la loi.

— Qui ça ?

— Un certain Rudi ! Tu en as entendu parler ?

— Non !

— Il veut nous parler au « Madigan's ».

Bernard Galtier ne connaît pas mais il a le sens des réalités.

— Il veut nous parler ! Qu'à cela ne tienne ! Loue tout le restaurant. Mets-y nos hommes. Fouille totale. Ce Rudi ne va pas faire de vieux os.

22 heures

La voiture stoppe lentement devant le restaurant. Il flotte une étrange atmosphère. Aucun bruit, le local est vide alors qu'il est brillamment éclairé.

Rudi descend et s'avance tranquillement vers deux types qui bloquent l'entrée.

— Je suis Rudi.

— Tu es attendu. Entre.

Le flingueur s'avance. Le second voyou le bloque et lui fait comprendre de lever les bras.

— On est où ici ? Dans un restaurant ou dans un commissariat de police ?

— Ne fais pas le mariole. Si tu es au parfum, tu dois savoir que les frères Galtier ne discutent jamais avec un type qui trimbale de l'artillerie... Alors on vérifie, c'est tout !

Quelques minutes plus tard, Rudi pénètre dans la vaste salle de restaurant vide. Il avise tout de suite deux hommes élégamment vêtus assis à une table. Derrière eux, accoudé au bar, un garde du corps.

— Je suis Bernard Galtier et voici mon frère, Emmanuel. Nous ne savons pas si vous êtes un homme important, mais nous sommes quand même venus discuter avec vous.

— Un homme qui coûte plus de soixante mille euros de camelote en une nuit est toujours un homme important. Mais avant de discuter je vais me laver les mains. Je n'aime pas trimbaler la sueur de vos gorilles sur ma peau.

Sans attendre de réponse, Rudi passe devant la table et entre dans les toilettes.

Les deux frères se dévisagent, cramoisis de colère.

— Non mais, tu as entendu ça ? Mais pour qui il se prend ce petit con ?

— Ne t'énerve pas, Franck s'en occupera dès que je lèverai mon verre... ce sera le signal.

Trois minutes plus tard, Rudi ressort, souriant et confiant. Il s'assoit sans détourner son regard des deux frères mais en ayant bien pris soin de faire face au garde du corps.

— Parlons peu, mais parlons bien ! J'ai tout un gang capable de mettre la pagaille dans votre organisation, bien sûr, cela m'ennuierait de détruire un si joli travail. Alors vous me versez cinquante pour cent de vos gains, de tous vos gains, et nous en restons là.

Bernard Galtier feint de réfléchir. Il s'adresse à son frère ?

— Qu'en penses-tu Emmanuel ?

— Je crois qu'il nous faut accepter.

— Eh bien, c'est d'accord, Rudi, reprend en souriant largement Bernard Galtier. Je lève mon verre à notre nouvel associé !

Tout se passe alors à une vitesse stupéfiante. Franck, le gorille, sort une arme de sa veste, mais il est surpris en voyant que Rudi se renverse en arrière en dégainant à son tour.

L'hésitation du tueur lui est fatale. Un coup de feu claque. Franck s'effondre, mort.

Dans la même seconde, Rudi abat les deux frères Galtier et s'enfuit vers les toilettes. Il était temps, les autres flingueurs restés dehors, armes à la main, font irruption à l'intérieur du restaurant.

QUAND IL Y A LA CONFIANCE ! ...

Mercredi 22 août,
immeuble « *Émeraude* »,
bureau de Dominique Salinesi,
08 h 27

— Super travail, Rudi ! Tu vois, je ne savais pas vraiment si on pouvait te faire confiance. Chapeau ! Tu en as dans le froc. J'en rendrai compte à Bouddha.

— J'aimerais lui en rendre compte moi-même.

— Pas si vite ! Quand il aura envie de te voir, il nous le fera savoir. En attendant, nous allons te trouver une jolie petite planque et laisser les choses se tasser.

Satisfait, Salinesi se lève et, souriant de toutes ses dents, déambule dans son bureau en hochant la tête de contentement.

— Bon Dieu ! Ça va faire un de ces bruits ! Les frères Galtier éliminés. Les flics ne vont pas apprécier de perdre une de leurs meilleures sources d'information. Ils vont remuer toute la ville... Mais comme on ne te connaît pas et que tu n'as jamais, ouvertement, travaillé pour nous, c'est impossible de nous mettre cette affaire sur le dos. Tu as bien travaillé !

Salinesi se détend et prend le journal qu'il commente à voix haute.

— Et comme une bonne nouvelle n'arrive jamais seule, je viens de lire qu'un nouveau policier vient de prendre ses fonctions en ville. Un certain Devarieux.

— Connaît pas.

— Ici, il est bien connu. Il a... disons... une oreille attentive à nos... problèmes. Il va pouvoir nous être très utile.

— Je vois. Puisque vous savez maintenant de quoi je suis capable, j'espère bien avoir un autre *job*, tout aussi bien payé et plus reluisant.

— Peut-être, peut-être... As-tu entendu parler de l'affaire Rosswald ?

Rudi réfléchit quelques secondes.

— Ce n'est pas ce gosse qui a failli être kidnappé il y a quelques mois ? Deux flingueurs sont restés sur le carreau. Un certain Daniel et... Richard, si mes souvenirs sont bons.

— Dis donc, tu es drôlement renseigné.

— Flinguer mes semblables ne m'empêche nullement de me tenir au courant de ce qui se passe.

— Un bon point pour toi.

— Vous aimeriez pouvoir remettre le couvert, mais avec plus de sécurité, c'est ça ?

— Tu comprends vite. C'est bien. En effet, c'est la première fois que nous ratons une opération de cette envergure. C'est mauvais pour le *business*. Certains ont cru que Bouddha était vulnérable et ont voulu en profiter. On leur a démontré le contraire en abattant Daniel. Ça calme les velléitaires. Quant à Richard, il s'est barré trop vite pour qu'on ait eu le temps de le buter. Patience, son tour viendra bien ! Ensuite les flics ont commencé à nous serrer de plus en plus près, puis ça a été ce maudit privé...

— Magenta ?

Le Corse est surpris.

— Tu sais ça aussi toi ?

— Dans ma partie, mieux vaut savoir à qui on peut avoir à faire.

— Ce n'est pas faux. C'est son Lieutenant que tu as buté.

Rudi hausse les épaules.

— Vous connaissez mon point de vue sur ce sujet.

Salinesi retourne s'assoir en jetant le journal sur le bureau, encore indécis quant à la suite à donner à son entretien.

Assis, il fixe longuement Rudi.

Puis, d'un coup.

— Bouddha avait planifié l'enlèvement de Julien Rosswald. Un coup à plusieurs millions d'euros, mais quelque chose a mal tourné. Nos deux hommes ont été tués. De plus, avec la police sur les dents, nous avons été obligés de réduire sensiblement nos activités. Maintenant, avec Devarieux, on va être plus tranquille pour s'en occuper sérieusement... enfin je veux dire... pour t'en occuper... personnellement.

— J'accepte !

— Gilles te donnera toutes les informations nécessaires. À toi de jouer. Je veux du boulot propre. Mais tu ne fais rien du tout sans m'en parler auparavant. Je veux tout vérifier.

— C'est clair.

— Il me faut ce gosse ! Il me le faut.

— OK ! À quel prix ?

— À n'importe quel prix !

— À n'importe quel prix ! Diable, il doit valoir une sacrée fortune !

— Plus que tu ne crois.

Salinesi s'anime soudain, ce qui surprend quelque peu Rudi.

Manifestement, le sujet l'obsède, car il se transforme littéralement et crache sa hargne avec une vigueur inaccoutumée.

— La famille Rosswald possède une fortune colossale en bijoux. Nous savons déjà que le coffiot ([15]) se trouve caché derrière un cadre dans la pièce contigüe à la salle de jeux où se trouve le circuit de train électrique. La porte s'ouvre grâce à un mécanisme électronique...

---

[15] Coffiot : Dans l'argot des gangsters, signifie « Coffre ».

— Mais vous n'avez jamais su où il se trouve et encore moins comment il s'active.

Le Corse semble soudain revenir à la réalité. Il jette un regard torve sur son nouveau flingueur.

— Fin de la discussion !

— Bien compris.

Rudi s'éclipse.

Resté seul, Salinesi réfléchit longuement, puis appelle Tony.

— *Patron ?*

— Quoi de neuf du côté de Magenta ? Toujours le Satu quo ?

— *Toujours pareil. On ne le voit plus à Genève. Il reste cloîtré chez lui, à Saint Germain-sur-Rhône, après avoir passé plusieurs jours en Toscane chez un ami d'enfance, mais rien de particulier. Il a voulu se couper du monde.*

— Vous l'avez surveillé tous les jours là-bas ?

— *Non, pas besoin. Restau, plage, pizzeria, boîtes de nuit, murges, putes, plage, grosses bouffes, pizzeria, restau, d'un gonflant ! Les trois-quarts du temps, il est bourré comme un cochon. Vous aviez raison, il est fini !*

— Son ami ?

— *Rien à signaler. C'est un vieux garçon. Prof de mathématique à la retraite. Il a une solide descente.*

— On a quoi sur lui ?

— *Il s'appelle Claudio Caselli. Citoyen lambda de base.*

— Vous avez fouillé sa messagerie ? Son portable ?

— *Affirmatif ! Magenta ne s'en est pas servi une seule fois. Je vous le répète, ce mec est fini !*

— Magenta a prouvé avoir de la ressource. Tu es certain qu'il ne nous fera plus chier ?

— *Certain ! Maintenant qu'il est revenu, vous savez à quoi il s'amuse en ce moment ?*

— Qu'est-ce qu'il fait ?

— *Il passe son temps à apprendre à voler en aile delta !*

— Quoi ! C'est une blague ?

— *Non, non, je vous assure. Il ne fait plus que ça.*

Salinesi laisse errer son regard sur son bureau. Qu'est-ce que ce foutu enquêteur peut bien vouloir faire avec une aile delta ?

— *Qu'est-ce que je fais, patron ?*

— Heu ! Eh bien, continue à le surveiller mais de loin en loin. S'il veut s'amuser à se prendre pour Icare, grand bien lui fasse. Laisse-le jouer au con, on a autre chose à faire.

— *Compris !*

Haute-Savoie,
Saint Germain-sur-Rhône,
domicile de Francis Magenta,
au même moment

— *Tu as vu ? Tu as ton Devarieux.*

— J'ai lu, oui. Mille mercis pour ton aide, Paul. Sans toi je...

— *Ça va, ça va, ça va. On en discutera une autre fois. Tu crois que ça va vraiment t'aider ?*

— J'en suis convaincu. Il fallait absolument endormir la confiance de Bouddha. J'étais trop près de lui, ça m'a coûté la vie de Stan. Maintenant, je vais pouvoir passer à l'offensive.

— *Fais bien attention à toi, Francis, cette fois tu vas bosser sans filets, et Stan n'est plus là pour te couvrir.*

— Cette fois je n'échouerai pas. Tu sais pourquoi ?

— *Je t'écoute.*

— Jusqu'à présent, vous comme moi l'avons systématiquement attaqué de front. Contre une forteresse imprenable, nous ne pouvions qu'accumuler les défaites, alors que maintenant...

— *Le cheval de Troie !*

— Exact ! Un colosse ne se méfie jamais assez de ses pieds. Avec moi, il va comprendre ce que veut dire mordre la poussière. Quand j'en aurai fini avec

Bouddha, tu pourras venir ramasser les morceaux… s'il en reste !

— *Attention Francis ! N'en fais pas une affaire personnelle. Abandonne toute idée de vengeance. Personne ne peut faire justice soi-même, ce n'est pas à toi que je l'apprendrais ! Tu risquerais d'y perdre ton âme.*

— Je l'ai déjà perdue !

Francis referme son portable lentement, l'esprit ailleurs, à la fois soulagé et anxieux, confiant et incertain. Il soupire longuement en repensant encore et toujours aux dernières semaines passées.

Jamais il n'en a connu d'aussi éprouvantes.

Jamais il n'a marché sur un fil du rasoir aussi ténu.

Jamais cet infernal jeu du chat et de la souris n'a autant soumis ses nerfs à rude épreuve.

Jamais il n'a dû puiser aussi loin dans ses ressources pour tenir la tête hors de l'eau. Pour faire face !

À en perdre le souffle.

Quant au sommeil, il y a bien longtemps qu'il a oublié ce que cela veut dire.

À pas lents, il se dirige vers sa desserte, se sert une généreuse rasade de Gin. Il lève le verre à hauteur des yeux, s'approche de la fenêtre qui donne sur le Colombier illuminé par un soleil d'une rare puissance, et contemple la beauté de la boisson à travers le verre.

Perdu dans ses souvenirs, les larmes aux yeux, il hume longuement la puissante odeur de l'alcool et boit d'un trait le breuvage.

Il serre les dents, ferme les yeux tandis que le Gin brûle ses entrailles.

C'est diablement bon, mais drôlement décapant !

Il repose son verre, prend son manuel de vol et le parcourt distraitement avant de consulter sa montre.

— 8 heures 58. Je devrais recevoir quelque chose.

Comme attiré par un fil invisible, Francis rejoint la table de salle à manger et ouvre son PC portable. Vivement, il ouvre sa messagerie.

Un sourire illumine soudain son visage fatigué.

— Enfin ! laisse-t-il tomber, victorieux. On va pouvoir passer à l'action.

Il vérifie à nouveau l'heure et prend son portable.

— Ils doivent être prêts.

Francis compose un numéro abrégé. On décroche tout de suite.

— C'est moi.

— *On s'en serait douté. Alors ?*

— Alors, tout se déroule comme prévu. Je viens d'avoir le feu vert ! Tout est prêt de votre côté ?

— *On est parés. On ne l'a jamais autant été.*

— Le PC est activé ?

— *Aussi ! Le dispatcheur est en place. Tous les voyants sont au vert !*

— Parfait ! Alors...

— *Désolé de vous interrompre, le dispatcheur a reçu une demande de la part de notre atout.*

— Qu'est-ce qu'il veut ?

— *Un palace !*

— Un palace !? Rien que ça !

— *Il assure que c'est la seule solution.*

— Une seconde !

Francis pose son portable et, en se redressant, caresse lentement son sourcil.

— Dites-lui qu'on est d'accord ! Ça va encore nous coûter une blinde... Nom de Dieu, cette histoire va nous ruiner mais, bon...

— *OK, je transmets.*

— Pour ce que nous disions il y a une seconde, restez en alerte permanente, on ne va pas tarder à passer à l'action.

— *On attend le signal. Quel sera-t-il ?*

— Geronimo ! ([16]).

---

[16] Geronimo est né au Nouveau Mexique le 16 juin 1829 dans la tribu Apache Bedonkohe. Il est également connu sous le nom de Go Khla Ye (Celui qui baille). En 1858, après le meurtre de sa mère, de sa femme et de ses 3 enfants par l'armée mexicaine, Geronimo entame une guerre sans merci contre elle et venge sa famille le 30 septembre 1859. C'est à ce moment qu'il prend le nom de Geronimo en entendant les soldats mexicains invoquer Saint Jérôme pour qu'il

Satisfait, Francis referme son portable excité et fébrile en même temps. Il sent sa respiration s'emballer. Il se fait l'effet d'un chien de chasse affamé qui sait qu'on va bientôt le lâcher pour l'ultime curée. Il a une envie de sang. Il en savoure déjà le goût ! Ce goût à la fois fétide et douceâtre, mais si puissant, si exaltant. Il en a l'eau à la bouche. Un autre verre de Gin va lui faire du bien.

Peut-être !

Du moins s'efforce-t-il de le croire. Nul n'est plus aveugle que celui qui ne veut pas voir !

La partie va commencer et elle s'annonce particulièrement serrée. Aucun des joueurs n'a le droit à la faute sous peine d'être éliminé... définitivement ! ...

Il n'y aura pas de belle !

La meilleure défense, c'est l'attaque, et quand on bénéficie de l'effet de surprise...

L'heure de l'impunité totale est révolue.

L'heure des comptes est venue.

---

les sauve. En 1876, après des années de guerre avec l'armée américaine, Geronimo s'enfuit de la réserve où les Apaches avaient été placés après sa fermeture par les autorités américaines. Ne supportant pas d'être déporté, il s'engage dans des raids meurtriers contre les Blancs. Poursuivi par plus de 5 000 soldats américains d'un côté et 3 000 soldats mexicains de l'autre, il se rend pour la 4ème fois le 4 septembre 1886 avec 16 guerriers, 12 femmes et 6 enfants. Il décède à Fort Sill (Oklahoma) le 17 février 1909. Sa tombe a été profanée par la société secrète Skull & Bones dont l'un des membres n'était autre que Prescott Bush, père de George H. Bush et George W. Bush. Le nom de « Geronimo ! » est utilisé comme cri de guerre par certaines escadrilles de l'aviation embarquée de l'US Navy. Geronimo a été le nom de code de l'opération visant à éliminer Oussama Ben Laden le 2 mai 2011.

LA MAISON ROSSWALD-MANFREDI ! ...

Haute-Savoie,
domaine Rosswald,
mardi 4 septembre,
08 h 36

Accroché presque au sommet du Mont Veyrier, bien au-dessus de Chavoire Pensière, l'immense demeure des Rosswald qui domine le ruisseau de Combe Noire, semble vouloir défier en permanence les éléments. On a l'impression que la vieille bâtisse, mangée par une végétation luxuriante, va, d'un instant à l'autre, se décrocher pour finir au fond du lac d'Annecy.

Des nombreuses baies vitrées, la vue sur le lac et la région est proprement stupéfiante. Elle l'est encore plus la nuit, quand toute la ville assoupie au pied du Mont Veyrier s'illumine et brille de tous ses feux.

Féerique !

Loin de toute cette poésie, l'homme marche d'un pas résolu et entre en coup de vent dans une grande pièce d'où s'entend un bruit de train très significatif.

— Julien ! Tu es encore en train de jouer ? Mais ce n'est pas possible !

Cachant difficilement sa réprobation, Robert Rosswald s'approche de l'enfant tout en repoussant son imposante chevelure poivre et sel.

— As-tu oublié que tu dois te rendre chez ton professeur ?

Le gosse ne répond pas. Il est perdu dans son monde. Il lève la tête, souriant, heureux, et s'exclame :

— Regarde ! C'est le moment d'actionner l'aiguillage. Comme ça, mon TGV va longer la côte.

Rosswald ne dit rien et, impuissant, regarde le modèle réduit suive docilement les rails.

— Je te parle ! crie-il soudain en attrapant l'enfant par le bras.

Le gosse grimace de douleur.

Paola Rosswald surgit à cet instant.

— Robert ! Mon chéri, détends-toi, je t'en prie, et toi, Julien, ne mets pas en colère ton père.

Le visage de l'enfant se ferme. Julien se redresse, abandonnant son train à une collision fatale.

Il regarde durement sa mère et lâche :

— Maman ! Mon papa est mort, Robert n'est que ton mari.

Le beau-père sent une sourde colère l'envahir. Paola intervient avant qu'un nouveau litige n'oppose, une fois encore, Robert et Julien.

Elle s'approche de son fils, souriante, rassurante, aimante, et le prend par la tête qu'elle caresse avec amour.

— Allez, viens. Il faut qu'on aille prendre tes livres. Ton professeur t'attend.

De sa petite voix d'enfant, Julien lève le nez en disant :

— C'est encore Hervé et Fanny qui m'emmènent aujourd'hui ?

— Non, j'ai demandé à Bruno de le faire. Allez dépêche-toi.

L'enthousiasme de l'enfant retombe totalement. Il fait la moue.

— Il est pas marrant comme Fanny !

— Il n'est pas là, lui, pour te faire rire, mais pour t'accompagner partout où tu dois aller. Ne le fais pas attendre, allez, dépêche-toi.

Boudeur, l'enfant se dirige à pas lents vers sa chambre. Il aurait tant préféré y aller avec ses deux nouveaux « copains ». D'être seul, presque isolé et surprotégé par un beau-père maladroit, ne l'aide pas à grandir « normalement ». Ses seuls amis à qui il peut parler sont ses deux gardes du corps. Tous les deux sont originaires des environs de Lons-le-Saunier, dans la Bresse Jurassienne. Leur métier les a rapprochés et leur complicité avec Julien en fait grincer des dents plus d'un, car la complicité qu'ils ont su développer est d'une aide essentielle pour un enfant en pleine croissance. En ce sens, la présence féminine de Fanny, la quarantaine assumée, brune aux cheveux courts, y fait beaucoup. Avec elle, l'enfant est un véritable moulin à parole, car elle est la seule à savoir capter son attention et, surtout, qui soit capable de l'écouter et de le faire parler de lui, de ses plus secrètes émotions. C'est important pour un gosse de son âge d'être écouté et en confiance. Sa mère, malgré son amour pour lui, trop absorbée par mille et une activités caritatives et autres, passe à côté de cet immense bonheur.

Quant à Robert…

Hervé, il l'aime aussi beaucoup. Lui, flirte avec la cinquantaine. Le cheveu grisonnant court, il a un visage avenant et souriant, rehaussé par deux yeux bleus à faire chavirer les cœurs les plus sauvages. Il a tout de suite su se mettre au niveau du gosse avec qui il a réussi à développer une réelle complicité. En effet, Hervé a un garçon qu'il ne voit pas souvent. Être proche de Julien lui donne l'illusion de rattraper un peu le temps perdu, car il ne sait que trop combien rien n'est simple dans ce bas-monde si personne n'y met un peu du sien.

Faire un pas, chacun vers l'autre, et tout serait moins compliqué. Mais voilà ! Encore faut-il le comprendre et, surtout, l'accepter, pour le faire, ce putain de petit pas !

Que du bonheur pour Julien. C'est le grand frère dont il a toujours rêvé.

Mais la solitude est pesante. Il s'est donc réfugié dans ses mondes imaginaires et ne voit le monde actuel des « grands » qu'au travers de ce prisme. Alors bien sûr, vu de ce côté de la lorgnette, tout devient beaucoup plus simple.

Robert, bras croisés, regarde disparaître le gosse avant de s'approcher de sa femme.

— Chérie, mais tu as vu comment il me parle ? Vas-tu tolérer cela encore longtemps ? Ça devient vraiment insupportable.

— Robert, ne sois pas si intransigeant. Tu es trop dur avec cet enfant. Julien n'a que douze ans. À son âge, les enfants pensent surtout à jouer. Et c'est normal.

Robert Rosswald se redresse en soufflant bruyamment.

— Nous sommes en septembre et il est plus que temps qu'il reprenne le chemin de l'école. Il a un rang à tenir et pour cela il doit s'instruire. S'instruire encore et toujours. C'est ainsi que l'on en fait des hommes, des vrais. Des décideurs ! Il doit apprendre les langues étrangères et étudier. Il ne doit faire que ça ! L'année dernière, durant notre voyage en Italie, il n'a pas réussi à se lier d'amitié avec les autres enfants, il ne les comprenait pas. Il faut que tu prennes un interprète.

Paola regarde son mari avec un petit air moqueur qui ne lui plaît pas.

— Et bien, quoi ?

— Robert, mon chéri, il n'y a que toi pour faire un raisonnement aussi stupide. Je n'interfère jamais dans la conduite de tes affaires, je sais que tu es un maître en la matière, mais en ce qui concerne l'éducation des enfants, tu as encore beaucoup à apprendre... Ah, et puis tant que nous y sommes, après ce que Julien a vécu comme traumatisme, j'estime plus que justifier qu'il puisse s'amuser.

— Soit, je te le concède, mais...

Paola place son index sur la bouche de son mari et lui décoche un sourire à dégeler une banquise.

— Seulement, je trouve toujours dangereux de le laisser aller voir son professeur. Pourquoi n'en payerais-tu pas un qui vienne ici ? Ce serait plus logique.

— Julien est très bien protégé. Hervé et Fanny sont les meilleurs dans leur domaine. Ils nous ont été chaudement recommandés par ce Magenta, tu sais, ce détective privé qui...

— Oui, je m'en souviens. N'empêche qu'il n'a pas réussi à découvrir qui a tenté de kidnapper notre enfant. De plus, il est depuis plusieurs mois aux abonnés absents et, finalement, c'est tant mieux, car ce type ne m'inspirait guère confiance.

— Robert ! Tu es injuste. Cet homme a fait beaucoup pour nous.

— Tu veux dire : « pour toi ».

Paola hausse les épaules.

— Ce que tu es bête. Il fallait bien quelqu'un pour prendre le relais au pied levé après la mort de Daniel et le départ de Richard. Lui seul pouvait nous conseiller au mieux de nos intérêts dans un délai aussi court.

— Et Bruno, qu'est-ce que tu en fais ? Il est aussi qualifié que les deux autres.

— Ce n'est pas cela qui me fera changer d'avis.

— Si tu le dis. N'oublie pas trop vite que, moi aussi, je dispose de très puissants moyens.

— Je ne l'oublie pas, chéri.

— Alors pourquoi refuses-tu toujours mon aide ? De quoi as-tu donc peur ?

— Mais de rien.

Paola sourit tendrement à son mari tout en lui caressant la joue. Elle ne lui dira jamais qu'elle refuse de dépendre, en totalité, de lui. Elle tient à garder une certaine autonomie, surtout en ce qui concerne la protection et l'éducation de son fils.

— Et peut-on savoir pourquoi, au pied levé, tu demandes à Bruno de l'emmener ce matin ? Que je sache, sur le tableau de service, c'est bien à Fanny et Hervé qu'a été assignée cette mission, ce matin.

— J'ai changé d'avis.

— Pourquoi ?

Paola regarde l'heure.

— Ce n'est ni le lieu ni le moment de me justifier. Je suis ici chez moi, ne l'oublie pas, et je fais ce que bon me semble.

— Je ne remets pas en cause cet état de fait, je suis simplement préoccupé pour la sécurité de Julien.

Tu sais très bien que sa condition physique ne permet pas de...

— Je sais très bien que Julien est hémophile ! Ce n'est pas la peine de me le rappeler sans cesse ! Qu'est-ce que tu crois ? Que je ne tremble pas à chaque fois que je le vois tomber de vélo ou simplement faire une mauvaise chute ? Je n'en dors pas la nuit !

— Je ne cherche nullement à te faire culpabiliser, je disais seulement que...

— Mon fils n'a rien à craindre.

Comme pour lui faire comprendre que la discussion est close, Paola prend une profonde inspiration, croise les mains et tape du pied.

Robert n'insiste pas et consulte sa montre.

— Je n'ai que trop tardé. J'ai un comité de direction à Bonneville, et je suis déjà en retard. Je file !

— C'est ça !

QUEL SURPRENANT KIDNAPPING ! ...

09 h 09

Même si le soleil est bien présent, ce n'est plus la grande et belle chaleur de l'été. Un petit vent, léger, très discret, vient vous frôler, juste pour vous rappeler que l'automne sera bientôt là.

Au pied des grandes et nombreuses marches, la Mercedes blindée des Rosswald attend, moteur en marche.

Au volant, le dénommé Bruno. La petite trentaine, athlétique, le cheveu blond en brosse. Il prend son métier très à cœur. Embauché depuis peu par Paola, sans en aviser son mari, il tient à montrer de quoi il est capable.

— Dépêchons-nous jeune homme ! dit-il en voyant le gamin s'approcher à contrecœur.

— J'arrive ! bougonne le gosse.

Il s'engouffre dans la puissante limousine. Bruno démarre lentement et prend la direction de la sortie du parc.

— Que se passe-t-il ? Tu en fais une tête ?

L'enfant croise les bras, bougon.

— C'est Robert. Il m'énerve.

— Soit indulgent, Julien. Peut-être que ton beau-père prend trop à cœur son rôle de tuteur ? Tu sais, il t'aime vraiment et ne veut que le meilleur pour toi.

— M'en fous ! Moi je veux mon train électrique et j'ai hâte de devenir grand pour partir loin d'ici avec maman.

En haut des marches, sur la grande terrasse, inquiets, Fanny et Hervé les regardent s'éloigner.

La Mercedes a disparu derrière la dernière courbe avant le grand et lourd portail automatique. Les deux gardes du corps se dévisagent d'un air entendu.

— Qu'est-ce que tu en penses ?

— Comme toi ! Je ne suis pas rassurée.

— J'appelle le PC !

— Tu as raison. J'ai la sale impression qu'il va se passer quelque chose.

Hervé regarde rapidement autour de lui, fait quelques pas vers le parc et sort son portable.

09 h 21

La lourde limousine descend prudemment le Mont Veyrier. La route est sinueuse à souhait. Par endroits, il faut presque aborder les courbes au pas, tant elles sont serrées. Mais l'exiguïté du terrain n'a jamais permis de tracer une route plus droite.

Malgré les tentatives répétées de Robert, qui usait de toutes ses relations pour faire modifier le tracé, rien n'a jamais été entrepris. On a beau être copain avec le Premier Ministre, ça ne fait quand même pas tout !

— Fais gaffe ! grogne le gosse.

Bruno acquiesce de la tête.

Il rétrograde et aborde l'un de ces fameux virages très serrés.

Il tourne doucement et soudain découvre un fourgon en travers de la route. Il est obligé de freiner, mais même à petite vitesse, il ne peut éviter le choc. Aussitôt, deux types bondissent des fourrés, armes à la main.

— Fuis ! C'est un rapt ! hurle Bruno en débloquant la ceinture de sécurité du gosse qui se jette dehors.

Bruno s'éjecte du véhicule pour affronter ses agresseurs.

Le gosse grimpe la butte de toute la puissance de ses petites jambes en appelant au secours. Mais même à douze ans, on n'a pas encore toute la rapidité nécessaire pour échapper à un prédateur entraîné et bien décidé.

Le second voyou plonge dans les jambes du gamin qu'il plaque au sol.

Julien hurle de peur.

À genoux sur le dos du gosse qui se démène comme un beau diable, l'agresseur lui colle un tampon de chloroforme sur le visage.

Au même moment, solidement attrapé par derrière, surpris, le voyou se sent soudainement étouffer.

Bruno, bien campé sur ses jambes, a saisi le cou du voyou. En serrant les dents, bandant toutes ses forces, il étrangle progressivement le cou puis, d'un brusque mouvement de l'autre main, tourne sèchement la tête du ravisseur sur le côté.

Le bruit de noix que l'on écrase. Un cri, bref, net.

Bruno se détend et ouvre ses bras. Le corps sans vie du ravisseur glisse au sol.

Il se précipite sur l'enfant endormi. Il tâte son pouls puis, rassuré, le prend dans ses bras pour le ramener vers la voiture.

De l'autre côté de la Mercedes gît le cadavre du premier agresseur.

Il dépose doucement l'enfant endormi sur la banquette arrière, se redresse et regarde tout autour de lui, semblant sortir d'un rêve éveillé. Il ne comprend pas.

— Mais qu'est-ce que c'est que ce bordel ? On devait faire autrement. Ce n'était pas pré…

Un bruit derrière lui le ramène à la réalité.

Paniqué, Bruno fait irruption dans la maison Rosswald et se précipite dans le salon.

Paola et Robert Rosswald sont en train de converser tranquillement.

— Que se passe-t-il ?

— Je… je… nous avons été attaqués sur la route. Julien a été enlevé ! … Je… je suis désolé… je… j'ai été drogué et… je viens seulement de me réveiller.

— Mon Dieu ! Mon Julien ! s'écrie totalement épouvantée Paola, mains sur le visage, horrifiée.

Robert a bondi sur ses pieds.

— Espèce d'incapable ! C'est bien la peine de vous verser un salaire de ministre…

— Un fourgon a bloqué la route, explique-t-il. Deux hommes nous ont attaqués. J'ai bien essayé de nous défendre, mais un de ces voyous m'est tombé dessus par derrière et m'a endormi. Probablement avec un mouchoir gorgé de chloroforme !

Robert retient difficilement sa colère.

— Il fallait s'y attendre ! Ces salauds n'allaient pas rester sur un échec.

Puis, en se tournant sur sa femme, il poursuit sur un ton sec et réprobateur.

— Tu vois ? Qu'est-ce que je t'avais dit ? Il fallait laisser faire Fanny et Hervé même si je ne les tiens pas en haute estime. Quand on est recommandé par ce Magenta, il faut s'attendre à tout ! Un pauvre type, ce Magenta, oui ! Tout juste bon à piéger des amants imprudents. Je te l'avais bien dit que ce moins que rien n'était pas fiable, et maintenant…

Paola Rosswald s'évanouit.

— Vous, là ! Ne restez pas planté comme un légume ! Occupez-vous de ma femme… si vous êtes au moins capable de le faire ! ordonne Robert.

Bruno s'exécute immédiatement. Il saisit le corps inerte de l'épouse et l'emmène dans une chambre attenante quand surgit soudain une domestique qui s'empresse de le remplacer avec un sourire désarmant.

— Laissez-moi faire, monsieur Bruno, j'ai l'habitude.

Le chauffeur laisse faire et se retourne, implorant.

— Ne restez pas planté là ! hurle Robert.

Fanny et Hervé surgissent à cet instant.

— Que se passe-t-il ?

— Bruno a été attaqué ! Ils ont enlevé Julien !

Les deux gardes du corps se dévisagent, incrédules et, surtout, perplexes.

— Que pouvons-nous faire ? demande Hervé.

— Heu ! Je n'en sais trop rien... Restez par ici, possible que la police ait besoin de vos témoignages. Rejoignez Bruno et restez à ma disposition. Je vais appeler le commissaire Devarieux !

Robert saisit son portable et disparaît, fébrile, angoissé.

D'un geste discret, en s'éloignant, Hervé fait signe à Fanny de le rejoindre.

— Nom de Dieu ! Ils ont fait plus vite que prévu.

— Qu'est-ce qu'on fait maintenant ?

— On n'a plus le choix. Il va falloir anticiper le mouvement et appliquer le plan comme il a été initialement prévu.

— OK ! Mais « il » ne va pas aimer.

— On s'en fout ! Nous n'avons d'ailleurs plus d'autre choix. J'espère seulement qu' « il » a pu arriver à temps ! Maintenant, Fanny, va surtout falloir drôlement ouvrir nos yeux et nos oreilles !

À QUI PROFITE LE CRIME ? ...

Quarante minutes plus tard, vers 11 heures 40, une nuée de policiers tourne dans le domaine. Quelques kilomètres plus bas, sur les lieux de l'attaque, une vingtaine d'autres fonctionnaires passent la zone au peigne fin, à la recherche du moindre indice.

— Et vous êtes-sûr de votre personnel ? demande le Commissaire Devarieux d'une voix terne, tandis que des techniciens s'affairent dans le petit salon attenant pour brancher toute une panoplie d'appareils pour enregistrer l'inévitable appel des ravisseurs.

— Bien sûr ! Je me porte garant de chacun d'eux.

Surpris, Devarieux regarde curieusement le maître de maison.

— Garant de chacun d'eux ? Faites attention à ne pas trop vous engager, monsieur Rosswald, on ne sait jamais.

— Qu'insinuez-vous ?

— Rien ! Combien y a-t-il de personnels ?

— Huit ! Outre Bruno, il y a aussi Fanny et Hervé, deux autres gardes du corps. Thérèse, qui s'occupe de l'entretien de la maison avec Martine, Victor, le cuisinier, Edmond, le jardinier, et Pierre, l'homme à tout faire.

Le policier « controversé » promène sa grande carcasse avec une nonchalance exaspérante. On a l'impression qu'il se fout de tout et peut-être est-ce vrai.

Sûrement même !

Longiligne, les traits tirés, les cheveux en bataille, pas rasé, le pantalon en tirebouchon, fatigué par une vie marquée par des hauts et beaucoup de bas, sans joie, il donne plus l'air d'un homme au seuil de sa vie que d'un policier en exercice.

— Pouvez-vous compter sur eux ?

Mains dans les poches, par habitude, il déambule dans le grand salon en examinant les lieux pour se faire une idée des personnes qui y habitent.

— Ouais ! laisse-t-il tomber, peu enthousiaste.

Robert Rosswald ne bouge pas. Il est prostré dans le canapé, anéanti.

Comme revenant d'un lointain cauchemar, il redresse lentement sa tête en fronçant les sourcils.

— Vous m'avez posé une question ?

— Ouais ! Votre personnel, vous l'estimez fiable ?

Robert hausse les épaules.

— Oui... enfin, leurs références sont excellentes. Je... que vous dire de plus ?

— Ce Bruno, là, c'est vous qui l'avez engagé ?

— Non, c'est mon épouse.

— Avec votre accord ?

— Non. Vous savez, elle est ici chez elle. Elle tient à diriger ses affaires comme elle l'entend. J'interviens parfois, mais...

— Je vois. On va enquêter sur eux, sur tout votre personnel domestique et, en particulier, sur votre chauffeur.

— Il est aussi garde du corps.

— Ah bon ?! Ben, c'est pas concluant.

— Commissaire !

— Ouais ! Je suis là ! Que se passe-t-il ?

Devarieux se tourne vers la baie vitrée donnant sur la terrasse. Un de ses collaborateurs vient d'entrer.

Une pâle copie de son supérieur.

— Je reviens de la scène du crime. Les gars de la scientifique ont réussi à récupérer des petits morceaux de peinture. Probablement celle du fourgon qui a été heurté par la Mercedes.

— Parfait ! Qu'ils l'analysent au plus vite. Qui sait, ça nous donnera peut-être une bonne piste de départ ? Fais mettre tous les téléphones sur écoute, les ravisseurs vont certainement appeler.

— OK !

Rosswald se lève difficilement.

— Commissaire, je dois vous informer que mon fils est hémophile. C'est très inquiétant.

— Ah bon ?

Ne voyant aucune réaction particulière venir, l'industriel s'élance.

— Commissaire, cela signifie simplement qu'à la moindre égratignure, Julien peut mourir. Son sang ne coagule pas normalement. Pour certains, la coagulation prend plus ou moins du temps, pour d'autres, une transfusion est absolument vitale ([17]).

---

[17] L'hémophilie est une anomalie constitutionnelle de la coagulation sanguine en rapport avec un déficit d'un des facteurs de la coagulation. Ces défauts sont dus à une déficience d'un des facteurs suivants : XI, IX ou VIII, ou à la présence d'anticoagulants contre l'un de ces facteurs. Les manifestations cliniques de la maladie sont proportionnelles au déficit du facteur de la coagulation. Les manifestations cliniques correspondent aux hémorragies qui peuvent atteindre chaque organe, en particulier les articulations (hémarthroses) et les muscles (hématomes). La maladie peut être sévère avec manifestations dès la première année de vie, ou légère avec très peu de manifestations. Il existe plusieurs types d'hémophilie en rapport avec le facteur de coagulation déficitaire : l'hémophilie A (« hémophilie classique ») correspond à une mutation du gène du facteur VIII, l'hémophilie B (ou *Christmas Disease*) correspond à une mutation du gène du facteur IX, et l'hémophilie C (ou « maladie de Rosenthal ») correspond à une mutation du gène du facteur XI. Cette maladie est connue depuis des millénaires. Les Hébreux de l'Antiquité la connaissaient déjà et ne pratiquaient jamais la circoncision des garçons dont la mère était issue d'une famille ayant perdu un enfant par hémorragie lors d'une circoncision. Elle fut aussi appelée « maladie royale », étant donné que la reine Victoria du Royaume-Uni a transmis l'hémophilie aux familles royales d'Espagne, d'Allemagne et de Russie. On notera que sans cette maladie, Raspoutine n'aurait jamais été aussi célèbre qu'il ne l'a été. Ce dernier aurait réussi à soulager le

— Et c'est le cas de votre fils ?

— Malheureusement, oui ! C'est pour cela qu'il est capital que vous le retrouviez au plus vite. Si jamais il lui arrive quelque chose, si les ravisseurs ne savent pas comment le soigner, il est condamné. Vous entendez, il est condamné !

— Manquait plus que ça ! OK ! laisse tomber Devarieux, nullement impressionné.

Rosswald se passe une main lourde sur le visage et se rassoit.

Le Commissaire donne d'autres instructions à son subordonné. L'industriel se redresse et s'approche de nouveau de Devarieux.

— Que puis-je faire ? demande Robert d'une voix éteinte.

— Pour l'instant, rien. Retournez auprès de votre épouse, elle va avoir besoin de vous.

— Paola s'est enfermée dans sa chambre, elle ne veut voir personne, même pas moi.

Tsarévitch Alexis (fils de Nicolas II) de ce mal que les médecins de l'époque connaissaient peu. En effet, la médecine de l'époque ignorait les propriétés de l'aspirine qui était donnée au jeune malade pour soigner ses douleurs. Ce médicament est un antiagrégant plaquettaire, facteur donc aggravant de l'hémophilie. Le simple fait de balayer de la table et de jeter les « remèdes » donnés au malade - dont l'aspirine - ne pouvait qu'améliorer son état. Raspoutine réussit ainsi à se faire passer pour une personne ayant des pouvoirs mystiques. L'épidémie du sida a été particulièrement meurtrière pour les hémophiles. Ceux-ci, ayant besoin de transfusions régulières, ont été nombreux à contracter le virus. En France, cela a donné lieu à un grand scandale politique : l'affaire du sang contaminé. Ce drame sanitaire s'est déroulé dans les années 1980 et 1990. L'ancien directeur du CNTS (Centre de Transfusion Sanguine), le docteur Michel Garretta a porté le chapeau (4 ans de prison), laissant ainsi des personnages politiques tels que Laurent Fabius, Georgina Dufoix et Edmond Hervé libres. En effet, selon la justice, les délits qui leur étaient reprochés étaient non constitués. Les victimes apprécieront.

— Je comprends.

— C'est une Italienne !

Devarieux ricane. Il s'en fout.

— Ça va aller, vous verrez ! Patience !

Abandonnant l'industriel à sa douleur, préférant s'épargner une discussion qu'il juge ennuyeuse à souhait, le policier se fait plus professionnel et s'adresse à son subordonné.

— Royer ! Continuez l'interrogatoire ! ordonne-t-il en sortant.

Une fois sur la terrasse, mains sur les hanches, embarrassé, il renifle longuement en réfléchissant.

— Comment je vais lui annoncer ça, moi ? murmure-t-il soudain.

En haut du Salève,
ancienne demeure abandonnée des Saint-Massié,
13 h 18

L'homme fait les cent pas dans la salle à manger plongée dans l'obscurité. Sa nervosité est palpable.

Depuis le temps qu'il squatte ce vieux manoir abandonné, il commence même à se demander s'il a bien fait d'accepter ce *job*. Mais il a besoin de fric ! De beaucoup de fric.

Il s'immobilise, puis reprend sa marche sans but bien précis, déambulant d'une pièce à l'autre en se torturant les méninges pour essayer de comprendre ce qui se passe.

Des rats fuient devant lui. Il a l'habitude de les voir. Il leur a même donné des noms !

L'homme fait demi-tour et retourne dans la salle à manger.

Il s'immobilise soudain devant l'une des fenêtres permettant de voir venir n'importe quelle voiture de loin.

— Putain de merde ! Pourquoi ne sont-ils pas encore là ? Pierre et Antoine devraient déjà être arrivés ? Qu'est-ce qui se passe ? Bordel ! Mais que se passe-t-il ? Ce retard est anormal.

Une légère sonnerie, très métallique, très brève, le fait sursauter. Vivement, il sort son walkie-talkie.

— Ouais !

— *Tu as vu, Gérard ? Tout s'est bien passé !*

— Mon cul ! Ici, personne n'est arrivé !

— *Quoi !? Mais c'est impossible ! Les flics sont sur le coup ! Ils mettent tout sens dessus dessous !*

— Ouais, ben vous voulez que je vous dise ? On a dû se faire baiser quelque part. Pour moi, ça sent le cramé ! C'est foutu ! Tant pis pour le fric ! Moi, je me casse !

— *Reste calme ! Ce n'est pas le moment de perdre notre sang-froid. Je vais laisser le contact ouvert en permanence, comme ça tu pourras tout entendre en temps réel. Laisse-moi faire ! Mais d'abord, en premier lieu, fais exactement ce que je vais te dire. Écoute-moi bien attentivement !*

Immeuble « Émeraude »,
Avenue du Petit Port,
siège du Bouddha, patron incontesté de la pègre,
13 h 39

— Quoi ?! Vous vous foutez de ma gueule ?

Salinesi est fou furieux. Sa colère légendaire entre dans une nouvelle phase. Une phase méconnue.

— *Non, non ! C'est la plus stricte vérité…*

— Qui t'as prévenu ?

— *Notre nouvel ami chez les poulets.*

— C'est confirmé ?

— *Oui ! Julien Rosswald a bien été enlevé… mais pas par nos hommes.*

Le Corse se mordille la lèvre inférieure avec une rage inaccoutumée. Il a du mal à maîtriser sa respiration.

— Attention, Tony ! Attention ! Il y a des arrêts de mort dans l'air ! Je n'ai qu'une seule question à te poser : qui ?

— *On n'en sait rien, patron, je vous jure, on ne sait pas qui nous a doublés ! On n'a même pas eu le temps de mettre notre dispositif en place. On n'a rien pu faire, on s'est fait avoir !*

— Voilà une phrase que je ne veux pas entendre chez moi. Démerde-toi comme tu veux, Tony, je veux qu'on m'amène, ici, dans mon bureau, sous vingt-quatre heures, l'enfoiré qui a osé nous griller la politesse. Qui me baise est destiné à mourir ! ... Ordonnez à notre « cave » ([18]) de nous informer de l'évolution de l'enquête heure par heure ! ... Où est Rudi ?

— *Il est comme nous, totalement surpris. Il enquête.*

— Je veux le voir au plus vite !

— *OK ! Je vais lui demander !*

— Je ne te dis pas de lui demander, mais de lui dire ! C'est clair ?

— *Très clair !*

---

[18] Un « cave ». Toute personne n'appartenant pas au Milieu qui se laisse duper. Un jobard.

QUI A KIDNAPPÉ JULIEN ROSSWALD ? ...

Quelque part au sommet du Mont des Princes,
Maison du Comte,
14 h 07

— Ça y est, il se réveille.

— Il était temps, un tel sommeil, ça commençait à m'inquiéter.

— Les salopards qui ont essayé de le kidnapper n'y sont pas allés de mains mortes.

L'enfant ouvre les yeux. Sa vision est encore brouillée, mais très vite il perçoit parfaitement ce qui l'entoure.

— Je suis où ?

— Quelque part.

Julien se redresse sur les coudes. Il est dans une grande pièce. Le mobilier est rudimentaire mais fonctionnel. Il voit surtout que le soleil inonde la pièce mais que la fenêtre est haute, et qu'il y a des barreaux juste devant.

Un petit vent froid le fait frissonner et à l'odeur il comprend qu'il est en altitude et en pleine forêt.

Comment pourrait-il imaginer être dans la maison du Comte ([19]), vieille ferme très isolée au sommet du Mont des Princes ?

— Mais vous êtes qui ? Toi, tu as une drôle de voix.

— Julien, tu n'as pas à avoir peur.

— C'est vous qui m'avez enlevé ?

L'homme, à visage découvert, sourit largement et se montre rassurant.

— Non ! Mais des méchants ont bien failli y arriver. Nous sommes intervenus à temps.

— Comment ça ?

La femme s'approche.

— C'est assez compliqué. Mais ici, tu ne risques plus rien. Je t'en donne ma parole.

---

[19] Le Mont des Princes est une montagne de l'époque jurassienne. Il culmine à 935 mètres d'altitude. Plusieurs chemins permettent de le sillonner. Le plus simple c'est au départ de Droisy, au-dessus de Seyssel, sur la route menant au château de Clermont-en-Genevois. Cette montagne est magique et son décor tellement envoûtant, qu'avec un peu de chance, près de la ferme aux fées, vous pourrez peut-être y croiser des farfadets. La vue est absolument exceptionnelle sur les Alpes, des Dents-du-Midi jusqu'au Grand Pic de Belledonne. Elle se situe juste au-dessus de Seyssel, il y a des chemins de randonnée passionnants à parcourir, comme le Chemin de Chavannes. Il y a même un endroit d'où l'on peut admirer une vingtaine de clochers d'église. Et si on fait le tour par la corniche du Chemin du Val-de-Fier, on contourne le Mont à flanc de montagne et la vue est à couper le souffle. Au sommet, on découvre la maison du Comte. De là-haut, on a une vue exceptionnelle sur le mont Blanc, le Semnoz, la Tournette ou même le Parmelan. En contrebas, il y a la maison des Maquisards. Le 28 mai 1943, des *Alpinis* (troupes de montagne italiennes d'occupation) attaquent ce point fort occupé par plus d'une trentaine de jeunes réfractaires au STO. Encerclés, malgré une héroïque défense, les résistants se rendent. 27 d'entre eux seront enfermés à la prison de Fossano en Italie. 11 réussiront à s'évader, 16 seront libérés par les partisans. 13 reprendront la lutte et 3 d'entre eux y laisseront la vie. Quant aux maisons, elles furent incendiées. Les ruines sont encore visibles de nos jours.

Le gosse fait une moue dubitative et observe rapidement les lieux.

— Ouais, ben je suis pas si sûr, moi.

— Sois tranquille, nous ne voulons que ton bien.

— Vous avez des pistolets vous aussi, s'exclame-t-il d'une voix pleine de reproches, en les montrant ostensiblement du bras.

L'homme à la voix étrange ricane en tapotant doucement son Glock 19 ([20]) accroché à sa ceinture.

— C'est pour te protéger, répond-il dans un sourire désarmant.

Le gosse hésite encore. Qui sont ces deux personnes ? Que veulent-elles ?

— Je veux voir ma maman !

— Hélas, ce n'est pas encore possible, mais bientôt, je te promets, tu pourras la voir, explique la femme.

Un silence qui en dit long. L'enfant se renferme sur lui-même. Bras croisés.

— Vous en voulez à ses bijoux, c'est ça ?

— Non !

— M'en fous ! Vous pouvez les prendre, de toute façon, même sans eux, je serai riche car...

— Nous savons, mais je te jure que ce n'est pas après les bijoux de ta mère que nous en avons. Nous sommes là pour te protéger. Pour t'empêcher que l'on te fasse du mal.

Le gosse reste à nouveau sceptique. Il ne sait plus à quel saint se vouer. Curieusement, il n'a pas peur et se sent même en sécurité. Diraient-ils la vérité, ces deux-là ? se dit-il. On lui a déjà tellement menti.

L'homme à la drôle de voix fait demi-tour.

— Je te laisse, j'ai à faire.

— OK, on se voit tout à l'heure.

— Où il va ? s'exclame l'enfant.

— Faire ce qu'il a à faire. Pour ton bien !

— Mon bien ?!

---

[20] Le Glock 19 est la version compacte du Glock 17. Glock est une manufacture d'armes allemande.

Avec brio, la femme a réussi à gagner la confiance de l'enfant. Pour l'empêcher de trop penser, elle lui pose beaucoup de questions auxquels il répond sans ambages.

— Mon papa est mort dans un accident d'auto et maman s'est remariée avec cet abruti de Robert.

— Tu es jaloux parce que tu penses qu'il te vole ta maman.

— Non, c'est pas vrai ! C'est simplement que Robert est trop sévère... Il m'oblige toujours à étudier.

— Il n'a pas tout à fait tort, tu sais. Étudier est important dans la vie.

— Tu vois, tu es comme lui ! Toi aussi, tu voudrais que je passe mon temps à étudier. Vous êtes tous pareils, les grands.

La femme s'approche, souriante.

— Parce qu'en étudiant, à ton rythme, tu découvres beaucoup de choses. Tu découvres le monde et des tas d'univers. Tu verras, c'est très divertissant et enrichissant. En plus, un jour, tu te sentiras entrainé par un sujet qui, sans savoir pourquoi, t'intéressera plus que tous les autres.

— Et alors ?

Julien est intrigué. Pour la première fois de sa vie, on lui présente les études d'une façon totalement différente.

— Alors, quand tu te sentiras attiré par le sujet que tu seras en train d'étudier, tu vas te passionner pour lui et en faire ton métier.

— Mon métier ?!

— Bien sûr ! Ça sert à ça les études. À ce que tu puisses découvrir ta voie, celle qui te permettra de t'épanouir, de te sentir vraiment bien, vraiment à ta place dans le monde.

— À ma place ?! Mais Robert dit toujours que je dois être le meilleur partout.

La femme rigole doucement.

— Il voudrait que tu sois le meilleur, à ses yeux, pour lui, mais tu ne dois être le meilleur que pour toi, que pour te prouver à toi-même que tu es capable de faire quelque chose qui te plaît. Qu'importe le sujet, si cela te fait plaisir.

Le gosse est interloqué. Il se frotte le menton.

— C'est vrai ce que tu dis ?

— Bien sûr.

Julien réfléchit longuement.

— C'est ce que tu as fait, toi ?

— Bien sûr. Je fais un métier que j'aime et pour rien au monde je ne voudrais en changer.

— Pourquoi tu as un pistolet ? C'est ton métier, ça ?

— Oui, c'est pour mon métier.

— Qu'est-ce que tu fais ? Comment s'appelle-t-il ?

La femme sourit et caresse la tête de l'enfant.

— C'est encore trop tôt pour toi.

Julien se renfrogne.

— Pffuuuuut ! C'est toujours pareil avec vous, les grands, c'est jamais le bon moment.

— Julien, apprends qu'il y a un temps pour tout. Il y a un temps pour jouer, pour apprendre, pour découvrir et pour comprendre. Tu verras.

Le gosse croise à nouveau les bras, vexé.

— Grand-père François était toujours très gentil, lui, au moins. Il riait sans cesse avec moi.

— Tu aimais beaucoup être avec lui, n'est-ce pas ?

— Ooooh ouais ! Il avait la passion des petits trains. Il en a fait construire un très grand. Il est dans la salle de jeux et on y passait des journées entières. Il m'aimait tellement que quand il est mort, il a fait de moi son unique héritier... Mais avec Robert, c'est plus comme avant...

— Il est l'heure de dormir un peu, commande la femme en se levant.

— Mais j'ai pas sommeil !

— Ça n'a pas d'importance, tu dois essayer de dormir quand même. Je reviendrai plus tard te tenir compagnie... et je t'apporterai à manger.

— Ouais !

Dans la salle principale

La femme entre dans la pièce de vie. Elle pose la clé avec laquelle elle a fermé la porte de la chambre de Julien, puis sort.

Du regard, elle cherche son alter ego.

— Tu es bien silencieux ? remarque-t-elle en s'approchant de l'homme à la voix bizarre.

Celui-ci est silencieux, bras croisés, devant un petit étang. Le soleil cogne fort mais un petit vent à peine perceptible rappelle que l'automne frappe à la porte.

— Ça va être drôlement tangent, explique-t-il en se retournant.

— Oui, mais « il » sait ce qu'il fait.

— Espérons-le... Tu as eu le PC ? Tu as appris quelque chose ?

— Peut-être. Le grand-père a bien fait de Julien son unique héritier.

— Ce n'était qu'une rumeur.

— Il me l'a confirmé sans même que j'aie eu besoin de le lui demander.

L'homme acquiesce longuement de la tête.

— Donc, « il » avait raison.

— Comme toujours.

— Ça change tout le jeu, ça.

— En effet. Ça rebat totalement les cartes. Maintenant, ils ont, tous, une sacrée raison de vouloir la disparition de Julien.

La femme reste silencieuse. Elle fait quelques pas en réfléchissant.

— On est arrivés juste à temps. Pauvre gosse ! Il pressent déjà que les grands sont des êtres faux et ne font que lui mentir. S'il savait à quel point il a raison... et nous faisons pareil avec lui.

— Mais pour son bien ! Uniquement pour son bien.

La femme dévisage son acolyte, inquiète. Elle croise les bras en tremblant.

— On va se payer un bon hiver.

— Ça, c'est le cadet de mes soucis.

— Tu as une idée sur l'identité des deux macchabées qu'on a ramassés ?

— Non, absolument aucune, malheureusement. Et c'est bien ça qui me chagrine depuis tout à l'heure. Je les ai fouillés à fond : aucun papier d'identité, rien, même pas une marque distinctive. Ils ont pris soin d'effacer jusqu'aux marques de leurs vêtements. J'ai pris leurs empreinte, au cas où...

— Et la camionnette ?

— Idem ! Aussi propre que si elle avait été neuve. Ces mecs ont pensé à tout.

— Des pros ?

— Sûrement ! Reste juste à savoir pour qui ils bossaient. Mais vu la façon de procéder, ces types ne doivent pas agir seuls. Il doit y en avoir d'autres dans les parages, et leur plan doit certainement être très bien élaboré.

— Espérons qu'ils lâcheront prise.

— Ne t'illusionne pas trop, ma chère, ce genre de gangsters ne reste jamais sur un échec. Ils vont recommencer.

— Tu crois que ce sont eux qui ont tenté de kidnapper le gosse, il y a quelques mois ?

— Non ! La première fois, je suis certain que c'était un coup du Bouddha. Là...

La femme respire profondément.

— J'espère que nous n'allons pas moisir ici trop longtemps, dit-elle, songeuse.

— Personne ne peut nous trouver ici. Cette vieille ferme est quasiment abandonnée et plus personne n'y monte en cette saison.

— N'empêche que nous avons Devarieux sur le dos, Barnier qui ne cherche qu'une bonne excuse pour s'en débarrasser afin de reprendre les rênes pour nous tomber directement dessus, et Rudel en embuscade.

Sans compter, comme tu dis, celui, ou ceux, qui a commandité le rapt manqué du gosse et les probables autres candidats à l'héritage. Je trouve que ça fait bien beaucoup de monde. Et je ne te parle même pas de Bouddha à qui nous venons également de griller la politesse. Lui, doit être dans une colère noire. Il va remuer ciel et terre pour nous le faire payer. Va falloir drôlement faire gaffe.

— Barnier est sous contrôle. Rudel chapeaute tout, quant à Devarieux, on n'a plus qu'à le suivre...

— Tu en sûr ? Vraiment sûr ?

— « Il » a pensé à tout. Tranquillise-toi.

BARNIER ET DEVARIEUX ! ...

Haute-Savoie, Annecy,
siège de la police,
15 Rue des Marquisats,
jeudi 6 septembre,
09 h 12

Le temps a quelque peu fraîchi mais le soleil est encore bien présent. Il y a même encore des vacanciers qui barbotent gaiement le long des plages, en profitant au maximum de cette insouciance qui fait tellement de bien au cœur et à l'âme. C'est si rare et si court !

Loin de tout cet affolement typiquement estival, le Commissaire Devarieux, effondré dans son fauteuil, trie une pile de papiers avec une application très douteuse.

En fait, il s'emmerde.

Son subordonné entre en coup de vent.

— Patron, ça y est !

— Quoi donc ?

— Concernant les morceaux de peinture récupérés sur la route, les gars de la scientifique viennent de me donner les résultats. Il s'agit d'une peinture spéciale L-632, rouge. Elle était principalement recommandée par Ford pour les utilitaires, comme notre fameux fourgon, il y a sept ans. Ça va nous permettre de recentrer sensiblement nos recherches.

— Pas la peine ! Un fourgon de marque Ford, de cette couleur, a été retrouvé ce matin, tôt, près des gorges du Fier. On a découvert sur la carrosserie des traces de peinture grise, identique à celle de la Mercedes de Bruno. À l'intérieur, il y avait deux cadavres. Sûrement les agresseurs de Julien.

— On aura vite fait de découvrir pour qui ils travaillaient.

— Pas si sûr ! Les premières constatations n'ont rien apporté de concluant. Ces deux cadavres sont totalement non identifiables. On a envoyé leurs empreintes au fichier en espérant qu'elles soient déjà répertoriées.

— OK ! Qu'est-ce que je fais ?

— Prends-moi une patrouille et allez me chercher ce Bruno. Conduisez-le à la morgue. Qu'il identifie les deux morts... Je vous y retrouve vers 15 heures !

— OK ! Je file ! On va les avoir !

Le ton enjoué du subordonné fait sourire Devarieux qui se dit qu'il a hérité d'un idéaliste encore plus jeune et naïf que tous ceux qu'il a dû se coltiner jusqu'à présent.

Il hausse les épaules.

— Tu déchanteras vite, mon gars, tu déchanteras très vite... surtout après le coup de fil que je viens de recevoir.

Devarieux se redresse langoureusement, comme écrasé de travail. Il soupire longuement en mettant ses mains croisées derrière sa nuque.

Sans même frapper, le Commissaire Barnier entre soudain. À son air, il n'est pas d'humeur à jouer au Scrabble.

Devarieux ne bouge même pas.

— Désolé de te déranger en plein travail.

— Y a pas de mal.

Barnier, la quarantaine athlétique, un visage sévère servi par deux yeux marron extrêmement mobiles, c'est l'anti Devarieux dans toute sa splendeur. Il est aussi actif que l'autre est lymphatique.

C'est un homme qui, avant d'en être un, est un flic avec des valeurs. C'est l'essence même de sa vie.

Il attrape une chaise et la retourne pour s'assoir dessus à califourchon.

— Tu en es où avec cette histoire de kidnapping raté ? Ça avance ?

— Ouais, ouais ! ... Juste une précision, cette affaire est à moi, tu n'as en aucun cas le droit d'y mettre ton nez, c'est clair ?

— Je sais cela, malheureusement. Jamais je ne comprendrais qu'un type comme toi puisse avoir encore des responsabilités aussi importantes en charge.

Souriant, Devarieux lève les bras dans un geste très fataliste.

— La vie est ainsi faite !

— Ne fais pas trop le mariole. Tout le monde, ici, connaît ton parcours. Alors, à ta place, je ne la ramènerais pas trop. Tu es attendu au virage.

— Justement, tout le monde peut faire des erreurs. Si je suis ici, c'est parce qu'on croit encore en moi et que des gens haut placés ont compris que je valais encore quelque chose.

— La question est de savoir quelle valeur on donne à cette... chose ! Personnellement, elle ne vaut strictement rien ! Que dalle ! Un zéro pointé ! La vie de flic n'est déjà pas facile, alors quand on permet encore à des ordures dans ton genre de venir augmenter l'antipathie des contribuables envers nous, ça me fait bondir.

Intéressé, Devarieux pose son menton dans ses mains. Il attend.

— Eh bien quoi ?

— J'attends de te voir bondir ! ironise Devarieux.

Excédé, Barnier s'éjecte de sa chaise. Il s'approche de son alter ego et le menace d'un index bien droit.

— Ne fais pas le mariole, je t'ai déjà prévenu. Fais attention ! Fais très attention à ce que tu fais. Je ne te lâcherai pas d'une semelle. Applique-toi à bien transmettre les informations du dossier à qui de droit, je n'aimerais pas les voir tomber, par erreur, dans des mains disons... indélicates. Me suis-je bien fait comprendre ?

— Parfaitement, mais je ne vois pas à qui tu fais allusion.

Barnier s'apprête à répondre, mais l'air goguenard et suffisant du ripou l'en dissuade. Pure perte de temps ! Mieux vaut laisser courir et attendre son heure. Il finira bien par faire une erreur, et là ! ...

BARNIER ET RUDEL ! ...

Annecy,
13 Rue du Pâquier,
restaurant « l'Étage »,
13 h 14

C'est dans une belle maison bourgeoise du 17ème siècle que le Commissaire Divisionnaire Paul Rudel, sûr de son fait, a invité, à sa grande surprise, le Commissaire Étienne Barnier. Il est plus habitué aux cantines et aux sandwiches SNCF qu'à la gastronomie savoyarde.

Situé au cœur d'Annecy, à deux pas du lac, dans un angle discret, les deux hommes goûtent aux joies de cette succulente cuisine. Le travail n'excluant pas la bonne chère.

— Je vous croyais à Paris ?!

— Comme quoi, il ne faut jamais croire, mais toujours être sûr.

Barnier, perplexe, tapote la nappe avec la pointe de son couteau en attendant sa terrine de poulet d'Aurillac, accompagnée de son magret du Sud-Ouest aux noisettes, pain toasté.

Il est mal à l'aise. Il ne comprend pas ce qu'il fait là.

— Nerveux ?

— Surpris !

Rudel sourit en coin, mais cherche à rassurer son ami.

Il se redresse et, en ouvrant grands les bras, lui montre le cadre sans égal de cet étonnant restaurant.

— Que voulez-vous de plus, cher ami ? Ne sommes-nous pas dans un endroit exquis ?

— Je n'en disconviens pas, mais croyez-vous vraiment que nous soyons au bon endroit ? ... Commissaire, cela fait plusieurs années que nous nous côtoyons, je vous ai toujours suivi, aveuglement serais-je tenté de dire car, pour moi, vous êtes une référence. Votre parcours, votre expérience, votre strict respect de la légalité, votre sens des valeurs, tout cela a été ma « bible » quand j'étais plus jeune. À l'école de police, vous avez été mon mentor. Je n'ai jamais discuté vos décisions, mais...

— Mais ? ... Feriez-vous allusion à la nomination de... Devarieux.

Comme gêné, Barnier cherche à minimiser la chose.

— Allez-y ! Lancez-vous, mon ami.

L'ami reste silencieux. Rudel reprend.

— Mon cher Étienne, vous êtes un brillant policier, un des plus brillants qu'il m'ait été donné de rencontrer et avec lequel j'ai l'honneur de travailler. Vous êtes fait pour ce métier, seulement vous avez un petit défaut : vous ne savez pas vraiment exprimer vos doutes. Le respect sans borne que vous vouez au règlement et à notre hiérarchie a un double effet sur vous : il vous permet de vivre en adéquation avec vos idées mais, en même temps, il bloque votre libre-arbitre. De façon atténuée, certes, mais elle vous pèse parfois, c'est indéniable. De quoi avez-vous peur ? Oui, je sais, notre police est faite d'hommes qui ont la fibre, comme vous, mais certains, comme Devarieux, s'y complaisent et ne la conçoivent que comme un bon moyen de dominer les autres à leur convenance pour faire du fric.

À l'expression soudainement détendue de son interlocuteur, Rudel comprend qu'il a visé juste. D'un autre côté, il ne fallait pas être grand clerc pour deviner ce qui chagrine ce stakhanoviste de l'ordre public.

Échange de sourires et le patron de la police en région Auvergne-Rhône-Alpes, poursuit.

— Vous comme moi savons bien dans quel monde nous vivons, et nous nous connaissons suffisamment pour ne pas avoir d'état d'âme... en ce qui nous concerne. Donc, allez-y franchement, exposez-moi clairement ce que vous avez sur le cœur, même si j'en ai déjà une petite idée.

Barnier prend le temps de la réflexion en souriant de satisfaction. Cependant, prudent, il préfère aborder le sujet par des chemins détournés.

— Comme vous dites, nous vivons dans un monde qui, à mon sens, part de plus en plus en vrille. Les voyous ont pignon sur rue et sont à deux doigts de nous donner des ordres. Nos conditions de travail se dégradent chaque jour un peu plus, nos moyens sont dérisoires et la justice, sensée nous épauler, s'est perdue dans une dérive démocratique sans fin qui, au final, n'apporte plus l'apaisement, la confiance et la... justice auxquelles tout administré lésé a droit. Nous nous efforçons des jours entiers, au péril de notre vie, à coffrer des voyous que la justice s'empresse de remettre en liberté. Ici même, à Annecy, nos moyens sont insuffisants face à une criminalité galopante. Les honnêtes gens vivent de leur travail mais ces voyous vivent des honnêtes gens. Ces délinquants osent tout, à l'image de Bouddha. Il règne en maître absolu sur un empire gigantesque qu'il gère d'une poigne de fer depuis son immeuble de l'Avenue du Petit Port.

— L'immeuble « Émeraude ». Face au lac. Un seul vis-à-vis, et encore, de travers : l'hôtel Casino Impérial Palace. Bouddha a installé toute son organisation dans cet immeuble ultramoderne qu'il a baptisé « Émeraude ». La petite histoire prétend que ce nom vient du premier bijou qu'il aurait volé ! Enfin, bref. S'étant doté des toutes dernières technologies en matière de surveillance, il règne depuis ses dix étages... ou plus exactement neuf plus un, sur son empire. Bouddha vit dans une maison qu'il a fait bâtir sur les toits, au dixième. On ne peut y accéder que par un seul ascenseur interne à code qui démarre au huitième, sur le palier où se trouve le bureau du Corse, Dominique Salinesi, son bras droit. Ce fouineur le change tous les trois jours. Il est le seul à pouvoir rencontrer Bouddha. D'ailleurs, cela fait plusieurs années qu'on ne le voit plus... espérons que cela ne cache pas quelque chose.

Barnier approuve vigoureusement de la tête puis, comme s'il venait de repenser à quelque chose, demande :

— Au fait, pourquoi l'appelle-ton Bouddha ?

Rudel sourit. En effet, on parle souvent de cet archange du mal, mais finalement personne ne sait qui il est.

— Il est d'origine chinoise. On l'appelle Bouddha parce qu'il a du mal à se déplacer. Il a comme qui dirait un certain embonpoint...

— Je vois. En effet, pour courir vite, ça gêne !

— Il y a plus curieux encore.

— Je crains le pire.

— Suite à une maladie de peau assez rare, il a le visage littéralement grêlé, ce qui fait de lui un personnage assez repoussant. Il en joue d'ailleurs devant ses concurrents. Ça intimide beaucoup.

— Je comprends mieux pourquoi on ne le voit plus ces derniers temps. Avec une gueule pareille, il ne doit pas passer inaperçu.

Barnier se laisse aller à un ricanement bien compréhensible. Ça le détend.

Il se fait plus sérieux et poursuit :

— Nous avons besoin de beaucoup plus de moyens pour mettre un terme aux agissements de gangsters comme Bouddha. J'espère que le Ministre de l'Intérieur, comme il l'a annoncé fin 2017, va tenir parole en ce qui concerne notre nouveau commissariat en centre-ville ([21])...

— Il se fera, soyez-en sûr. Plus de vingt-et-un millions d'euros seront investis pour que le nouvel hôtel

---

[21] Authentique. Un bâtiment plus grand permettra de travailler dans de meilleures conditions qu'à l'heure actuelle. C'est l'un des budgets les plus importants du parc immobilier Police / Gendarmerie au niveau national.

de police, l'un des plus onéreux au plan national, soit enfin réalisé. Il permettra un meilleur accueil du public et centralisera aussi tous les services. N'oublions pas que la commune d'Annecy regroupe maintenant six villes ! ([22]). Il faut nous adapter.

— Il se fera bien sur le terrain derrière la gare ? Celui mis à la disposition par la Mairie ? ([23]).

— En effet. Mais si vous en veniez à ce qui vous chagrine plus particulièrement ?

Barnier remercie la serveuse et regarde sa terrine avec des yeux vides. Il est manifestement à cent lieues du divin plaisir de la déguster.

— Quand j'ai commencé dans la police, l'utilisation de la prière me semblait puérile. Une bonne matraque me paressait plus efficace. Maintenant, avec l'âge, et constatant jour après jour le laxisme de nos politiques et de la justice, je me suis rendu compte que parfois ça a du bon de prier.

— À ce point ?

Rudel est frappé par l'abattement de son subordonné. Il a l'impression d'avoir un homme vaincu en face de lui.

— Étienne, pas de défaitisme ! Souvent ce que l'on voit n'est qu'une pâle image de la réalité. Pire ! Des fois c'est une image inversée. Je vous ai connu plus combatif.

— Combattre !? Mais je ne demande que ça, moi ! Mon ardent désir de servir les autres est toujours intact, mais j'avoue que quand on voit ce qui se passe, parfois, j'en viens à douter de la justesse de ma mission.

— Elle est noble et utile à la société, soyez-en persuadé.

— Même quand on nomme un Devarieux à un poste aussi élevé ? Directeur Départemental adjoint de la Sécurité Publique de la Haute-Savoie ! Ce n'est pas rien tout de même !

---

[22] Depuis le 20 juin 2016, la commune nouvelle d'Annecy est composée de 6 villes : Annecy, Annecy-le-Vieux, Meythet, Cran-Gevrier, Pringy et Seynod.

[23] Exact.

Rudel sourit. Que ça a été dur de le dire !

Immédiatement, Barnier rajoute :

— Je n'ai jamais discuté une seule de vos décisions, j'ai toujours obéi même quand je n'en voyais pas tout de suite la nécessité, mais là… franchement, je ne vous suis plus du tout. Devarieux ! Mais qu'est-ce qui a bien pu vous passer par la tête pour décider de nommer un tel ripou ? Et c'est en plus de notoriété publique ! Tout le monde se pose la question, sans compter que vous risquez de décourager beaucoup d'entre nous. Ce type va foutre en l'air des mois et des mois d'un travail, long, laborieux, ingrat et dangereux. C'est la porte ouverte à tous les abus. Les fuites sur des affaires sensibles en cours, notamment sur le kidnapping du petit Julien Rosswald-Manfredi, vont se produire et elles seront, toutes, à l'avantage de… Bouddha ! Là, non, je ne vous comprends plus.

— Moi, je comprends votre embarras, cher ami, mais si vous m'accordez quelque confiance, dite-vous bien que je sais très exactement ce que je fais. Vous êtes un homme intelligent, vous comprendrez.

Le visage fermé de Barnier lui indique pourtant le contraire.

— Est-ce en rapport avec… « l'image inversée » ? demande-t-il soudain.

Rudel ne peut s'empêcher d'apprécier la force de déduction de son subordonné. Il est « carré » et si, parfois, cela peut être un frein, dans la grande majorité des cas, c'est un atout.

— Quelque chose comme ça, oui.

Barnier pose sa fourchette et croise ses mains, coudes en appui.

— Peut-on en savoir plus ?

Rudel pèse le pour et le contre.

— C'est prématuré. Sachez seulement que c'est à juste titre que Devarieux a été nommé et que vous saurez tout en temps utile. Ne vous focalisez pas sur ce sinistre abruti. Continuez à faire votre travail comme vous l'avez toujours très bien fait jusqu'à présent. Vous avez stoppé la progression du racket dans la grande distribution, veillez à continuer dans ce sens. Quant à

Devarieux, passez votre chemin, vous perdriez votre temps. Dites-vous seulement que ses jours sont comptés. À cet effet, si vous voulez le coincer, laissez-le respirer. Laissez-lui le temps de faire un faux-pas.

Barnier se frotte le menton en réfléchissant. Il jette de temps autre un regard oblique sur son supérieur et ami, mais à l'impassibilité de Rudel, il a compris qu'il est inutile de lui demander plus de précisions. Il a cependant assez d'expérience pour comprendre qu'il y a un gros coup en préparation. Amer de constater qu'il n'est pas dans le secret des Dieux, il en conçoit une frustration bien légitime qui le laisse insatisfait, même s'il se sent légèrement mieux.

Il prend une brusque inspiration et mâche quelques bouchées de sa terrine.

— Succulente ! Espérons que ma véritable escalope milanaise avec ses linguine à la tomate concassée, seront tout aussi savoureuses.

— C'est certain. Tout comme le sera mon risotto de saint Pierre avec son coulis de corail.

Barnier sourit très franchement et lève soudain son verre. Hésitant et surpris, Rudel l'imite.

— Que fêtons-nous ?

— Le cheval de Troie ! ... Je me trompe ?

LES MORTS PARLENT SOUVENT PLUS QUE LES VIVANTS ! ...

Haute-Savoie, Épagny-Metz-Tessy,
Centre Hospitalier Annecy- Genevois,
1 Avenue de l'Hôpital,
15 h 02

— Voiture 5 à PC. Ils sont entrés à la morgue. Que fait-on ?

— *Rien pour l'instant. Vérifiez seulement les véhicules qui stationnent sur le parking. Je veux savoir s'ils sont suivis et, surtout, par qui.*

— OK !

L'homme coupe la transmission et se cale sur son fauteuil.

— On va encore se faire chier !

— Tu m'étonnes !

— Refile le bébé à ceux de la 7.

— Comme tu veux !

À l'intérieur

La pièce est fermée. Blanche. Aseptisée. Il y a juste un système d'aération qui dispense une relative atmosphère.

Bien allongés côte à côte, deux cadavres viennent d'être sortis de leur logement provisoire.

Le Commissaire Devarieux, son subordonné et Bruno, le chauffeur des Rosswald, sont immobiles devant eux. Bras croisés dans le dos, ils semblent aussi morts que les deux voyous.

— Vous les reconnaissez ?

Imperturbable, Bruno s'avance et se penche légèrement. Avec attention, il examine tour à tour les visages de ses deux agresseurs avant de se tourner vers le ripou.

— Oui, je suis formel, ces deux hommes sont bien ceux qui m'ont attaqué pour kidnapper Julien.

— Parfait ! Merci beaucoup. Je vais vous faire raccompagner.

Quelques instants plus tard, Devarieux s'entretient avec son adjoint, le Lieutenant Royer.

— Du nouveau depuis tout à l'heure ?

— Oui ! On a réussi à les identifier. Lui, c'est Antoine Catala, et l'autre, Pierre Saroyan. Des petits malfrats sans aucune envergure.

Devarieux se frotte le menton.

— Si ce sont bien eux, nous avons donc à faire à une bande aussi bien organisée que dangereuse.

— Pourquoi ?

— Parce que je suis persuadé qu'elle a engagé ces deux minables pour faire le sale boulot avant de les éliminer ensuite. Pas de témoins !

— Seulement, ça ne s'est pas passé comme prévu.

— Non. Mais le fait est qu'ils ~~aient~~ ont été retrouvés loin du lieu du kidnapping, prouve bien l'ingérence d'une grosse bande déterminée. En constatant leur échec, ils se sont dépêchés de les faire disparaître. Ce que je ne m'explique toujours pas, c'est pourquoi ne pas les avoir fait disparaître... définitivement. Ils courent un risque terrible en nous permettant de les identifier. Ils doivent pourtant bien savoir que nous allons remonter leur piste grâce à ces deux morts.

— À moins qu'ils ne soient persuadés que cela nous sera totalement impossible.

— C'est une hypothèse. Le fait qu'aucun document exploitable n'ait été trouvé sur eux plaide en ce sens. Autre chose ?

— Des perquisitions sont en cours à leurs domiciles respectifs, mais je doute, en effet, que nos collègues y trouvent quelque chose d'intéressant.

— Qui sait ? Le diable se cache dans les détails, n'oubliez jamais ça.

Le subordonné hoche mécaniquement la tête en buvant littéralement les paroles de son patron.

— Vous parliez de documents, justement, en les déshabillant, le légiste a trouvé un minuscule morceau de papier au fond d'une poche.

— Qu'est-ce que c'est ?

— Tenez, regardez. C'est un reçu de caisse de station-service.

— Intéressant. D'où ?

— L'écriture est passablement délavée mais on peut encore lire le nom de la localité où les voyous ont fait le plein : garage Détaille, à Cruseilles ! C'est à une vingtaine de kilomètres d'Annecy.

— Cruseilles ! Tiens, tiens ! En pleine campagne et très proche du Salève ! Un lieu idéal pour faire une planque. Une planque qui servirait, par exemple, à séquestrer tranquillement un gamin. Pas mal ! Prenez une équipe et filez là-bas. Montrez la photo de ces deux abrutis à un maximum de personnes. Il est très probable que quelqu'un se rappelle d'eux, ou mieux ! Les connaisse !

Survolté par son travail, le subordonné piaffe d'impatience.

— J'y cours ! Et vous ?

— Je vais rendre visite à madame Rosswald. Elle a besoin de tout le soutien possible et, surtout, je vais voir si elle a reçu une demande des ravisseurs. Tenez-moi informé minute par minute. Dès que vous avez du nouveau, je veux le savoir.

— Comptez sur moi, Commissaire ! On va les avoir !

Condescendant, Devarieux regarde son jeune adjoint s'éloigner à toutes jambes.

— Mais bien sûr ! murmure-t-il en esquissant un sourire méprisant.

5 minutes plus tard,
sur le parking

— Qu'est-ce qu'il fout ?

— Il téléphone, comme toujours. Qu'est-ce que tu crois ?

— C'est quand même dingue ! Bouddha est prévenu avant tout le monde ! Vivement qu'on le dézingue ce type. C'est une vraie crevure !

— Le patron sait ce qu'il fait.

— Je l'espère ! Et pour son adjoint, là, Royer, le jeune coq idéaliste ?

— Colle-lui la voiture 7 au cul. Il faut absolument savoir où il va !

— OK ! Je les préviens. Ils vont encore se promener... eux !

— Préviens aussi Barnier au PC !

ENQUÊTE ET FILATURE ! …

Haute-Savoie, Cruseilles,
route de Genève,
Garage Détaille,
16 h 05

La chaleur est encore étouffante. Un va-et-vient incessant de véhicules sillonne la route de Genève.

La voiture de police du Lieutenant Royer, le jeune adjoint idéaliste de Devarieux, est garée devant la boutique du garage.

— Faites voir encore une fois ! demande la caissière, sourcils froncés.

— Vous les reconnaissez ?

— Oui, ça y est. Je me souviens d'eux. Je ne les avais jamais vus dans la commune, c'est pour ça que je m'en rappelle. Mais je ne sais pas où ils habitent. Demandez voir au mécano. Il leur a peut-être fait le plein ?

Quelques instants plus tard, Royer entre dans l'atelier et colle la photo sous le nez d'un jeune homme d'une vingtaine d'années.

Le mécano se nettoie machinalement les mains avec son chiffon et regarde le cliché.

— Ouais, ils ont fait le plein ici. Ils avaient un fourgon Ford et ils se sont tirés vers la D15.

— Vous êtes certain ?

— Ah ouais, pour ça ouais. Ils n'arrêtaient pas de parler de la cabane isolée en haut, près de la grotte du diable.

— En haut ?!

— Ouais. Ici des cabanes isolées en « haut » près de la grotte du diable ([24]), y en a pas des tonnes. Ça ne peut qu'être sur le Salève ([25]).

Ragaillardi, se sentant à la veille d'un formidable coup d'éclat, Royer gratifie le mécano d'une solide tape dans le dos avant de regagner vivement son véhicule.

Sans se douter une seule seconde d'être filé par la mystérieuse voiture N°7, le Lieutenant de police et ses deux collègues filent à toute vitesse vers l'embranchement avec la D1201 qui va leur permettre d'accéder à ce site si beau et envoûtant. Le temps est beau, personne pour les gêner. Royer se sent pousser des ailes.

---

[24] « La grotte du Diable » se trouve à 1 350 mètres, située côté Sud du Salève, au lieu-dit Aux Chantêts sur la commune de Sappey. C'est aussi le nom d'un excellent restaurant de montagne situé non loin. La légende est assez curieuse : un soir d'automne, des bergers endormis près d'un feu sont réveillés par une créature venue s'asseoir dans les flammes. Effrayés, tous les hommes s'enfuient. Plus tard, un pâtre se repose près de l'abreuvoir en gardant son troupeau. La créature réapparaît alors et il a le temps de l'observer. C'est un serpent portant autour du cou un diamant magnifique. L'étrange animal s'enfuit et le berger le poursuit sans parvenir à l'attraper. Le serpent se faufile dans une grotte, et le pâtre le suit à l'intérieur. Il n'attrapa pas la bête et le diamant fut perdu. On peut toujours entrer dans la grotte afin de récupérer le diamant, mais attention, le serpent mystérieux n'est qu'endormi. Il veille ! De nos jours, les chercheurs de trésors partent encore à la recherche de la pierre précieuse, mais jusqu'à présent, personne ne l'a jamais retrouvée. Avis aux amateurs !

[25] Le Salève est une montagne des Préalpes de l'âge du Jurassique. Géologiquement, il appartient d'ailleurs à la chaîne du Jura. Il culmine au Grand Piton à 1 379 mètres, et s'étend sur 21 kilomètres depuis Étrambières jusqu'à Cruseilles (Pont de la Caille). On l'appelle aussi « Le Balcon de Genève ».

Assez rapidement, après s'être engagé sur la D41A, le véhicule arrive en haut du Salève.

Après avoir parcouru quelques kilomètres plus ou moins en ligne droite au milieu d'une magnifique forêt, le Lieutenant Royer s'arrête à droite sur une esplanade non goudronnée.

Très vite, il inspecte les alentours et constate qu'il n'y a aucune « cabane dans les arbres ».

Déçu, il pousse la porte du restaurant, plutôt une gargote, il a la chance de tomber directement sur un employé en train de faire du rangement, à qui il fourre la photo de ses deux macchabées sous le nez.

Son visage s'illumine à nouveau.

— Bien sûr ! Je les ai vus une fois. Pas polis d'ailleurs.

— Ils habitent par ici ?

— Ouais ! Continuez tout droit sur quelques kilomètres, puis après la forêt, sur votre gauche, vous verrez sur un piton, juste après la Tour Bastian ([26]), un vieux manoir. Le manoir des Saint-Massié. C'est là qu'ils

---

[26] La Tour Bastian, ou Tour des Pitons, a été construite à 1 379 mètres, entre 1820 et 1830 par Claude-François Bastian (1764-1838), notaire et Maire de Frangy, alors propriétaire de l'alpage du Petit-Pomier qu'il avait acquis le 18 mai 1795 lors de la vente des biens de la chartreuse de Pomier située sur la commune de Présilly. C'était le fils de François-Marie Bastian, avocat au Sénat de Savoie à Chambéry et de la fille du notaire de Frangy. Claude-François Bastian fut élu le 9 mai 1828 correspondant de l'Académie des Sciences, Belles-Lettres et Arts de Savoie. Les descendants des Bastian demeurent toujours à Frangy dans la maison-forte près de l'église. La tour, située sur la commune de Beaumont, constitue le point culminant du Salève et offre une vue exceptionnelle. Elle aurait été érigée sur un premier poste de guet datant du 15ème siècle. Elle servait alors de belvédère. Alphonse de Lamartine (1790-1869), l'auteur du poème le plus connu sur le Salève, s'y est souvent promené avec son ami Lord George Byron. Les chamois, disparus depuis très longtemps, y sont revenus en 1944, chassés par les violents combats des Glières qui opposèrent les maquisards aux miliciens et à l'armée allemande.

crèchent. Enfin à ce qu'il me semble. Maintenant, moi, hein...

Sans même remercier le jeune homme, Royer se précipite dans son véhicule et démarre rapidement dans la direction indiquée.

Quelques minutes plus tard, après avoir délaissé la célèbre Tour Bastian qu'il n'a de toute manière pas pu voir depuis la route, il découvre la masse sombre et fantomatique du vieux manoir de la famille de Saint-Massié.

— On y est ! claironne-t-il, victorieux.

— Lieutenant, faudrait appeler des renforts, c'est gigantesque comme baraque. Qui sait ce qui nous attend là-dedans ?

— Tu as les foies ?

— Non, mais ce serait plus utile d'être à une bonne dizaine qu'à seulement trois. Vu la superficie du manoir, il doit y avoir des tas de coins et recoins.

Le Lieutenant Royer s'arrête et réfléchit. Il tient à coffrer à lui tout seul les malfrats qui ne peuvent qu'être terrés à l'intérieur en attendant son irruption musclée.

— Arrêtons-nous non loin, commande-t-il. Nous finirons à pied et nous entrerons en force.

Enclenchant la première, Royer propulse son véhicule en avant et grimpe lentement le sentier d'accès au vieux manoir.

En contrebas

— Il nous fait quoi, Robocop ?

— Gare-toi là ! On va le surveiller. Mes avis qu'on est tombés sur la planque des deux corniauds qui roupillent à la morgue.

— OK ! Préviens quand même les copains de la 5. Qu'ils rappliquent au plus vite. On sait jamais ! Si ça doit calibrer, ils ne seront pas de trop ! ... Avertis le PC !

ATMOSPHÈRE ANGOISSANTE ! ...

Haute-Savoie,
sur les flancs du Mont Veyrier,
domaine des Rosswald-Manfredi,
dans la bibliothèque,
17 h 15

— Et s'ils avaient tué mon Julien ? se lamente Paola Rosswald, le visage défait, la voix chevrotante.

Elle a les yeux rivés sur le téléphone qui trône au beau milieu du bureau. Dans un recoin, deux policiers, écouteurs vissés sur les oreilles, sont prêts pour intercepter tout appel émanant des kidnappeurs.

— Je l'exclus totalement, madame. Pour les ravisseurs, votre fils est une vraie mine d'or. Tant qu'ils le détiennent, ils ne lui feront aucun mal.

— Mais alors pourquoi ne téléphonent-ils pas ? Pourquoi ne demandent-ils pas de rançon ? Cette attente est insupportable !

Suffisant, le Commissaire Devarieux s'approche de la mère dont les yeux bouffis trahissent des heures passées à pleurer.

— Croyez-en mon expérience, madame Rosswald, s'ils n'ont pas encore appelé, c'est uniquement pour vous faire craquer. Maintenir une pression très forte a l'avantage pour eux, de vous épuiser nerveusement.

Ainsi, il leur est très facile de vous faire accepter toutes leurs conditions.

Robert prend la parole.

— Il faudra bien écouter ce qu'ils demandent, surtout le chiffre exigé !

Comme soudainement devenue une furie, Paola s'éjecte de son moelleux fauteuil, renversant sa tasse de thé qui se brise en touchant le sol.

En tremblant de colère, elle s'immobilise face à son mari en hurlant.

— Tu n'as quand même pas l'intention de discuter le prix ?

Sentant le danger, le ripou s'interpose entre les deux époux.

— Calmez-vous, madame Rosswald. Mon Lieutenant m'a avisé il y a seulement quelques instants qu'il avait localisé la planque où est probablement séquestré Julien.

— C'est magnifique ! s'exclame Robert, soulagé.

— Pas de triomphalisme. Je vous en prie. Il n'y a encore rien de fait. Mes hommes vont investir la maison dans quelques minutes, le temps de se préparer. Si tout va bien, votre fils sera ici dans quelques heures. Je crois que…

Le téléphone résonne soudain, interrompant la discussion. En chœur, ils tournent la tête vers l'appareil.

— Robert, répondez ! commande Devarieux.

Hésitant, l'homme d'affaires décroche le combiné, pendant que Devarieux fait un signe discret à ses collègues, postés non loin. Tout doit être enregistré.

— Allo ?

— *Julien est entre mes mains. Si tu veux le revoir vivant, je veux cinq millions d'euros pour ce soir !*

— Ce soir ?! Mais vous êtes malade !

— *Ce soir, j'ai dit.*

— Je n'ai pas une somme pareille !

— *Ta banque peut t'avancer bien plus que ça ! Au pire, ta Paola t'aidera !*

— Je téléphonerai à la banque ! hurle Paola, à la limite de l'hystérie en se jetant sur le combiné. Le directeur est un ami, il me donnera tout ce que je veux ! Mais je vous en conjure, ne faites pas de mal à mon enfant, il est hémophile et...

— *Paola me portera l'argent.*

— Je ferai tout ce que vous voudrez !

— *Je rappellerai !*

Devarieux darde un regard lourd d'espoir sur ses collègues. Malheureusement, ceux-ci secouent négativement la tête.

— Trop court !

Paola s'effondre en larmes. Robert s'approche vivement d'elle pour la soutenir, mais elle le repousse brutalement.

— Et que personne n'ose m'en empêcher ! rugit-elle.

— Calmez-vous, madame Rosswald, calmez-vous ! Vous n'aurez peut-être même pas à vous déplacer. Je vais rejoindre immédiatement mon Lieutenant et participer à l'assaut de la planque. Nous allons vous ramener votre fils.

Paola Rosswald ne répond pas et s'enferme dans un mutisme qui inquiète son mari.

Devarieux, d'un signe discret, charge ses hommes de veiller sur elle tout en restant à l'écoute en permanence, puis sort d'un pas décidé.

Dans le couloir attenant

— Alors, on écoute aux portes ? ironise Hervé.

Surpris, Bruno se retourne et sourit bêtement en voyant les deux autres gardes du corps à l'entrée du couloir.

— Ah, c'est vous ! Vous m'avez fichu une de ces trouilles ! Non, je... je n'écoutais pas... Ils parlent tellement fort là-dedans que je n'ai pas pu...

— T'empêcher d'écouter.

Pris en défaut, Bruno hausse les épaules.

— Et alors ? De toute manière on entendait tout depuis là où vous êtes.

Vexé, le chauffeur préfère se retirer rapidement, laissant Fanny et Hervé perplexes.

— Qu'est-ce que tu en penses ?

— Qu'on a bien fait de surveiller ce type, répond Hervé en s'éloignant vivement vers la terrasse.

— Tu appelles le dispatcheur ?

— Ouais ! Je pense que ça va être très instructif. Ce mec n'est pas clair.

ASSAUT ET PERPLEXITÉ ! ...

Au Salève,
manoir abandonné des Saint-Massié,
18 h 02

— Alors ?

— Tout est en place Commissaire. Un groupe du GIGN est en train de terminer l'encerclement de la bâtisse.

— Des mouvements suspects ?

— Non, rien du tout.

Devarieux se redresse lentement et regarde du haut de son petit monticule la masse sombre et angoissante de l'ancienne demeure des Saint-Massié. Rien ne bouge, aucun bruit.

Il inspecte longuement les alentours à la recherche du moindre signe suspect, puis consulte sa montre.

— On va y aller ! Il ne va pas tarder à faire sombre. Plus on attend, plus on laisse de chances aux ravisseurs de nous échapper. Toutes les équipes sont parées ?

— Parées, Commissaire ! Parées. On n'attend plus que votre feu vert.

— OK ! Alors allons-y ! Go !

Le Lieutenant Royer, excité comme une puce, donne le signal de l'assaut par radio.

Aussitôt, d'un peu partout, des petits groupes de quatre à six hommes surgissent des taillis et foncent en silence vers les différentes entrées du manoir.

Très rapidement, les forces de police investissent la demeure en elle-même. La porte d'entrée est fracassée. Les groupes pénètrent à l'intérieur en hurlant, poussant sans ménagement toutes les portes, fouillant avec méthode chaque pièce avant de s'attaquer à la suivante.

— RAS dans la bibliothèque !

— RAS dans le bureau !

— RAS dans le salon !

— RAS dans la salle à manger !

Inquiet, le Commissaire Devarieux, accompagné de son fidèle Lieutenant, pénètre à son tour dans le vaste hall d'accès du manoir.

Quelque chose ne colle pas !

— Par ici, Commissaire ! crie soudain un policier.

Tout de suite, la petite troupe se précipite vers la porte dérobée que leur collègue a ouverte.

Avec prudence, mais sans perdre de temps, les forces de police descendent dans les sous-sols, sentant l'imminence d'une découverte qu'ils espèrent heureuse.

— Par là, Commissaire ! Là, dans cette pièce ! Regardez ! Il y a de la nourriture et de l'eau pour soutenir un siège...

— Et là, crie un autre policier, il y a un lit de camp et des draps ! Sûrement la chambre où devait se trouver le gosse.

Devarieux s'avance, examinant tout très vite.

— Ouais, mais où est-il, ce môme ?

— Ils ont dû nous voir arriver et se sont tirés, suggère Royer en s'approchant, tandis que l'endroit est méthodiquement fouillé par les forces du GIGN.

— En tout cas, ils étaient certainement ici il n'y a pas longtemps, Commissaire. Regardez, il y a tellement de poussière que les gangsters n'ont pas eu peur de laisser leurs empreintes de pas. À voir, comme ça, j'estime qu'il y avait un type, un seul... ouais, il n'y avait qu'un seul ravisseur.

— Ou peut-être un complice. Pour surveiller un môme de douze ans, pas la peine d'être à trente-six.

En contrebas,
bien cachés de l'autre côté de la route

— Alors ?

— Je crois qu'ils se sont bien fait baiser ! Préviens le PC que les flics ont pris d'assaut le manoir mais qu'ils ont fait chou blanc ! Le gosse n'était pas là.

— Merde ! Les ravisseurs l'ont donc transféré ailleurs !

— C'est évident. Soit les trois guignols qu'on a suivis tout à l'heure se sont fait repérer... mais on n'a vu personne se débiner du château...

— Soit, il y a belle lurette que les kidnappeurs se sont envolés.

— Plutôt ça, ouais ! répond l'homme en reprenant ses jumelles pour suivre le va-et-vient des policiers, dépités, qui sortent du manoir.

— Tu vois Devarieux ?

— Ouais ! Il s'est éloigné et, comme d'habitude, téléphone à son « patron ».

— Bouddha ne va pas apprécier ! J'avertis tout de suite le PC !

— Demande aussi au dispatcheur des instructions pour nous.

Domaine Rosswald-Manfredi,
19 h 28

— Comment ça, il n'y avait personne ?

Impuissant et mal à l'aise, le Commissaire Devarieux laisse tomber ses bras le long de son corps. Royer, quelques mètres derrière, semble rapetisser sur lui-même.

— Mon fils ! Où est mon fils ? Qu'avez-vous fait de mon Julien ? hurle Paola.

— Vous vous êtes planté, Commissaire, et maintenant qui sait ce que ces voyous font lui faire ? Ils vont se venger ! Je vous tiens pour responsable de cet échec. Je vais en...

— Calmez-vous, monsieur Rosswald. Les ravisseurs doivent avoir une autre planque. On va très vite la localiser.

— Et là aussi, vous donnerez l'assaut ? C'est ça ?

— Chaque chose en son temps. En tout cas, soyez certain qu'ils ne feront rien à votre fils. Tant qu'ils le gardent prisonnier, il ne lui arrivera rien.

— Alors qu'est-ce que je fais de l'argent, maintenant ? demande Paola, implorante, sans cesser de se triturer les doigts d'angoisse.

Devarieux est perplexe.

— Chaque chose en son temps ! répète-t-il, péremptoire.

D'un geste sec du menton, il interpelle ses deux collègues.

— Hé, vous deux ! Quelque chose ?

— Aucun appel, patron, rien du tout.

Le ripou se frotte les sourcils. Il ne comprend pas.

Soudain, le téléphone sonne avec insistance. Tous les regards convergent sur l'appareil.

Robert Rosswald décroche.

— Rosswald !

— *Vous avez essayé de me baiser la gueule, mais je suis plus malin que vous tous réunis...*

— Nous n'y sommes pour rien, c'est la po...

— *La ferme ! Je sais très bien ce qui s'est passé ! Ma patience a des limites. Je sais que vous avez reçu l'argent. Mais cette fois je veux dix millions !*

— Dix ! ... Dix millions ! Mais c'est...

— *Rosswald, n'oublie pas que j'ai ton gosse en otage. Dix millions sinon tu iras pleurer sur son cercueil.*

— Nous n'en avons que cinq. Ce que vous nous aviez demandé, je...

— *Comme acompte ça me va bien. Dites à votre femme d'être demain soir, à 23 heures, place de l'Annapurna. Là, il y a une poubelle. Qu'elle regarde dedans, il y aura un walkie-talkie. Qu'elle le prenne et regagne sa voiture, je lui indiquerai la route à suivre !*

— Je veux parler à Julien !

— *Tu l'entendras quand j'aurai le fric !*

— Allo ! Allo ! ... Allo !

— Inutile, il a raccroché, dit Devarieux très sérieux.

Paola reste de marbre. Son époux repose le combiné et s'approche lentement d'elle.

Devarieux regarde les deux opérateurs qui, une fois encore, secouent négativement la tête.

— Ce gars-là connaît la musique.

Il fait demi-tour en appelant son jeune adjoint d'un geste significatif de l'index.

— Marchons !

— Vous n'avez rien remarqué de curieux, Lieutenant ?

— Non, quoi donc ?

Devarieux s'immobilise, regarde à droite et à gauche, et s'avance avec l'air d'un comploteur.

— À chaque fois que nous discutions des ravisseurs ou de la rançon, ils se sont manifestés. Ça ne vous a pas choqué ?

— Maintenant que vous me le dites. À la réflexion, oui...

— Quelqu'un, ici même, doit les renseigner, sinon, comment auraient-ils pu téléphoner à chaque fois en étant sûrs de nous tomber dessus ?

— Ouais, je vois !

— Lieutenant, fouillez-moi cette baraque de fond en comble. Il me faut la taupe qui renseigne ces salauds.

— À vos ordres !

QUI DOUBLE QUI ? ...

Sommet du Mont des Princes,
maison du Comte,
vendredi 7 septembre,
07 h 11

Le soleil tente timidement de s'approprier, comme chaque matin, le Mont des Princes. Lutte éternelle entre l'ombre et la lumière.

Quelques oiseaux téméraires s'empressent d'aller chercher quelque nourriture. Un petit vent frais semble donner vie aux arbres, comme s'ils se parlaient entre eux.

Dans la maison, une bonne odeur de café a envahi la pièce principale tandis que celle de l'herbe mouillée par la rosée nocturne tente de la supplanter.

— Il dort toujours ?

— Oui ! Pauvre gosse, il est vanné. Toutes ces émotions l'ont épuisé.

— Dis donc, tu t'as l'air de bien t'entendre avec lui, non ?

— C'est parce que moi je l'écoute. Je m'intéresse à lui. Trêve de bavardages, tu as des nouvelles du PC ?

— Oui, et des sacrées !

— Du genre ?

— Les flics ont fait une descente, hier, dans le vieux manoir des Saint-Massié... pour que dalle !

— C'est là que les ravisseurs devaient séquestrer le gosse ?

— Affirmatif ! Mais j'ai mieux.

— À voir ta tête, ça doit être du lourd. Je m'attends au pire.

— Tu peux. Figure-toi que les ravisseurs réclament une rançon de dix millions d'euros, sinon ils exécutent Julien. C'est Paola qui doit leur porter ce soir, à 23 heures.

— Quoi ?! s'exclame la femme en reposant vivement sa cafetière. Mais c'est impossible, c'est nous qui avons le gosse !

— J'avoue qu'ils ne manquent pas d'air ! Gonflés ces mecs !

— Mais qui sont-ils, nom de Dieu ?

— Le PC n'en sait rien du tout. Seule certitude, ce n'est pas Bouddha. D'après le patron, ce ne peut être que les instigateurs du rapt manqué.

— Les deux gros lourdauds tués par Bruno auraient donc un ou plusieurs complices ?

— C'est plus que probable. Et comme ils n'ont plus rien à perdre, ils précipitent le mouvement. Ils tentent le tout pour le tout.

Sidérée par le culot des gangsters, la femme se laisse choir sur une vieille chaise.

— Ça alors ! J'ai beau être habituée, ça fait toujours un choc.

— Ces mecs n'ont plus de limites, vivement qu'on les élimine !

— Quel sont les ordres ?

La femme boit religieusement, les yeux dans le vague.

— On ne change rien à notre plan. Mais ça va se corser sévère. La fin de partie est pour bientôt, va falloir être drôlement aux aguets et ne pas louper notre tour.

La femme ne répond pas. Elle repose son bol, prend son Glock 19 et arme sèchement la culasse.

Immeuble « *Émeraude* »,
bureau de Dominique Salinesi,
07 h 32

— Quoi ? Mais vous me prenez vraiment pour un con ! Bouddha va vous arracher les couilles si vous ne me coincez pas tous ces salopards ce soir ! C'est clair ?

Les hommes de main du truand ne pipent pas un mot. Ils attendent que ça se passe.

Seul, Rudi ose proposer une autre alternative.

— Il y a mieux à faire !

— Tu te crois plus intelligent que moi ?

— Non. Je n'ai pas cette prétention, mais dans notre intérêt, je suis certain qu'il y a un autre moyen.

Salinesi ouvre de grands yeux tout en congédiant d'un geste hautain son « petit personnel ».

— Je t'écoute. Tu as intérêt à ce que tu vas me dire soir probant, sinon...

— Les flics sont au courant de l'échange prévu ce soir...

— Tu ne m'apprends rien.

— Qui dit « flic », dit dispositif renforcé. En ce moment, je ne vous apprends rien, la tension est à son paroxysme. Les flics sont sur les dents. Ils contrôlent, tout, même les vélos. Si on intervient ce soir, on risque tous de se retrouver au beau milieu d'une mémorable fusillade et, peut-être, de laisser des gars à nous sur le carreau. Pire ! Les flics peuvent très bien s'emparer de quelques-uns de nos hommes. Et ils les feront parler, ça c'est plus que certain.

— Personne ne parlera !

— En êtes-vous certain ?

Dubitatif mais intéressé, le Corse fait la moue tout en réfléchissant.

— C'est quoi ton idée ?

— Suivons l'évolution de la situation à bonne distance. Si les condés attrapent les ravisseurs, ils libèrent le gosse dans la foulée.

— Oui, et alors ?

— Alors, un : nos concurrents sont hors d'état de nuire. Deux : le gosse est libre, et trois : à partir de ce moment, la pression retombera, la vigilance se relâchera et ce...

— Ce sera beaucoup plus facile pour nous de le kidnapper ! Ouais, pas mal, pas mal du tout ! Tu gagnes à être connu, toi, tu sais ?

— Sans compter que notre homme chez les poulets pourra nous arranger le coup.

— Ouais, ouais, ouais, ouais, ouais ! Je vais y réfléchir. Reste dans le coin, je te fais signe. Dégage !

— Je voudrais exposer mon plan à Bouddha lui-même, je...

— Qu'est-ce que je t'ai déjà dit et redit ? Bouddha n'a pas envie de te voir... pour le moment. Quand il jugera le moment venu, il nous le fera savoir.

— OK ! Comme tu veux.

— Allez, tire-toi ! Envoie-moi Tony !

— OK !

Quelques minutes plus tard, l'homme de main de Salinesi est assis en face de son patron.

— Alors, tu en es où de tes recherches ?

— Ça avance, patron, ça avance.

— Alors avance plus vite. Tu n'as rien de nouveau sur ce Garry Webster ?

— Non, je vous l'ai déjà dit.

— Et sur Rudi ?

— Non plus. Ce mec est *clean*, je vous le répète.

Salinesi ne semble pas convaincu pour autant. Il contourne son bureau et s'approche de son flingueur attitré, l'air mauvais. Instinctivement, celui-ci se tasse dans son fauteuil.

Le Corse s'immobilise devant lui et le fixe étrangement tout en calant ses mains sur les accoudoirs.

Quelques interminables secondes s'écoulent, puis Salinesi se penche lentement en avant et murmure dans un sourire carnassier :

— J'ai toujours mal au genou ! ... Tu m'as compris ? ... Tu m'as bien compris ?

MAIS À QUOI JOUE FRANCIS MAGENTA ? …

Haute-Savoie,
Saint Germain-sur-Rhône,
domicile de Francis Magenta,
08 h 05

Mains dans le dos, nez sur la fenêtre, Francis reste songeur. Les nouvelles qu'il a eues ne lui plaisent pas. Aurait-il mal évalué les risques ?

Il consulte distraitement sa montre et se dit que son collaborateur ne devrait pas tarder à l'appeler pour le point quotidien. Même s'il demeure loin de ses activités, il garde un œil sur ses affaires grâce à Genetelli, son analyste financier, en qui il a toute confiance.

Quand on parle du loup ! …

La sonnerie de son portable résonne dans la salle à manger.

Vivement, Francis décroche.

— Magenta !

— Patron, c'est moi, Fabrice Ge…

— Oui, je sais. À cette heure-ci, il n'y a que toi pour m'appeler. Alors, quoi de neuf au bureau ?

— On fait aller.

— Pas terrible. À t'entendre, ça n'a pas l'air d'aller comme tu le voudrais, non ?

— *Il y a un peu de ça, patron. On est embrouillé avec l'affaire Walder. C'est beaucoup plus complexe que prévu.*

— Vous avez au moins une piste solide ?

— *Si on veut. À vous de voir.*

— Je t'écoute. Fais-moi la version haut débit, s'il te plaît.

— *On a découvert qu'un certain Bruno serait mouillé jusqu'au cou dans cette histoire.*

Francis sourit.

— Il ne serait pas chauffeur de maître et garde du corps, par hasard ?

— *Si ! Comment vous...*

— Laisse tomber. Disons qu'il y a parfois des coïncidences troublantes. Il bosse chez Rosswald ?

— *Exact. Qu'est-ce que je fais alors ?*

— Tu continues. Vous êtes sur la bonne piste. Possible que je te faxe des informations intéressantes sur ce monsieur dans la journée. Sinon, pour le reste ? Tu as pu me préparer le topo que je t'ai demandé ?

— *Oui, oui ! Ça n'a pas été sans mal, mais j'y suis arrivé. J'ai les situations financières, patrimoniales et familiales complètes de toutes les personnes que vous m'avez demandé de surveiller, dont deux en particulier.*

— Résultat ?

— *Vous aviez vu juste, comme toujours. Je vous envoie tout ça par mail.*

— OK ! J'ai hâte de vérifier ma petite théorie.

— *Autrement, les journalistes ont quasiment tous arrêté de nous ennuyer. On ne parle presque plus de vous.*

— Heureusement. Pour ce que je t'ai demandé en urgence, c'est OK ?

— *Pour ce soir ? Oui, pas de souci. Le PC a fait le nécessaire. Ça a râlé, mais, bon... Vous savez ce que c'est !*

— Et comment ! Je te laisse. À plus !

Francis raccroche, satisfait. Au passage, il se sert un grand verre de Gin qui lui tire une drôle de grimace. À force de le boire cul sec, ça va finir par lui jouer des tours. Surtout qu'il le boit dans des bocks destinés initialement à la bière !

Enthousiaste, il active son PC en faisant claquer sa langue tout en se demandant qui peut bien être ce Chris ? Quelqu'un œuvrant au domaine en coulisse ?

Idée farfelue. Et comment la prouver ?

Par association d'idées, il voit soudain se dresser devant lui, ensorcelant mais menaçant, ce fameux Serpent. Est-il tapi dans l'ombre, attendant son heure ?

Voilà un nouveau venu dans le jeu, et il ne vient sûrement pas pour faire de la figuration.

Perplexe, il prend son crayon à papier et commence à jouer avec, comme à son habitude. Mais le geste est frénétique, rapide, signe que ce nouvel élément lui pose un gros souci. Jusqu'à présent, il pensait avoir parfaitement défini les rôles de chacun, ce qui lui donnait un avantage certain. Maintenant, l'arrivée de ce nouveau personnage va singulièrement lui compliquer la tâche dans la mesure où il ne sait strictement rien de lui. Homme ou femme ? Déjà dans le circuit ou non ? Quel est son objectif ?

La logique voudrait que ce Chris s'en prennc aux bijoux de Paola, et à eux seuls. Serait-il derrière la tentative de kidnapping raté ?

Francis s'énerve. Il était persuadé que le coup avait été tenté par Bouddha, maintenant...

Il se force au calme en prenant une profonde inspiration.

— Non, ce ne peut être que Bouddha. Si j'en juge par le mode opératoire lors de l'attaque du train qui transportait l'or de Walder, bloquer vulgairement une voiture sur la route n'est certainement pas le genre de ce Chris. Il est beaucoup plus sophistiqué. Alors, si j'ai vu juste, comment va-t-il s'y prendre pour voler cette fortune en diamants ? Attaquera-t-il de front ? Va-t-il kidnapper Julien pour faire pression sur Paola ? Ou ne va-t-il pas plutôt s'appuyer sur son complice, ce Bruno ?

Les paris sont ouverts !

Francis se perd en raisonnements sans fin, tout en réalisant que la partie va sérieusement se compliquer. Il est grand temps qu'elle finisse.

Il consulte sa montre et en attendant les dossiers promis par son analyste financier, il décide de se replonger dans l'étude des plans de l'immeuble « Émeraude ». C'est essentiel pour la suite de son opération.

Il se rend à une autre table de travail et se penche sur un immense document déplié.

— Bon ! Alors ! ... Voilà l'entrée principale. Trois ascenseurs et deux montées d'escaliers. Logique jusque-là. Que ce soit les escaliers ou les ascenseurs, ils desservent tous les étages. Là où ça se corse, c'est une fois arrivé au huitième. Les ascenseurs latéraux ne vont pas plus haut. Idem pour les escaliers, d'ailleurs ils ont été murés pour qu'on ne puisse pas les utiliser pour atteindre le neuvième et dixième étage. Par contre l'ascenseur central, lui, grimpe jusqu'au neuvième. De là, il y a un autre ascenseur à code qui permet de rejoindre le dixième, donc d'atteindre les appartements de Bouddha.

Francis se redresse en se frottant le menton. Il réfléchit. Il cherche la faille. Comment atteindre le dixième ?

— Ouais ! laisse-t-il tomber au bout de plusieurs minutes, loin d'être convaincu.

— Bouddha est particulièrement inatteignable. Il sait très bien se protéger. Découvrir le code de son ascenseur privé est inutile, le Corse le change régulièrement, donc...

Une idée illumine soudain son visage et il se penche à nouveau sur le plan. Il le parcours du doigt et pointe soudain une partie de la façade avec insistance.

— Là ! C'est le seul endroit en béton. Il n'y a qu'ici « qu'il » pourra s'arrimer. Il n'y a pas d'autres solutions.

Satisfait, il entoure le point désigné d'un grand cercle au crayon rouge et se redresse, pensif.

Un sourire en coin s'affiche tout à coup sur son visage.

— Sacré baronne ! Elle sait y faire, au moins ! Et avec la classe.

Une petite sonnerie le ramène à la réalité. Il baisse les yeux et aperçoit avec satisfaction une petite icône clignotante sur son PC. Vivement, il ouvre sa messagerie. Les dossiers des deux suspects sont enfin là et, à voir leurs tailles, sûrement bien remplis.

Il commence par le premier. À sa lecture, son visage se décompose. Il pensait avoir raison, mais à ce point-là, ça dépasse tous ses pronostics. La chose est donc beaucoup plus grave qu'il ne le pensait au début. Il a vraiment eu le nez creux en anticipant les choses.

Il y a le feu à la maison Rosswald-Manfredi !

Paola Manfredi semble avoir plusieurs visages.

Sans attendre, il saisit son portable et compose un numéro abrégé.

— Fabrice !

— *Oui, patron ?*

— Je sais que tu es surchargé de boulot mais je vais encore t'en donner. C'est top prioritaire !

— *Comme le reste.*

— Débrouille-toi pour me rouvrir un dossier sur un accident automobile.

— *OK ! Lequel ?*

— Tu as de quoi écrire ?

— *Oui ! Allez-y, je vous écoute.*

Rassuré, mais loin d'être satisfait, Francis a coupé la conversation, l'esprit en ébullition. S'il a vraiment vu juste, c'est encore beaucoup plus dramatique que ce qu'il envisageait. Pire ! C'est terriblement mortel !

Il se redresse et s'appuie largement contre son dossier, les neurones en vrac, le souffle court. Il a besoin de faire le point, car si son idée est avérée, tout est remis en question.

Que peut-il faire ?

Que doit-il faire ?

D'abord, pas de précipitation. Agir dans l'urgence est toujours préjudiciable.

Doit-il sortir du bois ou ? ...

Doit-il avertir les autres ou ? ...

Non, c'est encore trop tôt, juste un peu trop tôt. Il n'a pas encore reçu tous les documents nécessaires au bouclage de l'enquête. Il lui manque quelques derniers éléments et l'organisation entière n'aura alors plus de secrets pour lui.

La couverture lui a coûté cher, très cher, mais ça en vaut la peine. Espérons seulement que personne ne soupçonnera rien jusqu'au dernier moment.

Quant aux autres ?

Les avertir maintenant risque de lui jouer des tours, car ce n'est pas ce coup auquel il attache le plus d'importance, mais c'est au suivant, le dernier, qu'il envisage de tout lâcher ! De tout donner : il y a de la monnaie à rendre, et en pagaille !

Il se lève brusquement, comme aiguillonné, et se met à faire les cent pas dans la salle à manger. Mains croisées dans le dos, il repense à l'avertissement que lui a lancé Rudel. Au risque d'y perdre son âme ? Et alors ? Qu'est-ce que cela change au vu des résultats actuels ?

Il y a vraiment de la monnaie à rendre !

Il a trop perdu, trop avalé de couleuvres, trop gâché de temps.

Il a trop perdu d'amis !

Faut renverser la tendance.

— Renverser la tendance, marmonne-t-il en s'immobilisant brusquement.

Il reprend sa marche erratique sans cesser de tourner et retourner le problème dans sa tête.

— Les prévenir ! OK, et après ? Ils connaissent les risques. C'est leur job et ils excellent dans leur domaine. Sur le bout des doigts ! Prendre des coups fait partie du boulot. Les avertir maintenant ? De quoi ? Qu'il y a du danger ! Ils le savent, mais ce qu'ils ignorent sûrement, c'est que le danger pourrait bien ne pas venir de là où ils l'attendent. Alors que faire ? Bien sûr, les avertir serait leur donner un sacré coup de main. Ça pourrait même les sauver d'une mort certaine, mais d'un autre côté, Bouddha comprendrait tout de suite, et ça, ça, Francis n'y tient à aucun prix.

Il veut sa vengeance !

Il veut sa livre de viande froide !

Alors que doit-il faire ?

— Tant pis ! On court le risque ! s'exclame-t-il soudain en se resservant un solide verre de Gin.

LE PETIT TRAIN ÉLECTRIQUE ! ...

Mont des Princes,
maison du Comte,
11 h 24

— Allez, Julien, raconte-moi comment est le train électrique qu'a construit ton grand-père.

Surpris l'enfant se redresse d'un coup.

— Ça t'intéresse ?

— Bien sûr !

L'enfant s'anime immédiatement.

— Il est magnifique. Il y a même un petit lac avec des bateaux. L'eau bouge en plus... si, si, si ! Grand-père avait inventé un système pour faire des vagues.

— Génial !

— J'ai plusieurs trains qui se croisent et suivent un trajet bien précis. Faut faire gaffe, car si je ne calcule pas bien les moments des croisements, ça peut finir en déraillements. Y a des montagnes, des routes, des petits chalets partout, et même que les voitures sur les routes bougent. Comme pour les trains, il y a un mécanisme qui permet de les faire rouler. Tout est fait à la perfection. Y a qu'une chose que j'aime pas.

— Quoi donc ?

— Les personnages devant la gare. Je ne les aime pas. Y sont pas beaux.

— Ça m'étonnerait que ton grand-père les ait mal faits.

— Derrière mon poste de commandement, il y a une petite vitrine. Dedans il y a des figurines. Elles sont identiques, mais celles-là sont beaucoup plus belles et je voudrais bien les remplacer, ce serait vachement plus chouette, mais Robert m'a interdit d'y toucher, surtout le chef de gare. Même grand-père ne voulait pas que j'y touche... Ils se fâchaient drôlement quand j'essayais, tu sais ! Une fois, j'avais petit à petit remplacé un à un les personnages. Un jour que Robert travaillait dans son bureau, j'ai remplacé le personnage du chef de gare par la jolie figurine dans la vitrine. J'allais la placer devant la gare, à sa juste place quand...

— Robert est entré, c'est ça ?

L'enfant se rembrunit et croise ses bras autour de ses genoux.

— Ouais ! Oh là, là, là ! Qu'est-ce que j'ai pris !

— Il t'a frappé ?

— Non, mais ça a été limite. Par contre, il m'a sermonné pendant je ne sais plus combien de temps. Il me disait qu'il m'avait déjà averti des centaines de fois que je n'avais pas le droit de jouer avec ces figurines etc., etc. Ouais ! ... Je me demande encore comment Robert a pu faire alors qu'il était dans son bureau, avec la porte fermée, pour savoir que j'avais pris la figurine du chef de gare !

La femme sourit curieusement.

— Moi, je crois avoir compris. Est-ce qu'il y a un miroir dans ta salle de jeux ?

— Ben ouais ! Même qu'il est drôlement grand. Pourquoi ?

— Il y a quoi dans la pièce derrière ?

— Le bureau de Robert.

— Bien sûr.

— Pourquoi tu souris comme ça ?

— Pour rien. Tes figurines, comment tiennent-elles au sol ?

— Ben, sous chaque socle, il y a une petite lamelle métallique. Chaque figurine en a une, et à chaque lamelle correspond une encoche sur le circuit. Il suffit de mettre les figurines dans la bonne encoche. Génial, non ?

— En effet.

Elle se lève.

— Où tu vas ?

— Préparer à manger. Steak frites salades, ça te va ?

— Ouaaaaaais ! Génial !!!! Dis, je pourrais aller jouer dehors, après ?

— On verra.

Julien se fait implorant.

— Alleeeeeez ! Sois sympa, zut !

— Tu sais, ce n'est pas si simple.

— Mais pourquoi ?

La femme sourit tendrement.

— Les grands ont parfois des idées stupides, mais tu es trop jeune pour qu'on t'en parle. Tu as tout le temps pour ça.

Julien la dévisage curieusement. Il ne comprend pas.

— Et maman, tu l'as avertie ?

— Oui, elle sera bientôt là, mais pour le moment, tu dois rester ici.

L'enfant se recouche en plaçant ses mains derrière sa nuque.

— Moi, tu sais, du moment que je n'ai pas à étudier, le reste...

— Je dois te parler de ta maman.

— Pourquoi ?

— C'est délicat. Ce sont des histoires de grands, mais elles te concernent au premier chef.

Interloqué, le gosse ouvre de grands yeux. La femme se racle la gorge et commence son récit.

Julien s'est finalement endormi.

La femme sourit largement et referme la porte à clé.

Rapidement, elle gagne la pièce principale où se trouve son acolyte en train de lire le journal, Glock 19 à portée de main.

— Alors ? Comment va notre petit protégé ?

— Il va bien. Par contre, faudrait que cette affaire se termine assez rapidement, il commence à en avoir assez d'être enfermé presque tout le temps dans sa chambre. Ça va devenir de plus en plus difficile de le raisonner.

— On ne peut pas faire autrement, tu le sais très bien.

— Malheureusement, oui.

— Tu as enfin fini d'équiper le gamin ?

— Oui, c'est terminé. Sa gourmette et sa montre sont parés. Pauvre gosse ! S'il savait ce qu'on lui prépare...

— C'est pour son bien, je te l'ai déjà dit et redit.

— Son bien ! Parce que faire la chèvre, même sans le savoir, tu appelles ça faire le « bien » ? De qui te moques-tu ?

L'homme lève la tête de son journal, surpris.

— Dis donc, quand on en a parlé, tu étais parfaitement d'accord, non ? Alors, ce n'est pas le moment de fléchir. Quand le vin est tiré, il faut le boire.

La femme sourit faiblement et tente de se justifier.

— Ne t'inquiète pas. Réaction purement de mère.

— Ouais, ben fais gaffe à ce que cela ne se reproduise plus... Au fait, tu es sûre qu'il fera ce que tu lui as dit, ton petit « protégé » ?

— J'ai gagné sa confiance. Il a eu du mal à accepter ce que je lui ai dit concernant sa mère, mais il n'est pas idiot, loin de là, et il a fini par se convaincre du bien fondé de nos allégations.

— Ça ne signifie pas pour autant qu'il tiendra sa langue quand...

— Il la tiendra ! Il me l'a juré.

L'homme regarde sa complice de travers, moins convaincu.

— Fais-moi confiance, mon ami. Il commence à découvrir le monde glauque et abject des adultes. Il va vite comprendre où est son intérêt et où se trouvent ses amis. Ses vrais amis.

Elle se dirige tout à coup vers la radio.

— Qu'est-ce que tu fais ?

— J’appelle le dispatcheur, sans le vouloir, Julien m’a indiqué comment ouvrir le coffre-fort.

— Non !

UNE DISPARITION AUSSI INATTENDUE QU'INQUIÉTANTE ! ...

Haute-Savoie, Annecy,
22 h 28

On sent tout de suite que l'été est fini. Tant qu'il y a du soleil, il fait bon vivre, mais dès que la nuit tombe, difficile de se promener dehors sans son petit lainage.

— *Voiture 12 à Central ! On est sur la D909. La Mercedes vient juste de passer devant nous à hauteur de l'hôtel Ancor.*

— OK ! Dirigez-vous autour de la Place de l'Annapurna et prenez position sur le parking, non loin du Crédit Agricole.

Le Commissaire Devarieux est confiant. Son dispositif est sans faille. Suivre Paola Rosswald se rendre, seule, comme l'a exigé le ou les ravisseurs, est d'une simplicité enfantine.

Machinalement, il consulte l'heure à l'horloge murale du QG de crise.

22 h 39

— *Voiture 9 sur l'Avenue du Petit Port. Paola Rosswald en visuel. Elle est à la hauteur du Golf miniature de l'Impérial. Elle est pile à l'heure. Pas de voiture suiveuse. Tout est OK !*

— Parfait ! Maintenez la position et vérifiez si elle est suivie.

— *OK !*

— Puis rejoignez les autres autour de la Place. Personne ne doit passer au travers des mailles de notre filet.

En retrait, le Lieutenant Royer piaffe d'impatience. Il ne rêve que du moment où il mettra la main sur ces gangsters honnis. Il ne comprend pas comment des citoyens français peuvent se permettre de braver la loi. C'est scandaleux !

Son idéalisme éculé a certainement dicté le choix de son maître ! ... Sainte manipulation, priez pour nous !

Le jeune coq, pas très sportif, se rapproche de ses collègues qui s'affairent autour d'un immense plan mural, pour suivre les déplacements de la jeune maman, épinglant ici, cochant là, après chaque communication.

— On va les avoir ! grogne-t-il, confiant.

22 h 46

— *Voiture 37 à Central ! Paola Rosswald vient de passer devant nous, à l'angle de la Rue du mont Baron et de l'Avenue de France.*

— OK ! Remontez vers la Place et restez en attente, c'est là-bas que tout va se jouer.

22 h 57

Devarieux est soudainement inquiet. On sent même une légère tension monter dans la grande salle. Les policiers se dévisagent. On regarde de plus en plus souvent l'horloge. On attend !

Pourquoi les patrouilles restent-elles soudainement muettes ?

L'heure du rendez-vous autour de la fameuse poubelle n'est plus que dans trois minutes !

Y aurait-il un souci ?

Le Lieutenant Royer frappe son poing dans sa paume gauche, gagné lui aussi par la fébrilité naissante.

Quelque chose ne va pas !

Il regarde son mentor. Celui-ci se frotte le menton, regarde l'horloge puis sa montre, comme pour vérifier qu'il a bien la même heure.

— Qu'est-ce qu'ils foutent ? grogne-t-il.

N'y tenant plus, il se rue sur le micro et appelle nerveusement ses équipes.

— Voitures 25, 58 et 16 ! Vous l'avez en visuel ?

— *Ici 25, négatif, patron !*

— *Ici voiture 58, Paola Rosswald n'est pas encore passée.*

— *Pareil pour voiture 16.*

Devarieux coupe le contact, furieux maintenant.

— Putain ! Mais où est-elle passée cette conne ?

— Elle est peut-être en panne ? hasarde bêtement son adjoint.

Le ripou ne répond même pas.

À nouveau, il contacte toutes les voitures affectées à son gigantesque dispositif. Toutes les réponses sont unanimes : la Mercedes de Paola Rosswald a disparu !

Pire ! Tout autour de la Place de l'Annapurna, aucun des groupes d'intervention, qu'il soit à pied, en moto ou en voiture n'a vu qui que ce soit rôder autour de la poubelle. Pourtant, d'après les dernières vérifications, le Walkie-Talkie du ravisseur est toujours bien dedans.

Alors ?

23 h 09

Où est Paola Rosswald-Manfredi ?

On ne disparaît pas comme ça, même à Annecy !

Aurait-elle été enlevée à son tour ?

Mais par qui, où, et pourquoi ?

Ça n'a pas de sens. Pourquoi s'en prendre à elle ?

Mais surtout, où est son, ou ses ravisseurs ? Ils ne se sont pas montrés. Auraient-ils fui ? Sûrement pas ! Auraient-ils alors changé leurs plans ? Mais pourquoi ? Un imprévu de dernière minute ? Ont-ils intercepté Paola sur le chemin ? Mais pourquoi puisqu'ils avaient toutes les cartes en main ? Et où l'auraient-ils fait, Paola a été constamment vue à chaque point de passage ?

LES MASQUES TOMBENT ! ... TOUS ? ...

Annecy,
Rue de la Digue,
samedi 8 septembre,
01 h 08

Très rapidement, tout en s'efforçant de ne pas donner l'impression de s'enfuir, la femme longe les murs crasseux de l'un des rares immeubles de cette toute petite zone pavillonnaire plongée dans le noir quasi absolu. Après quelques maisons endormies, se profile une rangée de dépôts. En face, une aire quasi déserte composée de monticules de sable, gravier, et autres déchets de travaux publics.

Lugubre !

Elle tient contre sa poitrine une grosse bourse, comme si sa vie en dépendait.

Elle contient les cinq millions d'euros.

Même en faisant attention en marchant, elle a l'impression qu'on entend qu'elle dans la rue silencieuse. La nuit est totalement noire, le vent se faufile entre les murs avant de disparaître dans les frondaisons séparant la rue du chantier, rendant encore l'endroit plus glauque et angoissant.

On dirait que le vent se rit de sa présence, comme s'il savait qu'il allait lui arriver quelque chose.

Elle serre encore plus fort sa bourse.

— Eh bien, Paola, où cours-tu ainsi ?

Tétanisée de peur, Paola Rosswald se cale contre le mur et regarde vers le milieu de la rue faiblement éclairée. Deux hommes la fixent, bras croisés.

Elle sent son cœur s'emballer.

— Bruno ?

— Eh oui, « Bruno ». Qu'est-ce que tu crois ? Il nous en faut plus que ça pour nous rouler, ma jolie.

Yeux exorbités, sentant la peur s'insinuer en elle, Paola glisse légèrement contre le mur en tentant de s'éloigner. Le deuxième homme fait un bond en avant et se rapproche dangereusement d'elle.

Bloquée, Paola s'immobilise à nouveau.

— Quand tu as tellement insisté pour porter la rançon seule, j'ai tout de suite compris que tu allais me la jouer à l'envers. J'ai alors placé une balise sous ta Mercedes. Comme ça on pouvait te suivre à distance sans que tu t'en aperçoives une seule seconde. De plus, avec l'armada de flics que Devarieux t'a collée aux basques, on aurait eu du mal à te filer... Ce n'est pas parce qu'on a baisé ensemble une ou deux fois que ça allait changer quelque chose pour moi. Tu as cru m'acheter avec ton cul, mais ça ne marche pas comme ça.

— J'ai investi beaucoup d'argent et de temps dans cette opération, poursuit l'inconnu qui lui barre toujours le passage. Vous avez essayé de nous doubler. Heureusement que Bruno a d'excellents réflexes. Qu'est-ce qui vous a pris d'engager ces deux minables ? Vous vouliez faire cavalier seul ? Le *deal* était pourtant honnête : vous laissiez faire Bruno et tout se passait bien !

— Mais je n'y suis pour rien... Ce n'est pas moi !

— Vous pensiez vous tirer d'ici avec le blé de votre connard de mari et votre marmot sous le bras ? Naïve !

— Cesse de mentir ! rugit Bruno, menaçant. Depuis le rapt manqué, impossible de te parler. Tu m'évites soigneusement.

— C'est faux ! Il y avait toujours mon mari ou des flics autour de moi, je ne...

— Ça suffit ! On ne se débarrasse pas comme ça de nous !

— Mais je n'ai pas enlevé mon fils, je vous le jure, il faut me croire, c'est une autre bande, je ne sais pas qui a...

— La ferme ! On n'a pas le temps de discuter ! J'estime que cet argent est à moi ! Par ici la monnaie, ma belle ! Et n'allez pas croire que...

Des sirènes de police retentissent soudain au loin, sillonnant la ville, s'éloignant puis se rapprochant rapidement, dangereusement.

— Chris ! Faut se barrer ! Les flics sont déchaînés. On se croirait en état de siège ! Ça va calibrer sévère cette nuit. Ils sont en train de ratisser la ville à la recherche de Paola et rien ne les arrêtera. Tirons-nous ! On va se faire baiser si on reste ici !

— OK !

Ajoutant le geste à la parole, Chris empoigne brutalement Paola, lui arrache la sacoche qu'il lance à son complice avant de la frapper violement. Elle s'effondre dans ses bras.

— Dans le coffre ! Vite ! On s'en débarrassera plus tard. Avant, je tiens à avoir une petite conversation avec cette traîtresse, après...

Bruno s'active. Rapidement, les deux hommes glissent la femme inconsciente dans l'étroit habitacle de leur BMW.

Bruno ferme violement le coffre et fonce s'installer au volant.

— On s'arrache ! hurle Chris.

Alors que les sirènes hurlantes déchirent la nuit, semblant venir de partout pour aller nulle part, Bruno passe la première avec rage et démarre en trombe. Direction : Boulevard du Fier.

— On récupère la D2201 et on se casse par la rocade. Une fois passé le nouvel hôpital, on sera peinards.

À une vitesse folle, dans les rues désormais vides, la BMW fonce droit devant elle.

— Fais gaffe quand même. J'ai pas envie de tomber sur un contrôle routier.

— T'inquiète !

À peine le chauffeur a-t-il dit cela qu'arrivé au niveau du grill courte-paille, sa trop grande vitesse le fait immédiatement repéré par une voiture banalisée, en planque dans l'Avenue de Genève.

— Les condés ! T'es dingue ou quoi ?

— Y a pas un chat à cette heure-ci et…

La sirène toute proche l'interrompt. Un regard dans le rétroviseur lui suffit pour se rendre compte qu'il vient d'être pris en chasse.

— Merde ! Les keufs !

— Je viens de te le dire, connard ! Tu ne pouvais pas respecter les limitations, non ?

Dents serrées, furieux de s'être piégé lui-même, Bruno change rageusement de vitesse et accélère à fond. Derrière, tous feux allumés, sirène hurlante, la voiture de police se rapproche dangereusement.

— Il faut les lâcher tout de suite, sinon on est foutus ! Sûr qu'ils sont déjà en train de rameuter tous leurs copains !

Chris ne se trompe pas. À peine la BMW s'est-elle engagée sur les chapeaux de roues sur le parking de Carrefour Market Annecy, qu'une deuxième, bientôt suivie d'une troisième voiture, s'invitent au bal maudit.

Entre les hurlements stridents des sirènes, l'éclairage furieusement agressif des voitures de police, les rugissements des moteurs poussés à fond et les crissements des pneus sur le bitume, l'enfer sonore est à son paroxysme.

À tombeau ouvert, Bruno réussit l'exploit de reprendre l'Avenue de Brogny puis l'Avenue Jacqueline Auriol.

— Tu pouvais pas te barrer dans l'autre sens plutôt que de nous ramener en pleine ville ?

— Fais pas chier !

Arcbouté sur son volant, sentant que cette fois-ci les flics n'auront aucune pitié, tellement ils veulent leur revanche, il doit puiser au fond de lui-même ses plus profondes ressources de pilote chevronné pour tenter d'échapper à la meute déchaînée qui, petit à petit, commence à s'approcher très dangereusement des fugitifs.

Jouant astucieusement sur ses rapports, suant comme jamais il n'aurait pensé, son cœur s'emballant à tout rompre à chaque fois qu'il frôle une voiture ou défonce du mobilier urbain qui gicle dans un bruit de verre explosé tous azimuts, il commence à sentir ses nerfs le lâcher. En effet, où qu'il regarde, c'est pour voir des nuées de gyrophares fondre sur lui, comme les papillons sur la lumière.

Au niveau du rond-point de l'Allée Paul Patoureaux et de la Rue du Périmètre, un barrage de police l'empêche de filer sur la gauche. In extrémis, il se rabat sur la droite et par le Chemin du Maquis déboule comme un missile sur l'Avenue de France.

— À gauche ! Y a un barrage !

En effet, le croisement est barré par plusieurs voitures.

Rameuté par un Devarieux fou furieux, tout ce qu'Annecy compte comme véhicules de police, converge droit sur les fuyards. Même des gars qui ne sont pas en service viennent gonfler les effectifs avec leur propre voiture. Elles sont maintenant six à poursuivre les voyous à un train d'enfer.

— Chef de groupe à voitures 16, 12, 24 et 47 ! Convergez sur nous. Bloquez tous les croisements ! Obligeons-les à continuer tout droit ! Je veux un barrage à l'intersection de la Rue Louis Armand, un autre Rue du Mont Charvin et ainsi de suite jusqu'à la Route de Vignières. Empêchez-les de disparaître dans les rues. Il faut qu'on les garde en visuel !

— OK ! C'est parti !

— Voitures 2, 6, 19 et 36, serrez-moi ce fils de pute au plus près !

— Comme si c'était fait !

— Pour voitures 58, 41, 71, 49 et 3, bloquez immédiatement toutes les rues parallèles à l'Avenue de France, que ce salaud ne puisse plus en sortir. On va se le mettre dans un entonnoir ! Rendez compte dès que c'est fait ! Exécution !

— *On y va !*

Mais la BMW roule vite, très, très vite, si bien qu'arrivé à hauteur de l'immeuble « Le Belvédère », le barrage n'est pas totalement installé. Les voitures commencent seulement à se positionner dans des crissements de pneus infernaux.

Une odeur de caoutchouc brûlé s'élève très vite dans presque tout le quartier.

Des cris fusent, des ordres sont donnés, mais Bruno a compris qu'il tenait enfin sa chance.

Braquant à fond sur sa gauche, il s'engouffre sur l'Avenue des Barattes en direction de la Rue des Mouettes.

— Bordel de merde ! hurle Devarieux. Voitures 35, 43, 27, bloquez-moi immédiatement l'Avenue de la Maveria, les Rues des Cygnes, des Cols Verts et du Pré d'Avril ! Bougez vos culs ! Tous les autres, établissez-moi un putain de barrage sur le rond-point avec les Rues des Écureuils et de Vénétie. On va les obliger à s'arrêter au Carrefour Market. On va encercler le parking ! On va se les prendre en tenaille !

Cette fois, la chance insolente de Bruno semble l'abandonner. Arrivant à une vitesse météoritique sur le rond-point, il aperçoit une forêt de gyrophares et un très grand nombre de silhouettes armées dissimulées derrière les véhicules.

Réagissant en un éclair, Bruno braque à gauche, déboule sur la station-service, explose au passage le guichet de paiements et s'arrête par miracle au niveau des pompes. L'une d'elles est cependant touchée. Immédiatement, l'essence jaillit de terre et un geyser puant s'élève à plusieurs mètres au-dessus du parking dans un bruit effroyable alors que les sirènes d'alarmes retentissent en même temps.

— On le tient ! hurle Devarieux dont le véhicule s'arrête difficilement au niveau de l'arbre du rond-point.

— Décolle ! Décolle, merde ! hurle Chris, paniqué, en voyant des policiers, fusils d'assaut en main, courir vers leur voiture.

Bruno engage la première, accélère à mort et arrache littéralement sa berline du bitume.

Immédiatement, une course poursuite s'engage au beau milieu du parking du supermarché. Avec une veine insolente, Bruno se faufile entre les voitures, n'hésitant pas à les pousser violemment pour passer d'une rangée à une autre. Derrière lui et tout autour, des policiers en courant et d'autres en voitures, se rapprochent très dangereusement des fuyards.

Dans les immeubles adjacents, les lumières commencent à s'allumer à presque tous les étages. Surpris en pleine nuit, les habitants se ruent sur leurs balcons pour assister à l'hallali.

HALLALI ! ...

Fatigué, en sueur, sentant ses nerfs le lâcher, Bruno a beau déployer des trésors d'imagination et d'audace, le filet se resserre irrémédiablement sur lui. Secoués comme des fétus de paille à chaque fois qu'il heurte un véhicule, les deux hommes réalisent que leur voiture va les lâcher. En effet, de sinistres volutes de fumée blanchâtre commencent à s'élever du capot, et des bruits non moins inquiétants emplissent l'habitacle, surtout après la destruction de trois des cinq plots en ciment qui borde le chemin pour piétons.

— Il faut se tirer de là ! hurle sans cesse Chris qui s'accroche comme un noyé à sa bouée à sa ceinture de sécurité.

— Qu'est-ce que tu crois que j'essaie de faire, connard ?

Heurtant de plus en plus les quelques rares voitures en stationnement, Bruno s'engage à pleine vitesse dans l'allée centrale.

Au même moment, une voiture banalisée réussit à lui foncer dessus. Il braque pour l'éviter, mais trop tard.

Violemment heurtée sur le côté dans un sinistre bruit de tôles déchiquetées, la BMW, déjà difficilement contrôlable, part en zigzag. Bruno se cramponne sur le volant, tentant de reprendre son engin en main devenu maintenant fou, mais il est trop tard.

Lancée à la vitesse d'un obus, la BMW glisse sur le côté dans un geyser d'étincelles, puis s'élève du sol a guère plus de soixante centimètres pour finir en tonneau dans le Carrefour d'Annecy-le-Vieux, effaçant huit plots métalliques protégeant l'entrée. Deux d'entre eux arrachent l'essieu arrière propulsant le pot d'échappement à plusieurs mètres.

Littéralement projetée dans l'entrée vitrée, la BMW s'enfonce profondément dans le magasin dans un bruit épouvantable de verre brisé et de ferrailles martyrisées.

Après des secondes qui paraissent un siècle, alors qu'une grande partie du plafond n'en finit pas de dégringoler et que les alarmes retentissent lugubrement, la BMW s'immobilise enfin, moteur emballé, perché à un petit mètre de hauteur. Elle est en équilibre instable sur le montant du sas d'entrée et les premières caisses.

Les sprinklers se sont automatiquement activés et des tonnes d'eau dégringolent des plafonds.

Au sol, des palettes entières de bidons de pétrole pour poêle se vident dans un gargouillis inquiétant.

Dehors, après quelques hésitations, des policiers commencent à s'approcher prudemment au milieu des explosions et des myriades de produits qui volent dans tous les azimuts. Une pluie multicolore sans fin de Tic-Tac noie pratiquement tout le parking dans un bruit infernal et discontinu de crécelle. Des morceaux d'affiches, mêlés à des portions non négligeables de bois et de verre dégringolent également du ciel au milieu d'une avalanche hétéroclite de produits alimentaires et de centaines de milliers de pellets pour le chauffage au bois.

Un des policiers, plus hardi que les autres, alors que les sirènes des pompiers signalent une arrivée imminente, parvient à se faufiler à l'intérieur, un collègue sur ses talons, prêt à faire feu.

Quelques minutes passent.

Les pompiers surgissent.

— Alors ?

L'intrépide policier ressort, aveuglé par les projecteurs des soldats du feu qui, toutes lances en batterie, se ruent sur le bâtiment tandis que d'autres sont en train de fermer les vannes des stocks d'essence. Petit à petit, le geyser de carburant qui a inondé le parking se tarit.

Et il était temps !

C'est un miracle que le feu ne se soit pas déclaré.

— Deux hommes à bord !

— On peut en tirer quelque chose ? gueule Devarieux soudain au premier rang.

— Négatif ! Ils sont tous les deux raides comme la justice.

Des sauveteurs sortent les cadavres en se hissant sur les débris.

Le Commissaire les arrête au passage.

— Lui, je le reconnais, c'est Mascarel. Bruno Mascarel, le chauffeur et garde du corps de la famille Rosswald. Quant à l'autre, inconnu au bataillon.

— Il n'a aucun papier sur lui, Commissaire.

— OK ! Rameutez-moi les gars de la scientifique. Je veux qu'on me passe au peigne fin tout le périmètre.

Une bousculade attire soudain son attention.

— Qu'est-ce qui se passe ? hurle Devarieux.

— Ces deux personnes veulent passer, Commissaire, je...

— Je suis Luc Van Nieuwenhuyze, le directeur du Market, et voici Maryline, l'une de mes collaboratrices. Je voudrais pouvoir faire un rapide état de lieux.

— OK ! Laissez-les passer ! ordonne le ripou avant de retourner à ses deux morts.

— Commissaire, Commissaire !

— Ouais !

— Regardez ! crie le policier en sortant des décombres. J'ai trouvé cette sacoche dans la bagnole.

— Hé, je la reconnais ! s'exclame Royer. C'est celle de madame Rosswald !

Devarieux saisit fermement la sacoche que lui tend son subordonné et l'ouvre.

— Le fric est là ! ... Ces deux mecs sont donc bien les ravisseurs de Julien.

— *Yes !* On les a eus ! exulte, tout content, le Lieutenant.

— Une petite seconde !

— Quoi donc ?

— Où est Julien et, surtout, où est passée Paola Rosswald ?

Tout excité, Royer a déjà la réponse.

— Vous pensez bien qu'elle n'a pas attendu. Une fois récupéré son gosse, elle est vite rentrée au domaine. C'est évident.

— Je me méfie des évidences. Appelez nos hommes chez les Rosswald. Demandez confirmation de son retour.

— OK ! Mais ce sera une perte de...

— Plus tard les commentaires. Il y a quelque chose qui ne colle pas.

— Quoi ?

— Le Walkie-Talkie posé par les kidnappeurs est toujours dans sa poubelle. Personne ne l'a récupéré, alors comment la Paola a-t-elle pu entrer en contact avec eux, et où ?

— On les a pas eus, alors ?

— La ferme, Royer !

Devarieux est inquiet. Au milieu du va-et-vient qui règne sur le parking transformé en champ de ruines, il fait quelques pas pour s'isoler. Il ne comprend pas ce qui se passe. Surtout, il a peur des réactions de son patron.

Salinesi n'est pas homme à se contenter d'approximations.

— Commissaire ! Commissaire !

— Quoi encore ? hurle-t-il, énervé.

— Une de nos patrouilles vient de repérer la Mercedes de Paola Rosswald.

— Ah, enfin ! Où est-elle ?

— Garée devant l'entrée d'un vieil immeuble, Rue de la Digue.

— La Rue de la Digue ?! Mais c'est à l'opposé du lieu prévu pour l'échange ? Qu'est-ce qu'elle est allée foutre là-bas ? On y va ! ... Au moins on ne respirera plus cette foutue odeur d'essence !

UNE HISTOIRE DE FOU ! …

Rue de la Digue,
03 h 15

À peine arrêté, Devarieux descend du véhicule. Des gyrophares peignent de sinistres et lugubres traits colorés sur les murs noirs des rares bâtiments.

— Elle est là, Commissaire !

— Je vois, merci.

— Elle est vide et aucune trace de madame Rosswald.

Agacé, le ripou se frotte le menton.

— Ce n'est pas normal ! Ce n'est pas normal. Quelque chose nous échappe.

— Des témoins ?

— Non, personne !

Devarieux lève le nez et avise une fenêtre éclairée dans l'immeuble juste au-dessus.

— Il y a de la lumière, là. Montez voir le locataire. Allez l'interroger, peut-être qu'il a vu quelque chose ?

Quatre minutes plus tard

Brusquement, la fenêtre du second étage s'ouvre. Un policier se penche à l'extérieur et hèle son patron.

— Oh, Commissaire ! Faudrait que vous montiez voir !

— Trouvé un témoin ?

— Non ! Un mort !

— Un mort ?! Vous êtes sûr ?

— Quand je vois un mec avec une balle de 7,65 dans le cœur, je doute que ce soit accidentel.

— Nom de Dieu, mais qu'est-ce qui se passe, ce soir, dans cette putain de ville ?

Quatre à quatre, le ripou grimpe les escaliers du petit immeuble. Dehors, les policiers font du porte à porte, à la recherche du moindre indice. D'autres, lampe torche à la main, fouillent le chantier et les frondaisons.

— Alors, nom de Dieu, qu'est-ce que c'est encore que ce bordel ? rugit Devarieux en entrant d'un pas décidé.

À terre, un homme d'une quarantaine d'années git, mort, la poitrine ensanglantée. À ses côtés, un oreiller brûlé. À l'évidence, son meurtrier a utilisé le coussin pour étouffer la détonation.

— Qui c'est ?

— D'après les papiers qu'on a trouvé ici et là, il s'agit de Gérard Daher. Défavorablement connu des services de police.

— De mieux en mieux ! Une idée sur l'heure du crime ?

— Comme ça, je dirai vers les 2 ou 3 heures du matin. En tout cas, y a pas longtemps, il est encore chaud. Le légiste sera plus précis, je pense.

— Bien, bien ! répond Devarieux qui tourne dans l'appartement, examinant chaque coin et recoin.

Il s'immobilise soudain et se tourne vivement sur les deux policiers qui attendent, stoïques.

— Tu dis un 7,65 ? Tu es sûr ?

— À cent pour cent, non, mais j'ai suffisamment vu de blessures par balles pour reconnaître le calibre. Le légiste confirmera.

— 7,65 mm ! 7,65 mm ! C'est une arme de femme, ça, en général.

— À quoi pensez-vous ? demande Royer qui suit son mentor comme un toutou.

Faisant comme s'il était invisible, Devarieux s'adresse aux autres policiers, tandis que les gars de la scientifique arrivent.

— Toujours aucune nouvelle de Paola Rosswald ?

— Négatif, patron ! Elle n'est pas au domaine. On ignore totalement où elle se trouve.

— Et on a ce cadavre ici, réfléchit Devarieux à voix haute.

— Vous pensez que...

— Dans notre métier, Royer, il n'y a pas de coïncidences. Ce Daher est certainement mêlé au kidnapping de Julien. Ses complices l'auront fait taire.

— À qui vous faites allusions ? Aux deux mecs de la BMW ?

— Aussi.

— Comment ça : « aussi » ?

— Si c'est vraiment un 7,65 mm qui a été utilisé, alors il est fort possible que ce soit une femme qui ait refroidi ce type.

— Vous pensez que Paola...

— Commissaire, Commissaire !

L'appel vient de la rue.

— Quoi encore ? rugit Devarieux, exaspéré maintenant.

Il se précipite à la fenêtre et se penche largement.

— Qu'est-ce qui se passe encore ?

— On a retrouvé Paola Rosswald !

Devarieux marque une pause, surpris et content à la fois.

— Où ça ?

— Dans le coffre de la BMW.

— Quoi ?!

— Les dépanneurs étaient en train de sortir la carcasse de l'entrée du Carrefour, quand ils ont entendu, tout à coup, tambouriner à l'arrière. Ils ont ouvert le coffre et ils l'ont trouvée dedans.

— Indemne ?

— Ouais ! Sérieusement secouée, mais saine et sauve.

— Au moins ça. Le gosse ?

— Négatif ! Il n'y avait qu'elle. Les gars du SAMU l'ont illico emmenée aux urgences.

— OK ! Mais putain, où est ce gosse ?

L'HABIT NE FAIT JAMAIS LE MOINE ! ... EH NON ! ...

Centre Hospitalier Annecy-Genevois,
1 Avenue de l'Hôpital,
Metz-Tessy,
lundi 10 septembre,
09 h 24

Avec un air de bouledogue constipé, Devarieux s'est à peine éjecté de son véhicule qu'il fait déjà les cent pas, cherchant à comprendre l'incompréhensible.

— Que foutait Paola dans le coffre de la bagnole des ravisseurs ? Ce n'est pas logique...

— Sauf s'ils avaient un second objectif, corrige discrètement Royer, en trottinant derrière son mentor.

Le ripou se retourne vivement et dissèque son adjoint, semblant le découvrir pour la première fois. Il est étonné par sa capacité de raisonnement.

Il hésite à répondre, puis hausse les épaules et reprend résolument sa marche vers le bâtiment dans lequel Paola Rosswald-Manfredi a été admise. Par sécurité, il a fait placer deux gardiens devant sa porte.

Il est en train de grimper les escaliers quatre à quatre, quand son portable vibre dans sa poche.

Vivement, il décroche.

— Ouais !

— *On vient de trouver le 7,65 mm, Commissaire. Vous aviez raison, il était bien caché dans le coffre.*

Souriant largement, il hoche la tête de contentement en regardant Royer avec l'air de dire : « Qui c'est qui avait raison ? ».

— Faites un relevé d'empreintes immédiatement et rappelez-moi tout de suite quand vous avez les résultats.

— *OK ! On fait au plus vite.*

Devarieux raccroche vivement.

— Ça plus le Walkie-Talkie, ça change tout, maintenant, lâche-t-il, suffisant, pour bien faire comprendre à Royer qu'il n'est, à ses yeux, qu'un sombre imbécile.

Dans la chambre de Paola Rosswald

— Comment vous sentez-vous, madame ? demande gentiment Devarieux.

Une petite mise en condition s'impose avant de lâcher ses accusations.

— Bien, bien, merci. Ça va beaucoup mieux. J'ai bien cru ma dernière heure arrivée.

— Si vous vous en sentez capable, je vais vous demander de répondre à quelques questions. Oh, rassure-vous, simple routine. La paperasse, vous savez ce que c'est.

— Je vous en prie.

— Voilà ! Connaissiez-vous les deux types qui vous ont kidnappée ?

— Non ! C'est la première fois que je les voyais.

— D'accord. Comment se fait-il que vous vous soyez trouvée Rue de la Digue alors que le lieu de rendez-vous fixé par les ravisseurs était Place de l'Annapurna. ?

— En cours de route, l'un des ravisseurs m'a appelée directement sur mon portable pour changer le lieu de la remise de la rançon. Il craignait une intervention de votre part.

— D'accord, continuez !

— C'est comme ça que je me suis retrouvée dans cette rue. Voilà !

— Qui y avez-vous rencontré ?

— Un homme devait m'attendre au second étage du numéro 13. Je suis montée et quand j'ai poussé la porte, je suis tombé sur un...

— Un mort !

Paola hoche vigoureusement la tête et semble revivre ce douloureux épisode.

— Mon Dieu, quelle horrible chose !

— Je veux bien vous croire. Qu'avez-vous fait à ce moment ?

— J'ai eu peur, je suis partie en courant et c'est à ce moment que je suis tombée sur les deux autres ravisseurs. Je suppose qu'ils venaient de liquider leur complice pour garder une part du gâteau plus grosse.

— Possible, en effet... Seulement, il y a quelques petits points qui me chagrinent.

— Ah !

— D'abord, l'homme abattu chez lui l'a été par arme à feu. Un 7,65 mm pour être précis.

— Oui... et où voulez-vous en venir ?

— À ceci...

Le portable vibre à nouveau.

— Excusez-moi.

Devarieux décroche tout en s'éloignant. Il écoute religieusement en répondant seulement de temps à autre à son interlocuteur par des grognements.

— Vous êtes certain ? Absolument certain ?

— *Plus que certain, Commissaire. C'est évident, les empreintes ont parlé.*

— OK ! Et pour la radio ?

— *C'est la même personne, il n'y a aucun doute.*

Quand il coupe la conversation, son visage s'illumine.

— Bonnes nouvelles ?

— Très bonnes même. Paola Rosswald-Manfredi, je vous arrête pour le meurtre de Gérard Daher et tentative de kidnapping sur la personne de votre fils, Julien Rosswald.

— Quoi ?! Mais...

— Les preuves sont accablantes, madame. Vous auriez tout intérêt, maintenant, à collaborer. Peut-être que les juges en tiendront compte. Ça peut vous attirer une certaine clémence de leur part. Je vous écoute.

Paola a le visage défait. Ses yeux errent à la recherche d'une hypothétique solution, un appel au secours. Elle réalise petit à petit qu'elle n'a plus qu'à baisser pavillon.

— Comment ? ... Comment ?

— Le dénommé Gérard Daher a été abattu avec un 7,65 mm. Le vôtre ! Comme vous n'aviez pas eu le temps de vous en débarrasser, vous l'avez caché dans le coffre de la BMW car vous aviez bien compris que si on le trouvait sur vous... On a vos empreintes dessus.

— J'ai agi au plus pressé.

— On pourrait penser que vous avez voulu venger le rapt de votre fils, ce serait assez logique, seulement voilà : chez Daher on a découret un transmetteur à longue portée... Inutile de vous préciser avec qui il était en relation constante.

Paola secoue nerveusement la tête, vaincue.

— On a trouvé l'autre émetteur chez vous. Bien caché, mais malheureusement pas assez. C'est d'ailleurs grâce à votre cuisinier, ce Victor, que nous avons pu mettre la main dessus. Un homme précieux, ce Victor. Quelle idée saugrenue que de planquer votre transmetteur dans sa cuisine ? Sa cuisine, c'est sa vie, il en connaît chaque recoin. Je précise que nous avons également retrouvé vos empreintes sur votre appareil... Vous allez avoir besoin d'un sacré avocat.

Paola relève la tête, étonnée, et s'apprête à dire quelque chose avant de se raviser.

À quoi bon ?

— Bref ! Il est évident que vous aviez planifié le rapt de votre fils avec ce Gérard, et probablement les deux autres guignols qui dorment à la morgue actuellement. Exact ?

— Exact ! répond-elle d'une toute petite voix sans oser regarder le policier.

Devarieux marque une pause et s'approche.

— Comment une femme peut-elle planifier le kidnapping de son propre fils ? Vous vous rendez compte de ce que cela signifie ? Que vous a-t-il fait pour en arriver à décider d'une telle ignominie ?

— Ma vie avec Robert est d'une nullité affligeante. Mon père, François, m'a toujours rejetée et, surtout, n'a jamais eu confiance en moi...

— Ça se comprend.

— Père avait une fortune en bijoux... Ces bijoux me reviennent de droit ! Mais au lieu de cela, il a tout légué à Julien, son petit-fils. Et moi, alors ? Que devais-je faire ? Accepter sans rien dire d'être déshéritée ?

— Il y a matière à discussion, en effet, mais cela ne vous donne pas pour autant le droit de commettre une telle folie. Il y a des avocats dans ce pays, il y a des lois.

— J'ai fouillé la maison de fond en comble des jours et des nuits durant, mais ces fichus bijoux sont introuvables. Mon père était un génie de la dissimulation. Qui sait où diable il a bien pu les cacher ?

— Je pense qu'il n'y a pas que vous que cette fortune intéresse.

Paola hausse violement les épaules.

— Je voulais disparaître pour refaire ma vie ailleurs, mais pour cela, il faut de l'argent, beaucoup d'argent. Gérard et ses deux amis devaient kidnapper Julien. Je précise qu'en aucun cas il n'aurait été maltraité. Je voulais seulement faire cracher au bassinet ce porc de Robert...

— Pour vous enfuir avec l'argent... mais seule ! Quand la tentative a échoué grâce à Bruno, vous avez quand même décidé de poursuivre votre plan. Gérard a donc obéi à vos ordres et au lieu de vous partrgater la rançon, vous avez trouvé plus logique de vous en débarrasser. Pas de témoin et la fortune pour vous. Bien pensé ! ... Sauf que votre chauffeur et un certain Chris vous sont tombés dessus. Comment savaient-ils où vous débusquer ? Et, surtout, comment étaient-ils aussi sûrs que vous aviez la rançon ?

Paola croise ostensiblement les bras et reste mutique.

— Ce n'est pas grave, je vais continuer pour vous. Au départ, vous vous êtes offert les bras du vigoureux Bruno puis vous lui avez mis le marché en main. Seulement, à la réflexion, vous avez compris que c'était une erreur et qu'il fallait plutôt vous en tenir à votre plan initial. Donc, vous avez essayé de le doubler, lui et ce Chris. Seulement, vous n'aviez pas prévu que Bruno aurait le dessus. Vous saviez que vos deux brutes épaisses allaient attaquer, c'est pour cette raison que vous avez relevé Fanny et Hervé de leur mission, ce jour-là, à la dernière minute. Pas de chance ! Bruno sait se battre. La preuve qu'il était dans le coup, c'est qu'il n'a rien dit à personne et a même inventé toute une histoire pour se dédouaner du rapt. Quant à vous pister, il a placé une balise sous votre Mercedes, je l'ai fait examiner par nos techniciens. Seule inconnue, et de taille : qui a réellement kidnappé Julien ?

Paola semble réaliser seulement à cet instant que son fils a vraiment été enlevé.

— Vous savez par qui ? Retrouvez-le, je vous en conjure.

Devarieux est secoué par un petit rire. Son visage change totalement. Il est soudain méprisant.

— Ça vous va bien de jouer les mères implorantes, maintenant. Vous qui n'avez pas hésité une seule seconde à jouer la vie de votre fils sur un simple coup de dés. À peine vous avez compris que votre coup était raté, vous avez continué comme si de rien n'était, sans aucun état d'âme. Vous et votre complice avez tout fait pour vous approprier la rançon, au mépris même de la vie de Julien. Vous saviez qu'il était kidnappé mais cela ne vous a pas empêché de subtiliser la rançon à votre seul profit. Vous ne pouviez pas ignorer que les vrais ravisseurs se seraient vengés sur lui ! Vous êtes ignoble !

Royer, sentant que son mentor part en vrille, lui tire la manche.

— Quoi ?

Sans parler, le Lieutenant lui fait comprendre par geste qu'il vaudrait mieux se calmer.

Devarieux dévisage férocement son adjoint, puis prend une grande inspiration avant de se tourner à nouveau vers la patiente.

— Non ! Nous ne savons pas qui a réellement enlevé votre fils. Mais dites-vous bien que tant qu'ils le détiennent, Julien ne risque absolument rien. Estimez-vous heureuse qu'ils n'aient pas attenté à sa vie en représailles de la perte de la rançon. C'est même bon signe, car cela prouve qu'ils savent garder leur sang-froid.

— Comment ça ?

— Si nous étions tombés sur des amateurs, nous aurions déjà retrouvé le corps de votre fils. Au lieu de cela, grâce au ciel, c'est le silence total. C'est bon signe.

— Vous êtes certain ?

— Il est évident que « quelqu'un » d'autre que vous est au courant de l'existence de ces bijoux. « Quelqu'un » de très bien informé, et qui sait parfaitement se maîtriser. J'imagine que les ravisseurs attendent que les eaux se soient calmées pour mettre le marché en main à votre mari. Les bijoux contre Julien. D'avoir affaire à des professionnels est un gage de sécurité pour nous et, surtout, pour votre fils.

Paola ne répond pas et éclate en sanglots.

LE RETOUR DE L'ENFANT PRODIGUE ! ...

Haute-Savoie,
domaine Rosswald,
samedi 15 septembre,
10 h 25

C'est complètement essoufflé qu'Edmond, le jardinier, fait irruption dans le grand salon.

— Eh bien, quoi ? Qu'est-ce qui vous arrive ? Vous avez vu le diable ? grogne Robert Rosswald, d'humeur guère accommodante.

Les nouvelles ne sont, en effet, guère encourageantes, que ce soit du côté de ses affaires, ou du côté de l'avocat de son épouse. Le coup a été rude. Et, surtout, il est toujours sans aucune nouvelle de Julien.

— Votre... votre...

— Qui « votre » ? Quoi « votre » ? Exprimez-vous nom de Dieu !

Comme s'il avait vu le pire des démons, Edmond gesticule dans tous les sens et montre ostensiblement la porte-fenêtre donnant sur le parc.

— C'est... il vient de...

Exaspéré, Robert se lève et fonce sur la terrasse.

Il se fige soudain de stupeur, n'en croyant pas ses yeux. Il ouvre la bouche et la referme comme un poisson hors de l'eau.

Tranquillement, mains dans les poches, un sourire d'une oreille à l'autre, comme si de rien n'était, Julien marche d'un pas léger vers sa maison.

On a l'impression qu'il revient d'une banale promenade.

Son beau-père a du mal à cacher sa joie. Son cœur s'emballe comme jamais. Il n'arrive plus à respirer. Il est obligé de faire des efforts surhumains pour retrouver une respiration normale. Des larmes coulent sur ses joues. Ses yeux se brouillent. Ses jambes le trahissent.

Il ne cesse de bredouiller, n'arrivant pas à parler correctement tant l'émotion le submerge.

Finalement, il réussit à bouger et se précipite vers l'enfant, tandis que sur le pas de la porte, se presse tout le personnel, rameuté par les cris d'orfraies du jardinier complétement paniqué.

Robert dévale les immenses marches et se jette sur l'enfant qu'il serre de toutes ses forces, le couvrant de baisers en pleurant à chaudes larmes.

S'apercevant qu'il étouffe Julien, il recule, tente de s'excuser maladroitement et s'agenouille devant lui, sans cesser de le dévisager.

Il le palpe de partout avec une vigueur inaccoutumée.

— Tu n'as rien ? Tu n'es pas blessé ? Tu ne saignes pas ?

Le gosse secoue méthodiquement la tête, ne comprenant pas trop ce que son beau-père lui demande.

Il lui caresse les joues, balbutie des remerciements à n'en plus finir à Dieu avant d'éclater à nouveau en sanglots.

Surpris par une telle débauche d'effusions, Julien paraît même gêné. Il sourit timidement et, ne cachant pas son étonnement, en pointant son index sur Robert, dit :

— J'y crois pas ! Elle me l'avait bien dit !

Entre hoquets de pleurs et rires hystériques de joie, Robert arrive difficilement à articuler.

— Qui t'a dit quoi ? Je ne comprends pas.

Mains croisées dans le dos, le Commissaire Devarieux n'arrive pas à comprendre ce qui se passe.

Impatient, il attend le verdict du médecin en train d'ausculter Julien, couché dans son lit.

Enfin, avec une lenteur exaspérante, le toubib enlève son stéthoscope et tourne un visage impassible vers le petit groupe qui attend, stoïque, autour de lui.

— Alors ? fait Robert, anxieux.

— Votre fils va très bien, monsieur Rosswald. Il n'a rien du tout. Un peu de fatigue, mais rien de plus. Je peux cependant vous affirmer qu'il n'a subi aucun sévice et qu'il a été très bien traité. Votre fils n'a manqué de rien. Ceux qui ont fait cela savent de quoi ils parlent. À mon avis, vous auriez tort de les sous-estimer et...

— Ça va, docteur, ça va. On a compris. Vous pouvez nous laisser maintenant !

Péremptoire, Devarieux pousse même le praticien en dehors de la pièce. Il a hâte d'en savoir plus sur cette étrange réapparition.

Calmé, il s'assoit juste à côté du lit.

— Julien, peux-tu nous dire comment tu t'es échappé ?

Le gosse sourit de toutes ses dents.

— Fastoche ! Le vasistas de la cave où j'étais était très petit. Ils n'ont pas pensé que je pourrais passer à travers.

— « Ils » ! Ils étaient donc plusieurs. Combien ? Tu as pu les compter tous ?

Le gosse réfléchit.

— Ils étaient deux. Un homme et une femme.

— D'accord. Continue.

— Dès qu'il a fait nuit, j'ai réussi à me faufiler par le vasistas et je me suis retrouvé en pleine montagne. Alors je me suis mis à courir vers le bas. Quand je n'en pouvais pratiquement plus, je suis tombé sur une route. J'ai arrêté une voiture et elle m'a porté jusqu'ici.

Devarieux réfléchit.

— Tu dis que tu as pu les compter. Tu as donc pu les voir de près ?

— Non ! Leurs visages étaient toujours cachés derrière des cagoules, sauf à certains moments.

— Tu peux les reconnaître alors ?

— Pas vraiment. Ils ne restaient jamais assez longtemps pour que je puisse bien mémoriser leurs visages.

Le ripou hoche la tête.

— Jeune homme, tu es vraiment très malin. Bravo ! Maintenant, on va te laisser te reposer.

Devarieux se lève et de la tête invite tout le monde à sortir.

LA RÉPUGNANTE VÉRITÉ ! ...

Une fois la porte refermée, Robert Rosswald s'approche du policier.

— Qu'en pensez-vous, Commissaire ? C'est un vrai miracle.

— Je ne crois pas aux miracles. Encore moins aux miracles de ce genre. Il y a plusieurs points que je ne comprends pas et qui m'intriguent sérieusement. D'abord, nous avons la certitude d'avoir affaire à des professionnels. Dans ces conditions comment ont-ils pu penser que la simple taille du vasistas suffirait à empêcher le gosse de passer à travers ? Deuxième point, pourquoi ont-ils décidé de relâcher l'enfant alors qu'ils n'ont pas obtenu la moindre rançon ? Pire ! Troisième point : ils n'ont jamais fait une seule demande de rançon ! Alors ?

— Peut-être se sont-ils rendu compte que la partie était devenue beaucoup trop dangereuse pour eux ? Trop de risques ?

— Non, je n'y crois pas. Ça ne s'est jamais vu.

— Ce n'est pas parce que cela ne s'est jamais vu que cela ne peut pas exister, corrige Robert, heureux d'avoir retrouvé son enfant.

Le reste, à la limite...

— Quatrième point curieux.

— Oui ?

— Qui sont donc ces ravisseurs qui opèrent à visage découvert ? Sont-ils si sûrs de leur impunité qu'ils se croient autorisés à montrer leurs vraies trombines ? Ça me déroute.

Pensif, Robert se frotte le menton.

— En effet, c'est très troublant. Peut-être sont-ils totalement inconnus de vos services ?

— Ce n'est pas une raison suffisante pour agir ainsi. On dirait qu'ils se fichent totalement d'être identifiés, comme si cela ne pouvait pas leur nuire. Non, il y a autre chose derrière cette histoire. Mais quoi ?

— C'est à vous d'enquêter, Commissaire. Moi, je n'ai pas la réponse.

Rosswald a hâte de le voir partir. Il vient de récupérer son gosse et tout le reste ne l'intéresse plus. Égoïstement, il veut tourner la page et se concentrer sur son unique devoir de père. Pour Julien !

— Et il y a surtout un cinquième point qui me turlupine.

— Lequel ? laisse tomber le beau-père dans un souffle, fatigué.

— Pas un seul instant, Julien a demandé à voir sa mère ! Avant que je n'arrive, quelqu'un, ici, lui a-t-dit où elle se trouvait et ce qu'elle avait fait ?

— Non, personne ! J'en suis certain... Mon Dieu ! ... se pourrait-il que ? ...

— Que quoi ?

— Je crois savoir pourquoi...

Rosswald se ferme soudain, comme gêné, terriblement gêné.

— Allez-y, je vous écoute ! grogne Devarieux qui en a assez d'aller de surprises en surprises.

— Il est grand temps que la farce se termine...

— Que voulez-vous dire ? Enfin quels sont ces mystères ? Quel rapport avec votre fils ?

— Il faut que vous sachiez une chose que j'avais tenue secrète jusqu'à maintenant. L'attitude d'indifférence subite de Julien vis-à-vis de sa mère, me prouve qu'il y a urgence à rétablir la vérité...

— Mais quelle vérité, nom de Dieu ? Cessez de faire tant de mystères !

— Paola n'est pas la vraie mère de Julien !

— Quoi ?!

— Elle ne peut pas avoir d'enfant ! Elle ne pourra jamais en avoir ! Il y a neuf ans, Frédéric, le père de Julien, rentra au domaine avec lui. Je vous laisse imaginer la tête de sa femme.

— En effet.

— Paola a tout de suite compris que Julien était le rejeton de l'une de ses maîtresses d'alors. S'en est suivi une scène terrifiante entre les deux époux. Stefania, la maîtresse en question, venait de se tuer dans un accident de voiture. Frédéric a donc récupéré son enfant et l'a imposé à Paola. Frédéric était quelqu'un d'extrêmement déterminé et autoritaire. On ne discutait pas avec lui. On ne discutait jamais. Passé le moment de crise, Paola se fit plus amante que jamais, s'engageant à aimer ce fils comme si c'était le sien.

Devarieux a les yeux grands ouverts. Les mots résonnent encore dans sa tête.

— Mais en réalité, Paola n'a jamais vraiment accepté ce fils illégitime. François, son père, qui avait vu clair dans le jeu de sa propre fille, était horrifié par sa vraie personnalité. Il avait peur pour son petit-fils. C'est pourquoi il en a fait son héritier unique.

— Et vous, dans cette sombre histoire, quel a été votre rôle ?

Mal à l'aise, Robert se tortille les doigts.

— Mes affaires n'allaient pas trop bien à cette époque. François m'a mis le marché en main...

— Du fric et, en contrepartie, épouser sa fille pour avoir un œil sur le gosse, c'est ça ?

— Quelque chose comme ça, oui. Il savait que j'étais amoureux de Paola. Contre une substantielle aide financière, il a œuvré pour que Paola accepte de devenir ma femme. Mais il ne m'avait pas dit que c'était un monstre.

— Arrêtez ! Vous allez me faire pleurer.

— C'est la vérité ! s'exclame Robert.

— Ouais ! L'aide du grand-père vous a quand même permis de redresser votre affaire et d'épouser votre « chérie » ! ... Une « chérie » que vous convoitiez depuis des années et des années. N'étiez-vous pas dévoré de jalousie par la scandaleuse et éhontée réussite de votre cousin ?

Le ton sarcastique et légèrement moqueur touche directement l'ego offensé de l'homme d'affaires.

— Je ne vous permets pas de me parler de cette façon !

— Sans blagues ! Vous n'avez rien à m'interdire ! Comment pouvez-vous encore vous regarder dans un miroir sans vomir ?

Brusquement, Devarieux se rend compte qu'il parle aussi pour lui. Que se passe-t-il ? Commencerait-il à avoir des scrupules ? D'être confronté à des êtres encore plus pourris que lui aurait réveillé sa conscience ? Fait vibrer sa corde sensible ?

Soudain bousculé dans ses certitudes, le flic ripou s'efforce de retrouver son calme. Il n'aime pas voir son blindage se fissurer. Il n'aime pas se poser des questions. C'est tellement plus simple de « faire comme si ». À d'autres les décisions et les responsabilités.

Si Salinesi vient à le soupçonner, il ne donne pas cher de sa peau.

Rosswald se tait, conscient que son rôle dans ce sombre marchandage n'est pas franchement à son honneur. Le portrait qui se dégage de lui le place sous un jour particulier.

Il a bien compris que le policier le dissèque avec l'évidente impression qu'il pourrait bien le soupçonner de quelques sordides méfaits.

— Bref ! Vous savez que vous venez de me donner un double motif à charge contre votre épouse ?

Robert baisse la tête, comme pris en faute.

— Je sais, mais il fallait que la vérité se sache. Paola haïssait Julien comme elle n'a jamais haï personne.

— Cela ne fait que renforcer sa culpabilité. Du même coup, je vais rouvrir l'enquête sur l'accident automobile qui a été fatal à Frédéric.

— Vous n'y pensez pas !

— Si, beaucoup même. Pourquoi ? Ça vous pose un problème ? Auriez-vous quelque chose à vous reprocher à ce sujet ?

Rosswald hausse vigoureusement les épaules.

— Je ne suis pas un enfant de chœur, je l'admets volontiers, mais je ne suis pas de ceux qui franchissent les lignes rouges. Tenez-le vous pour dit.

Devarieux observe attentivement l'homme d'affaires. Dit-il la vérité ou non ?

Rosswald soutient son regard avec force, puis reprend.

— Vous pensez que Paola pourrait y être pour quelque chose ?

— Pourquoi pas ? Quelle femme au monde pardonnerait à son mari de lui avoir fait un gosse dans le dos et, qui plus est, le lui imposer ? Surtout une Italienne !

— Mon Dieu ! Alors, j'ai réellement épousé un monstre !

— Pour en revenir à Julien. À quoi pensiez-vous à propos de son attitude ? Qu'est-ce qui vous a fait penser à cette peu reluisante affaire ?

— Il est fort possible que quelqu'un lui ait révélé sa véritable naissance.

— Logique, en effet. Seulement cela voudrait dire que le ou les ravisseurs sont au courant de ce secret de famille. Ce serait donc un proche.

— Ou quelqu'un de très bien renseigné. Commissaire, je crains le pire, maintenant. Il faut tout faire pour protéger Julien. Chargez-vous en, je vous prie !

— Quelle véhémence ! Pourtant ce n'est pas votre propre fils ! Expliquez-moi ce qui justifie une telle dévotion.

— J'ai solennellement promis à François que je ferais tout pour accompagner et aider Julien tout au long de sa vie. Un pacte est un pacte. J'ai pour habitude de tenir mes engagements. Contrairement à beaucoup de gens, je respecte encore des valeurs essentielles. Les bafouer serait comme une condamnation à mort. C'est comme ça que les civilisations disparaissent.

— Ce couplet sur le civisme est tout à votre honneur, mais vous ne répondez pas à ma question.

Rosswald observe une pause. On a l'impression que dire la vérité lui impose un terrible effort.

— Vous allez peut-être me trouver ridicule, mais avec le temps, j'ai appris à connaître ce gosse et... et maintenant je l'aime comme s'il était la chair de ma chair. Je ne l'abandonnerai jamais, surtout après ce qu'a fait sa... « mère ».

Devarieux ouvre grands les yeux.

Un capitaine d'industrie aussi puissant que lui, capable d'avoir des sentiments humains, ça le défrise. C'est si gros qu'il est enclin à le croire.

13 h 04

Bien à l'écart, presque au bout du domaine, Hervé a sorti son émetteur. Fanny, les yeux rivés sur la maison, monte la garde.

— Dispatcheur ? Dispatcheur ?

— *Dispatcheur écoute !*

— Tout s'est bien passé. Julien est rentré comme prévu.

— *Ils y ont cru ?*

— Julien a parfaitement joué son rôle. Ce gosse a le don de la comédie dans le sang.

— *Oui, bon... Les autres ?*

— Tout le monde a cru à son histoire. Le seul qui ait des doutes, et des sérieux, c'est Devarieux.

— *Devarieux, on s'en contrefout ! Ce n'est qu'une petite quantité très négligeable. Il tombera comme tous les autres. Autrement, vous avez pu vérifier le contenu du coffre ?*

— Affirmatif ! Sans le vouloir, Julien nous a bien indiqué la cachette et, surtout, comment l'ouvrir.

— *Parfait ! Vous avez fait comme décidé ?*

— Affirmatif ! Il ne pourra pas résister à la tentation, et alors là...

— *Très bien ! C'est maintenant qu'il va vous falloir vraiment ouvrir les yeux, et les bons. N'oubliez pas qu'on arrive au final ! On compte sur vous ! Si tout se passe bien, on se retrouve au même endroit, comme prévu. Terminé !*

ENCORE UN RAPT ?! DÉCIDÉMENT, C'EST UNE MANIE ! ...

Annecy,
Restaurant « Le Bon Lieu »,
1 Rue Jean Jaurès,
jeudi 18 octobre,
13 h 02

— Je savais que vous étiez une bonne fourchette, Commissaire, mais à ce point !

Paul Rudel sourit franchement tout en achevant sauvagement sa salade savoyarde.

Stupéfait, Barnier le regarde faire sans comprendre comment il y arrive. Lui, il a l'estomac totalement noué. Même sa salade Bonlieu ne le déride pas.

— Vous ne mangez pas ? s'étonne Rudel, amusé. Nous ne sommes pas bien là ? Regardez ce décor, tout simplement génial, non ? Décontractez-vous, mon ami, décontractez-vous ! Vous allez me faire une jaunisse !

Guère enchanté, Barnier pose un regard fatigué sur la brasserie. Sa salle boisée a quelque chose d'insolite et de chaleureux qui fait qu'on ne peut qu'apprécier à sa juste valeur, les succulentes saveurs savoyardes que déclinent avec ravissement et professionnalisme le chef et sa brigade.

— Il y a de quoi en avoir une. Je ne vous comprends pas, Commissaire. Les choses nous échappent de plus en plus. Cet outre à whisky de Devarieux, outrecuidant de suffisance, se pavane dans la ville. Les journalistes ne parlent que de lui et l'encensent comme jamais ils ne l'ont fait. À les entendre, c'est grâce à lui si les ravisseurs du petit Julien ont été appréhendés... Enfin quand je dis « appréhendés », nous avons deux sacs à viande à la morgue et c'est tout. Nous n'avons même pas la certitude que ces deux types étaient mouillés dans le rapt. Mais Devarieux joue les fiers-à-bras et, tel un coq au milieu de la volière, va d'interviews en interviews, se donnant en spectacle. Même si la pression est très nettement retombée et que les informations au quotidien chassent les anciennes - nouvelles fraîches obligent ! - ce matamore fait encore recette auprès d'une certaine presse. Presse à sensation, mais presse quand même. Quelle désolation ! Ne me dites pas que vous cautionnez une telle mascarade !

— Je n'ai rien dit.

— Justement, ne croyez-vous pas qu'il serait grand temps de prendre la parole pour mettre un terme à cette bouffonnerie ? Elle décrédibilise notre institution. Déjà que nous avons mauvaise presse aux yeux des citoyens, là, c'est le pompon. Tout le monde se fout de nous. Nous sommes la risée de toute la population. C'est à pleurer !

— Patience, mon ami, patience.

Ulcéré, Barnier tique et se penche en avant.

— Patience ! Cela fait des mois que vous me bassinez avec ça ! Et que se passe-t-il en réalité ? Que dalle ! Les voyous tiennent le haut du pavé et, maintenant, ils sont même à deux doigts de nous donner des ordres, surtout Bouddha. Aaah, il doit bien rigoler ce voyou.

— Patience, patience ! La partie n'est pas encore terminée.

Barnier se redresse, comme aiguillonné. Il a du mal à cacher son exaspération.

— Mais quelle partie, nom de Dieu ? J'ai bien compris que vous en savez plus que vous ne voulez en dire mais, de grâce, faites-moi au moins le plaisir de m'affranchir, que je puisse savoir pourquoi je me bats. Vous croyez que c'est facile, tous les matins, de se lever avec le doute qui vous colle à la peau ? Croyez-vous que ce soit facilement acceptable de mettre sa vie en danger, chaque seconde, alors que nous n'avons même pas la certitude du bien-fondé de ce que nous faisons ? Vous n'êtes pas marié, Commissaire. Moi, si, et alors vous ne pouvez pas comprendre ce que c'est que le regard affolé et inquiet d'une épouse qui vous voit partir tous les jours sans savoir si elle vous reverra vivant le soir. Pire ! Ce regard vous crucifie encore plus parce que vous ne savez pas quoi répondre. Et celui des enfants ? Vous y avez pensé ? ... Y pensez-vous ?

Rudel sourit chaleureusement. Il a compris qu'il va devoir lâcher un peu de lest. Son principal Commissaire est sur le point de craquer et une connerie est vite arrivée !

Il ne peut pas se permettre de le voir lâcher. Il a absolument besoin de lui pour le final.

— Faites-moi la grâce de croire que je sais encore ce que je fais. Je ne peux pas vous en dire plus et, très sincèrement, je le regrette amèrement. Comprenez que c'est une question de sécurité, et uniquement de ça. Je sais que vous pouvez entendre ce discours. D'ailleurs, il n'y a que sur vous que je peux compter, mais il faut savoir attendre son heure... votre heure ! Et elle arrive vite ! Beaucoup plus vite que vous ne pouvez le penser.

Barnier est perplexe, cherchant à faire la part du faux du vrai. Il se demande à nouveau dans quelle galère son maître à penser l'a entraîné.

Se voulant rassurant, mais ferme, Rudel pose sa fourchette, fixe avec insistance le policier et tapote vigoureusement sa main. Barnier s'en étonne. Il n'est pas habitué à de telles familiarités.

— Nous arrivons au dénouement. Il n'y en a plus pour longtemps. Je sais que je pourrai compter sur vous à ce moment-là.

Rudel accompagne son affirmation d'un regard particulièrement appuyé.

Barnier comprend qu'il n'en saura pas plus.

— À propos, poursuit Rudel comme si de rien n'était. Que savez-vous sur ce Lieutenant Royer ?

Barnier ouvre grands les yeux.

— Ce que je sais sur... Pourquoi une telle question ?

Rudel ne répond pas, se contentant de boire longuement.

— Royer est un idéaliste. Un naïf qui découvre le monde au quotidien. Devarieux l'a choisi justement pour cela. Ainsi, il est sûr d'avoir la paix. Royer le suit comme un toutou et se tape toute la paperasse.

— Rien d'autre ?

— Du genre ?

— N'aurait-il pas des... liens « étranges » ?

Barnier marque une pause, pas certain de bien comprendre.

— Vous voulez dire ? ... Bouddha ?

— Par exemple.

La surprise se lit sur le visage du policier.

— À l'évidence, mes informations sont erronées, s'exclame Rudel qui sourit en voyant le serveur arriver. Il attend qu'il ait posé ses deux belles assiettes, puis reprend.

— Goûtez-moi voir ce T-bone de veau ! Avec son jus au thym, vous m'en direz des nouvelles !

Immeuble « Émeraude »,
bureau de Dominique Salinesi,
13 h 57

Satisfait, le Corse pose son journal sur la pile de quotidiens qu'il se fait livrer tous les matins. Il n'ose pas y croire.

— C'est vraiment génial, ce qui nous arrive. Devarieux est une perle. On ne parle presque plus de cette affaire nulle part et on a pu reprendre nos petites activités bien tranquillement. Les poulets sont complétement paumés et ont bien d'autres chats à fouetter. C'est tout bénéfice pour nous.

— Oui, mais des perles de ce genre, il leur arrive de se monter la tête, et alors...

— Que veux-tu dire, Rudi ?

— Que lorsque l'on pousse un gamin un peu trop loin, il risque de commencer à se croire irremplaçable.

— Ou... exigeant ?

— Quelque chose comme ça.

Salinesi sourit en coin.

— Tu gagnes à être connu, toi, tu sais. D'ailleurs, je te l'ai déjà dit à maintes reprises... Je ne t'ai pas attendu pour prendre mes précautions. Apprends que je n'ai pas pour habitude de mettre tous mes œufs dans le même panier. J'ai donc fait le nécessaire pour que quelqu'un ne le quitte pas des yeux une seule seconde. Mais tu as raison ! On va lui donner du boulot... un boulot très spécial... un boulot qui lui ôtera toute velléité de faire monter... les prix ! Il est grand temps que Devarieux comprenne qu'il n'est qu'un sous-fifre et qu'il me doit obéissance. D'ailleurs, comme tu me l'as plusieurs fois fait remarquer, ce boulot, il n'y a que lui qui puisse l'exécuter sans coup férir. En plus, les flics ne pensent plus à nous ! Du velours !

Ajoutant le geste à la parole, il décroche son portable et compose un numéro abrégé.

— Devarieux ! J'ai du boulot pour toi !

— *J'écoute !*

— Tu es bien avec tout le monde, maintenant. Cette notoriété grandissante t'est bénéfique.

— *Ah ça ouais. Ils me mangent presque tous dans la main. Même Barnier ne me fait plus chier. Il m'évite soigneusement, mais je le sais en embuscade. De toute façon, il ne peut plus rien contre moi : je suis une star ! J'ai liquidé les ravisseurs et j'ai sauvé Julien !*

— Justement, c'est à son sujet que je t'appelle. Tu es bien avec la famille ? Tu as tes petites entrées ? Ils te font confiance ? Tu es devenu le « garde du corps » du gosse !

— *Ouais ! Pourquoi ?*

— Parce que tu vas kidnapper Julien !

— *Quoi ?! Mais tu réalises ce...*

— Stop ! On dit : « monsieur Salinesi ». Ne l'oublie jamais.

— *Mais kidnapper le gosse, c'est... c'est !*

— C'est une marque de fidélité à l'organisation. Bouddha t'en sera très reconnaissant et, surtout, il saura te remercier de la plus belle façon qui soit, en monnaies sonnantes et trébuchantes. C'est une musique que tu connais, non ? Garde ton portable à portée de main. Rudi va te rappeler pour t'indiquer la marche à suivre et il t'accompagnera.

Salinesi coupe sèchement la conversation, satisfait et, du menton, donne l'ordre à Rudi de partir.

— Tu m'organises tout ça avec notre obligé. Que tout soit fait dans l'ordre et la discipline. Les flics ne viendront pas foutre leur nez dans nos affaires, c'est inespéré. Je veux ces bijoux ! Ils sont à moi ! Rosswald devra me les donner s'il veut revoir son marmot. Mais attention ! On ne touche pas au gosse, c'est notre seule monnaie d'échange. Tu en seras personnellement responsable.

— Compris ! Je file ! ... Euh...

— Oui ?

— Que fait-on pour Devarieux ? Je veux dire : ... après le rapt !

Salinesi sourit en coin.

— Tu n'oublies jamais rien, toi. Tu iras loin comme ça. Pour notre « ami », eh bien... surveille-le de près, je ne voudrais pas que sa bonne conscience se rappelle soudainement à son bon souvenir. Tant qu'il nous couvre et nous sert de fusible, on le garde sous le coude, mais si tu vois qu'il commence à craquer, tu sais ce qu'il te restera à faire. Compris ?

— Compris ! ... J'espère que Bouddha acceptera enfin de me rencontrer.

— C'est une obsession chez toi. Il te fera signe s'il le juge opportun, je te l'ai déjà dit. File !

Le Corse attend que son nouveau flingueur soit sorti pour se lever.

Il est inquiet.

Mains sur les hanches, il esquisse quelques mouvements pour soulager son dos. Il grimace, mais réfléchit à tout rompre.

Il souffle longuement avant de reprendre sa respiration.

Machinalement, il se frotte vigoureusement la jambe en grimaçant.

Il a toujours mal au genou !

Et ça, il n'aime pas du tout ! … Mais alors pas du tout !

IL PEUT TOUJOURS Y AVOIR UN IMPRÉVU ! ...

Domaine Rosswald-Manfredi,
lundi 29 octobre,
17 h 29

La voiture s'arrête brusquement. Emportée par son élan, elle glisse sur le gravier et vient durement heurter la base de la grande et belle montée d'escaliers.

Quelques lumières de jardin commencent à s'allumer ici et là.

Le soir tombe vite.

La fraîcheur s'installe durablement.

À peine est-elle arrêtée que sans même couper le moteur, le chauffeur s'en éjecte et se rue à l'assaut de la terrasse.

Il ouvre violemment la porte, faisant irruption dans le grand salon où Robert Rosswald, alerté par le bruit est en train de venir vers la porte-fenêtre.

— Commissaire !? Mais que ? ... Vous saignez !

— J'ai été attaqué ! Sur la route...

Simulant à la perfection les victimes, le ripou feint de s'évanouir et se laisse choir sans un fauteuil.

— Comment ? Quoi ? Qu'est-ce que vous dites ? Où est Julien ?

Secouant la tête comme un forcené, affichant une mine attristée, Devarieux bredouille quelques paroles quasi inaudibles.

— On revenait de la salle de sport, quand on nous a bloqués sur la route. Une bande de dingues encagoulés s'est précipitée sur nous. J'ai bien essayé de nous défendre, mais rien à faire. Ils étaient bien trop nombreux. J'ai été assommé par derrière... Regardez, je saigne encore !

— Ou est Julien ? hurle Robert, en secouant le flic de toutes ses forces.

— Enlevé, monsieur ! Je suis désolé, ils me l'ont pris.

Comme frappé en plein visage, Rosswald lâche le policier et se redresse, les yeux exorbités, le souffle coupé.

Il se met à marcher de long en large en se passant une main lourde dans les cheveux.

Le personnel, Fanny et Hervé surgissent à cet instant.

— Mon Dieu ! Mon Dieu ! Non ! Ça recommence ! Mon pauvre Julien !

N'en perdant pas une miette, Devarieux observe en coin l'effet de son annonce.

Tout va bien ! se dit-il.

Thérèse et Martine, horrifiées par la vue du sang, se ruent sur le maître des lieux.

— Oh, mon pauvre monsieur ! Dans quel état êtes-vous ? Laissez-nous faire.

Victor se précipite vers son maître et, comprenant tout de suite ce qui se passe, lui sert un cordial dont il a le plus grand besoin.

Fanny et Hervé se consultent rapidement d'un regard entendu.

La dernière manche de la partie vient de commencer !

18 h 06

La maison est toute illuminée. Une horde de policiers dirigée par le volubile et inefficace Royer, déambule de partout. D'autres techniciens s'affairent pour installer à nouveau leur matériel d'interception d'écoute et de localisation géographique.

Il faut pouvoir être prêt quand les ravisseurs téléphoneront. L'attente va probablement être longue, mais de quelle nature sera la rançon, cette fois-ci ?

À l'écart, examiné par un médecin, le ripou se délecte de la panique qu'il vient de causer. Il n'aurait pas cru que ce serait si facile.

Allongé sur le canapé, Robert a de la peine à rester lucide. Un jeune homme du SAMU lui prodigue quelques vigoureux remèdes pour l'aider à franchir ce terrible moment de stress si intense.

Il frise la crise de nerfs.

Loin de tout ce chamboulement, les deux gardes du corps en ont profité pour s'éclipser quelques minutes.

— Dispatcheur ? ... Dispatcheur ?

— *Dispatcheur écoute !*

— Devarieux vient de nous jouer la grande scène du II. Comme prévu, Julien a été enlevé. Vous avez bien activé ses balises ?

— *C'est déjà fait ! Qu'est-ce que vous croyez ? Tout est au poil, on suit parfaitement la route prise par les ravisseurs. On sait exactement où ils vont. On va bientôt pouvoir passer à l'action. Continuez à surveiller ce qui se passe au domaine. Surtout, ayez un œil sur cette saloperie de Devarieux. Tenez-moi informé du moindre de ses mouvements. C'est essentiel pour pouvoir déclencher la phase ultime de notre opération. Gardez aussi un œil sur l'autre.*

— OK !

— *Dans l'immédiat, il n'est pas notre priorité, mais faudra s'en occuper le moment venu. D'après nous, il va très probablement profiter du bazar ambiant pour... vous m'avez compris.*

— Parfaitement ! On surveille !

Saint Germain-sur-Rhône,
domicile de Francis Magenta,
18 h 16

Inquiet, Francis Magenta ronge ses sangs d'impatience. Et s'il avait oublié quelque chose ? Et s'il avait négligé un élément ? Au point où il en est, il ne peut plus se permettre de perdre encore un « pion » dans son échiquier diabolique. Toute sa savante mise en scène tient uniquement parce qu'il en a prévu les moindres rebondissements. Il a pensé jusqu'aux plus infimes détails.

Sur le papier, tout est parfait, mais il reste toujours une inconnue : les réactions, parfois totalement imprévisibles, des gens. Là-dessus, personne au monde ne peut prétendre savoir les gérer et encore moins les anticiper.

Il se laisse tomber dans son canapé, repose sa tête sur le dossier et fixe étrangement le plafond de la pièce. Il prie !

Les coups du sort qui l'ont dramatiquement touché ces derniers temps ne peuvent pas rester impunis. La justice doit passer, doit faire son œuvre, et il se prend à rêver, un peu comme dans les séries américaines où le méchant est toujours puni à la fin, quoi qu'il puisse faire, que Dieu, dans son infinie miséricorde, va l'exaucer.

Il sait qu'il est à deux doigts de réussir. Il en a l'intime conviction. Il ne peut que réussir ! Ça ne peut pas se passer autrement !

Ou alors, il n'y a plus de justice !

Ou... pas de justice ?

Si tant est qu'il n'y en ait jamais eu seulement une dans ce monde pourri.

La petite sonnerie de son PC le ramène sur terre à une vitesse météoritique.

Il se propulse sur son appareil et l'active immédiatement. Enfin, des nouvelles !

Avec grand intérêt, il lit l'annexe reçue avec son mail. Les dernières informations de sa taupe sur l'organisation lui tirent un sourire de satisfaction, tout particulièrement celles en rapport avec le monde du jeu.

Cela a d'ailleurs toujours frappé Francis. Pourquoi les Corses sont-ils aussi présents dans le domaine du jeu ?

Comme le disait Charles Pasqua : « *Les Corses sont obligés, pour faire face à leur propre développement, de quitter l'île. Ça ne vous a pas échappé, en dehors des chèvres, des châtaignes et des figatelli* [27]*, il n'y a pas grand-chose. Alors, il y a un certain nombre de secteurs dans lesquels les Corses se sont plus particulièrement dirigés, et parmi ces secteurs figure notamment l'hôtellerie, et je pense que c'est au travers de l'hôtellerie qu'un certain nombre d'entre eux sont arrivés aux jeux* ».

Poursuivant sa lecture, l'enquêteur apprend que les Corses se sont massivement investis dans le domaine du jeu depuis l'époque des colonies, notamment l'Indochine. Les Corses, en jouant sur le taux de change des piastres, ont empoché énormément d'argent. Quand ils sont revenus dans l'hexagone, et surtout à Paris, ils ont monté les premiers cercles de jeux. Ils étaient couverts par un certain Commissaire Blémant. Il protégeait le Grand Cercle dirigé alors, par un certain Jean-Baptiste Andréani. Ce prince du jeu parisien aimait bien vivre, invitant souvent dans son hôtel particulier de prestigieux hôtes, où il affichait ses

---

[27] Le *figatellu* est une spécialité corse : il s'agit d'une saucisse fraîche composée principalement de viande et de foie de porc. Dans le Sud de l'île, le mot se prononce *figateddu*. Dans le Nord de l'île, il se prononce *Figadellu*. Il existe en corse d'autres termes pour désigner ce produit, comme *fitone*. Si traditionnellement le *figatellu* est fabriqué à partir de porc insulaire, plus de 90 % de la production actuelle est à base de viande de porc importée (porcs sur pied de Bretagne ou morceaux prédécoupés en provenance d'Espagne ou des Pays-Bas).

valets et son train de vie de milliardaire. Dom Pérignon et Caviar au menu, classe oblige !

Le Grand Cercle a été fermé sur ordre de François Mitterrand, en 1981. Officieusement, ce serait parce que son patron aurait giflé le président alors qu'il n'était qu'un simple avocat inconnu. Cette décision a été très mal comprise par le milieu, parce qu'à l'époque, le Ministre de l'Intérieur s'appelait Gaston Deferre et que ce sont justement les voyous de Marseille qui l'ont mis au pouvoir.

Quoiqu'il en soit, les relations incestueuses qui se sont développées sous l'égide de la République portent évidemment sur la gestion des cercles de jeux parisiens par le ministère de l'Intérieur. De nos jours, tous ont été fermés ou presque. À l'époque, ils avaient été concédés à de grandes figures corses en remerciement de leur engagement dans la résistance, notamment la famille Francisci ([28]). Un des membres de

[28] Marcel Francisci, né le 30 novembre 1919 à Ciamannacce (Corse) est un homme d'affaires, un homme politique et un gangster français. Durant la Seconde Guerre mondiale, il combat avec les Forces françaises libres en Italie. Il est décoré par 4 médailles pour ses actes d'héroïsme, dont la Croix de Guerre. Après la signature de l'armistice avec l'Italie, il est recruté par Joe Renucci. Vers 1950, Marcel Francisci est soupçonné d'avoir été impliqué dans un trafic de cigarettes et les bas de soie entre Tanger et Marseille. Durant cette période, il établit des contacts pour le trafic de drogue dans différents pays arabes. Renucci et Francisci deviennent des hommes forts du parti anticommuniste gaulliste : le Rassemblement du peuple français (RPF). Saisissant l'opportunité de côtoyer Charles de Gaulle et son entourage. L'influence de Francisci grandit au sein du parti et il deviendra plus tard le chef du parti gaulliste en Corse. Quand Renucci meurt en novembre 1958 d'un cancer, Francisci récupère son empire criminel. Il décide de retourner à Paris et laisse son trafic d'héroïne de Marseille à ses lieutenants. À Paris, Francisci passe beaucoup de temps avec ses amis politiciens et investit une partie de sa fortune dans des casinos. Il était le propriétaire du syndicat international du jeu avec des casinos à Paris, Londres et Beyrouth. Il dirigea le prestigieux cercle Haussmann à Paris. Il gagna son surnom de « l'empereur des jeux ». Il était associé avec Paul Mondoloni.

cette famille, très introduite dans le monde du jeu, a d'ailleurs choisi celui de la politique. Pourquoi ? Parce que tout le monde sait que « *la politique est le moyen pour des hommes sans principes de diriger des hommes sans mémoire* » ([29]).

Francis aimerait bien en savoir plus, mais ce genre de littérature, pour l'heure, est trop indigeste et il a bien d'autres choses à vérifier. Pianotant sur son PC, il imprime vite toute une liste d'adresses, de dirigeants, de

---

Durant les années 1960, Francisci était supposé être impliqué dans plusieurs guerres des gangs dans le Sud de la France. La première guerre commença en 1963 lorsque Marcel Francisci se livra à une guerre pour le contrôle des casinos contre son rival Jean-Baptiste Andréani dans les années 1960, épaulé par les frères Zemour, qui ont peut-être par la suite été ses assassins. La deuxième se déroula entre 1965 et 1967 contre le clan le plus puissant de l'époque : les Guérini qui étaient les véritables parrains du milieu français en organisant le trafic d'opium de Turquie et d'Indochine : la French Connection. Les Guérini sont dirigés par leur chef, Antoine, et un de ses lieutenants, Jean-Baptiste Andreani. Le motif de la deuxième guerre était aussi pour le contrôle des revenus générés par les casinos entre les Guérini et Francisci. Le 23 juin 1967, Antoine Guérini est assassiné d'onze balles par deux motards à une station-service de Marseille. Après cet assassinat, Francisci fut victime de deux tentatives de meurtres et un attentat. À Ajaccio, Roland Francisci sortait d'une réunion électorale en faveur de Jean Bozzi, candidat gaulliste aux législatives en Corse. Francisci est presque tué par un sniper. Selon le journal *L'Express*, le 14 décembre 1967, deux voyous loyalistes des Guérini essayèrent de souffler la maison de Francisci avec 150 kilos de TNT. Les deux hommes meurent dans l'attentat. Le 21 juin 1968, Marcel Francisci et ses deux frères Roland et Xavier furent visés, sans être touchés, par des rafales d'armes automatiques tirées par 5 tueurs. Cet attentat fit un mort et six blessés. Quatre mois plus tard, les flingueurs qui tentèrent de tuer les Francisci étaient assassinés par des hommes déguisés en policiers dans un bar parisien. À l'issue de cette guerre, le clan des Guérini est exterminé. Marcel Francisci est tué dans le parking de l'immeuble où il résidait, Rue de la Faisanderie à Paris, le 16 janvier 1982. Son Casino est resté fermé après son assassinat.

[29] Dicton de Voltaire (1694 / 1778).

complices, de comparses diverses. Des schémas, des croquis, des bilans, des noms d'hommes honorablement connus qui en touchent pour fermer les yeux de temps à autre. Avec ce qu'il a en main, il a de quoi torpiller toute cette saloperie d'organisation.

C'est jubilatoire !

Si tout se passe comme il l'a prévu, ce sera pire qu'un ouragan, ce sera un tsunami sans équivalent dans le monde de la pègre.

Rudel va avoir de quoi s'occuper. Il va sauter au plafond de bonheur. Le rêve de tout bon policier.

Les heures de cette mafia pourrie sont maintenant définitivement comptées. Si tout continue à bien se passer, le final sera en forme d'apothéose. Rudel et tous les autres l'auront bien mérité !

Par associations d'idées, il pense à sa taupe grâce à qui il a connaissance de tous ces renseignements. Elle est dangereusement exposée et, à tout moment, cette ordure de Salinesi peut ordonner son exécution si jamais il découvre à qui il a réellement affaire.

Il se rassure en se disant que s'il devait la flinguer, ce serait déjà chose faite depuis longtemps, mais avec ce Corse, toujours sur le qui-vive, constamment aux aguets, perpétuellement suspicieux, il faut s'attendre à tout.

Francis prend une profonde inspiration, convaincu que tout se passera bien. Dans ce genre de poker menteur dans lequel les dés sont pipés d'entrée de jeu, c'est le plus audacieux et le plus malin qui gagne toujours. Et dans ce domaine, il se sait particulièrement inventif.

Il est sûr de lui.

Seulement sa joie est vite estompée par une autre information qui ne lui plaît pas vraiment, même si elle ne le surprend pas totalement.

Aussitôt, il se redresse et se tapote le menton du poing pour réfléchir.

Rudel est-il déjà au courant ?

Sûrement !

Si l'information est exacte, et il n'y a aucune raison pour qu'elle ne le soit pas, alors il y a un nouveau venu dans la partie. Un flic ! Pourtant, à le voir, fraîchement émoulu de l'école, on a du mal à croire qu'il se soit déjà laissé circonvenir par les sirènes doucereuses et aussi ensorcelantes que délicieusement mortelles de Bouddha.

Comme quoi, on est toujours surpris. Et on a raison de dire que l'on ne connaît jamais assez les gens que l'on côtoie tous les jours.

À désespérer !

L'annonce d'un nouveau message le sort soudainement de sa rêverie.

Vivement, il consulte sa messagerie.

— Julien est arrivé à destination. Parfait ! se réjouit-il à voix haute.

UN VENT D'INCERTITUDE ! ...

Desingy,
planque des ravisseurs,
mercredi 31 octobre,
23 h 14

Tous feux éteints, la voiture court sur son aire et finit sa course juste devant l'entrée de la vieille ferme. À l'intérieur, de très légers traits de lumière trahissent une présence.

Un rideau bouge subrepticement.

Le chauffeur descend.

Immédiatement happé par une fraîcheur inaccoutumée, il rentre la tête dans les épaules et se hâte vers l'entrée.

L'hiver s'annonce rigoureux, comme toujours.

La porte a été entr'ouverte de l'intérieur, la lumière filtre sur le côté.

L'homme la pousse et la referme soigneusement derrière lui.

L'air fermé, interrogateur, suspicieux, en se frottant les mains pour se réchauffer, Rudi examine les lieux. Il tient à ce que ses ordres soient scrupuleusement respectés.

— Tout est OK ?

— Tout est parfaitement au poil ! répond Ange, un flingueur très doué, mais sans beaucoup de cervelle.

D'un autre côté, pour ce qu'on attend de lui ! ...

— Le gosse ?

— Indemne ! Pas la peine de t'affoler.

Souriant de toutes ses dents, Rudi s'approche de son homme de main, le contourne et plaque violemment ses deux mains sur ses épaules.

— C'est pour toi que je m'affole, connard !

Gilles surgit à cet instant en enlevant sa cagoule noire.

— Putain ! Quel caractère à chier ce sale gosse !

— Qu'est-ce qui se passe ?

— Que dalle ! C'est la croix et la bannière pour le faire bouffer. J'te jure, si ça n'tenait qu'à moi, je...

— Tu n'es pas payé pour penser mais pour exécuter les ordres.

Vexé, Gilles, le seul membre du gang de Bouddha à ne pas être corse, s'avance, menaçant.

— Dis donc, mec, c'est pas parce que tu as pris un peu de galon que tu dois te croire autorisé à venir te la péter !

— Il a vu vos gueules ?

— Non ! Qu'est-ce que tu crois ? On connaît notre boulot, nous !

— Justement !

— Qu'est-ce que tu entends par là ?

— Rien ! Et de toute manière tu ne comprendrais pas.

Furieux et rêvant visiblement d'en découdre, l'homme de main s'avance, poings serrés. Le canon froid et menaçant d'un Glock 19 jaillit soudain sous son nez. Le flingueur s'immobilise net.

— Si tu as quelque chose à dire, parle dans le micro. On ne joue pas dans la même catégorie, le prévient Rudi d'une voix froide et posée.

Il garde la pose en fixant étrangement le lourdaud qui n'a sûrement jamais vu le canon d'un pistolet d'aussi près puis, voyant qu'il a enfin compris qui est le chef, il se relâche et range lentement son arme sans cesser de regarder son homme de main.

— Bien ! Ceci dit, je vous rappelle la consigne. En aucun cas, vous ne devez vous en prendre au gosse. C'est « Verboten » ! Compris ?

— Ouais !

— Quand Rosswald va payer la rançon ?

— Dès qu'on lui aura demandé ce que nous voulons. Alors un peu de patience.

— On est sûr au moins qu'il allongera la tune ? C'est pas son gosse.

— Un peu qu'on est sûr, oui ! Je file ! Ouvrez l'œil et le bon et, surtout, rappelez-vous de ce que je vous ai dit à propos du gosse.

— Ouais, ouais, ça va, pas la peine de nous répéter cent mille fois les mêmes choses.

— Alors, je compte sur vous.

L'IMPRÉVU OU LE GRAIN DE SABLE, C'EST COMME ON VEUT ! ... DE TOUTE FACON, LE RÉSULTAT EST TOUJOURS LE MÊME : FLINGAGE À GOGO ! ...

Domaine Rosswald-Manfredi,
vendredi 2 novembre,
10 h 09

Robert Rosswald fait les cent pas depuis l'aube.

Il avale café sur café, ce qui le rend encore plus nerveux.

Il n'en peut plus de cette attente insupportable. Comme mise en condition, c'est réussi.

— Ne vous agitez pas tant que ça, rugit mollement Devarieux confortablement installé dans le grand sofa du petit salon.

— On voit bien qu'il ne s'agit pas de votre fils, crie Robert en se tournant brusquement vers le policier.

— On pouvait s'attendre à ce genre de manœuvre. C'est habituel.

— Pour vous peut-être, pas pour moi.

— Ils vont appeler, ils vont...

La sonnerie du téléphone fixe retentit soudain. Aussitôt les deux opérateurs sautent sur leurs appareils. Rosswald attend que Devarieux lui fasse signe puis, au bout de quelques secondes, il décroche vivement.

— Rosswald !

— *Ton fils va bien.*

— Combien ?

— *Les bijoux de ta femme et, en particulier, son collier.*

— Où et quand ?

— *Dans deux heures. Dans ton sac de sport. On te rappelle pour te donner la marche à suivre.*

Rosswald s'excite. Il exige de parler à Julien mais le ravisseur a déjà interrompu la conversation.

Vidé par la tension nerveuse, Robert se laisse tomber dans un fauteuil en se passant une main lourde sur le visage. Il soupire longuement.

Pas la peine de regarder les deux flics, il sait déjà que c'était était bien trop court pour localiser le lieu d'émission.

Devarieux se lève et s'approche de l'homme d'affaires.

— Vous avez les bijoux ici ?

— Bien sûr. Je vais préparer le sac, ajoute-t-il en se levant rapidement.

— Je viens avec vous.

Emboîtant le pas de Robert, le Commissaire le suit jusque dans son bureau. Intéressé, le ripou le regarde faire. Robert s'approche du tableau et l'ouvre comme une fenêtre, au grand étonnement de Devarieux. Derrière, il découvre une plaque d'acier.

Rapidement, Robert se rend dans la salle de jeu, le ripou sur les talons. Il fait glisser la vitre du présentoir suspendu, attrape délicatement la figurine du chef de gare et, d'un pas décidé, s'approche du circuit de train. Il attrape le chef de gare et le remplace par la figurine. Il l'enfonce légèrement jusqu'à ce qu'un minuscule « clac » lui indique qu'elle est bien positionnée.

— Suivez-moi ! ordonne-t-il en regardant à travers la porte de communication.

Robert retourne alors dans son bureau. Devarieux suit comme un toutou et, stupéfait, découvre la plaque d'acier ouverte.

— Mais comment ? ...

— Un montage extrêmement astucieux de mon beau-père. La lamelle métallique de la figurine du chef de gare, une fois bien placée dans son logement, crée un contact électrique qui ouvre le coffre. Ce n'est pas plus compliqué.

— Génial ! Mais vous n'aviez pas peur que le gosse... enfin Julien, n'ouvre le coffre sans le savoir ?

— Mon beau-père avait tout prévu : depuis un miroir sans tain, je pouvais surveiller tout ce qui se passait dans la salle de jeu. Facile d'intervenir.

— Génial !

Robert s'immobilise devant la plaque d'acier et la tire à lui. Mais il manque s'effondrer en regardant à l'intérieur.

Horrifié, il se retourne sur Devarieux.

— Que se passe-t-il ?

— Le... les... les bijoux ! ...

— Eh bien quoi ?

— Le coffre est vide !

Le ripou fronce les sourcils, bouscule brutalement Robert et plonge son visage dans le coffre de métal.

Il est vide !

Il se retourne vivement.

— Mais qui ? Mais comment ?

— Je n'en sais rien Commissaire, je n'en sais rien du tout. On a été dévalisés et qui sait depuis combien de temps. C'est une tragédie ! Que va devenir Julien ?

— Putain ! Où sont les bijoux ? ... Il faut que je regagne le bureau !

Immeuble « Émeraude »,
bureau de Dominique Salinesi,
10 h 37

— Quoi ?!

Le hurlement d'étonnement du Corse a dû s'entendre dans tout l'immeuble.

— Vous vous foutez de ma gueule ?

— *Non, patron, se défend Tony d'une petite voix. C'est la stricte vérité : le coffre est vide. Même Devarieux l'a vu. Les bijoux ont été volés !*

— Par qui ?

— *Personne n'en sait rien, patron, je...*

— Et ce connard n'a même pas eu le courage de m'appeler directement ! Ah la ferme ! J'ai besoin de réfléchir !

— *Euh, je... et pour... enfin pour Magenta, qu'est-ce qu'on fait ? On élimine ou ?...*

— Ne me fais pas chier avec des détails sans importance ! Magenta, c'est de l'histoire ancienne ! Il est fini, terminé, lessivé. Tu n'as toujours pas compris qu'on a maintenant autre chose de plus urgent à régler ? Abruti congénital ! Vous n'êtes qu'une grosse bande de connards incompétents !

Salinesi raccroche violemment.

S'étouffant de colère, il se met à marcher tout en martelant mécaniquement son poing droit dans sa main gauche, cherchant à comprendre.

Soudain, il s'immobilise.

— Jamais personne ne s'est payé ma tête de cette façon. Ça va lui coûter cher ! ... Non, ça va leur coûter cher à ces *deux* cons, Rosswald et Devarieux !

Il saisit son portable et compose rapidement un numéro.

— Devarieux !

— *Oui ?*

— C'est vrai cette histoire de bijoux volés ?

— *Oui.*

— Dis-moi, espèce de sans-couilles, tu es certain que ce n'est pas un coup de Rosswald ?

— *Ça m'en a tout l'air.*

— Ça m'en a tout l'air ! répète ironiquement Salinesi. Pauvre con ! Tu t'es bien fait baiser !

— *Il tient à son gosse. Quel intérêt il aurait à nous la jouer à l'envers ?*

— On ne me prend pas pour un con sans en payer les conséquences. Tu vas tout de suite aller me flinguer ce gosse et on le renverra à son père dans un carton à chaussures.

IN EXTREMIS ! ...

Desingy,
planque des ravisseurs,
11 h 04

Coincé comme jamais il ne l'avait été, réalisant seulement maintenant qu'il n'a plus aucun choix, ulcéré d'être manipulé telle une vulgaire marionnette, furieux, Devarieux pousse violemment la porte de la vieille baraque, surprenant les hommes de garde.

— Ah c'est vous ! Vous nous avez fait peur ! Ce n'était pas prévu que...

— Ça non plus ! hurle le ripou en ouvrant le feu sur les trois hommes, surpris.

Il se précipite sur la porte d'accès à la prison de Julien, mais Gilles, qui surveille le môme, a eu la présence d'esprit de la verrouiller dès qu'il a entendu la fusillade.

— Ouvre-moi cette putain de porte, connard ! hurle un Devarieux plus déchaîné que jamais en la secouant de toutes ses forces.

Furieux de voir ses efforts vains, il recule et arrose la porte jusqu'à ce que sa culasse cogne à vide et reste en position arrière.

Reprenant sa respiration, il constate que son arme est vide. Rapidement, il prend un nouveau chargeur dans sa poche et l'enclenche vivement.

— Qu'est-ce que tu fous ?

Surpris, le ripou se retourne vivement.

— Et toi, qu'est-ce que tu fous ici ?

— Ne touche pas au gosse.

— Parce que c'est peut-être toi qui va m'en empêcher ?

— Y a des chances, oui.

Le ripou ricane et lève son arme sur l'homme qui lui fait face à une rapidité hallucinante, mais pas assez vite.

Le coup de feu résonne dans la pièce. Devarieux ouvre grands les yeux, titube, avance, s'immobilise puis, visage crispé, essayant d'appuyer sur la queue de détente de son arme, il finit par s'effondrer lourdement au sol, un regard d'incrédulité sur le visage.

Un nouveau coup de feu retentit. L'homme sent la balle lui siffler aux oreilles. Rapide comme l'éclair, il se jette au sol, roule sur lui-même et arrose, au jugé, la porte d'entrée derrière lui.

Un homme y est en embuscade.

Le tir groupé cible dangereusement le nouveau venu qui se jette à son tour au sol tout en répliquant vivement.

Ses balles frappent le sol tout autour de Rudi qui, au prix d'une débauche d'efforts titanesques, continue de rouler sur lui-même en criant pour se donner du courage.

Au même moment, la porte donnant sur la prison de Julien s'ouvre. Une arme en jaillit. Un coup de feu retentit. L'homme crie de douleur et s'effondre en avant sans avoir eu le temps de tirer.

Rudi en profite pour s'abriter et ouvre le feu sur l'homme embusqué à l'entrée de la ferme.

Le Lieutenant Royer s'effondre à son tour, sans un cri, sans un gémissement.

Rudi se redresse lentement, arme pointée en avant, aux aguets.

L'infernal bruit de la fusillade résonne encore dans ses oreilles. Il vérifie que les deux flics ripoux sont bien morts puis, après avoir soigneusement refermé la porte d'entrée, se rue sur la porte de communication. Il en dégage rapidement le cadavre de Gilles et se précipite vers la geôle du gosse.

Il ouvre vivement la porte.

Prostré, caché dans un angle de la pièce faiblement éclairé, tremblant comme une feuille, Julien Rosswald roule des yeux d'effroi en voyant s'approcher de lui un homme armé.

Rudi rengaine rapidement et sourit à l'enfant qui ne sait plus quoi croire.

Lentement, Rudi s'agenouille.

— Tu n'as pas à avoir peur de moi, je suis là pour te ramener à ton papa.

Avec précautions, il approche sa main de l'enfant mais celui-ci recule, affolé.

Rudi réitère ses dires en se voulant le plus rassurant possible. Tout en parlant, il n'a de cesse d'écouter ce qui se passe dehors. Avec cette satanée fusillade, nul doute que du monde va finir par venir jeter un œil ici. Et il faut qu'il se soit tiré avant, sinon tout tombe à l'eau.

Petit à petit, Julien se détend.

Rudi sourit et se redresse lentement, invitant du geste l'enfant à le rejoindre.

— Ils sont morts, les méchants ?

— Ils ne t'embêteront plus jamais.

— Tu me ramènes chez papa ?

— Oui. Mais d'abord laisse-moi avertir des amis. D'accord ?

— D'accord ! répond le gosse après quelques secondes de réflexion.

Rudi se détourne et sort une radio de sa poche intérieure. Il active vivement le contact.

— Dispatcheur ?

— *Dispatcheur écoute !*

— Je suis arrivé juste à temps.

— *De la casse ?*

— Ouais ! Devarieux et Royer. Va falloir m'arranger ce coup.

— Pas de panique. On va s'en occuper. Dégage tant que tu le peux encore. Ramène le gosse à son père. Fanny et Hervé vont le protéger.

— OK ! Je me tire !

Rudi coupe le contact, mais un énorme bruit de verre cassé le fait se retourner vivement.

Julien est allongé au sol et se tord de douleur.

Rudi s'agenouille rapidement, craignant le pire.

Il redresse lentement l'enfant et aperçoit de gros morceaux de verre au sol.

Pendant qu'il rendait compte, le gosse a joué avec un gros cendrier et l'a cassé en tombant.

Soudain, Rudi reste figé. Il vient de voir des gouttes de sang.

— Nom de Dieu ! Il s'est blessé ! Il s'est fait une entaille dans le creux de la main. Vite, il faut que je l'emmène à l'hôpital. Il est hémophile. S'il n'est pas tout de suite soigné, il risque de mourir.

Rapidement, Rudi prend l'enfant dans ses bras et se met à courir le plus vite possible.

— Ne pleure pas Julien ! Bientôt tu iras beaucoup mieux. Aies confiance !

Prenant des risques insensés, Rudi roule presque à tombeau ouvert vers Annecy.

Bien évidemment, c'est au rond-point à l'entrée de la Balme de Sillingy qu'une voiture de police est en planque. En voyant débouler le véhicule de Rudi à une vitesse nettement déconseillée, elle s'est lancée à sa poursuite, toute sirène hurlante. Les derniers évènements survenus à Annecy ont rendu les policiers aussi extrêmement nerveux que particulièrement vigilants, surtout depuis l'annonce du kidnapping de Julien Rosswald.

Épagny-Metz-Tessy,
Centre Hospitalier Annecy- Genevois,
1 Avenue de l'Hôpital,
12 h 07

Talonné par plusieurs véhicules de police, Rudi s'arrête en catastrophe devant l'entrée des urgences. À une vitesse folle, il sort de la voiture l'enfant qui geint et le prend dans ses bras. Il se rue à l'intérieur alors que des policiers lui courent après en lui intimant l'ordre de s'arrêter.

Rudi fait irruption dans l'accueil et hurle.

— C'est Julien Rosswald !

Il le colle d'emblée dans les bras d'une infirmière qui le reconnaît.

Elle s'écrie à son tour :

— Mon Dieu ! Mais c'est le gosse qui a été kidnappé ! Il est blessé ! Il saigne ! Vite ! Au bloc !

— Mais qui l'a amené ? demande un infirmier en regardant tout autour de lui.

Il court à son tour vers l'entrée et voit Rudi, mains en l'air, encerclé par une douzaine de policiers en arme.

LA JUSTICE DOIT-ELLE SUIVRE SON COURS ? ...

Annecy,
restaurant « *Pen* »,
11 Avenue Berthollet,
mercredi 14 novembre,
12 h 58

— Alors, c'est oui ou c'est non ?

— C'est non ! Je te l'ai déjà dit !

— Paul, nom de Dieu, j'ai besoin de ce gars !

— Et moi j'ai besoin de pouvoir me reposer sur des hommes fiables. Du genre de ceux en qui je puisse avoir totalement confiance, par exemple... et je suis loin du compte !

— Ça va, ne retourne pas le couteau dans la plaie, je t'ai déjà expliqué cent mille fois ce que...

— Tu me le répéterais même dix millions de fois que ça ne suffirait pas ! Francis, tu m'as pris pour un con, et ça je ne l'admets pas !

— Paul ! Bordel, essaie de comprendre que je n'avais pas d'autre alternative. Bien sûr que je te fais confiance, mais une indiscrétion est si vite arrivée, je ne pouvais en aucun cas te dévoiler toute ma stratégie et...

Paul Rudel pose violemment sa fourchette sur la table.

— La ferme, Francis. Tu ne réalises pas à quel point ta défiance à mon égard me peine et me choque.

C'est même insultant. Il fallait, d'entrée de jeu, me mettre dans la confidence. Et peu importe tes raisons.

Francis ne répond pas. Il se rend bien compte qu'il a sous-évalué la capacité de réaction de son ami. Il ne s'attendait pas à une telle levée de boucliers.

D'un autre côté, que pouvait-il faire ?

Il ne sait plus quoi dire, glisse un regard perdu du côté de l'Avenue Berthollet. Une pluie glaciale tombe sans discontinuer et les éclats de rire des autres clients habitués de l'établissement n'arrivent pas à lui redonner le soleil qui a si longtemps animé son âme. Il réalise tout à coup qu'il a, peut-être, perdu le goût de vivre.

Se sentant soudainement en danger, inutile, piégé, sans issue, ayant du mal à respirer, il laisse vagabonder son regard sur le restaurant plein à craquer. C'est un endroit qui déborde d'amitié et de rires. La qualité de la nourriture est en outre au rendez-vous. On ne fait pas de chichi en cuisine. C'est un endroit ou la fête et le bonheur sont les bienvenus ([30]).

Penelope ([31]), le patron, est un gars atypique mais qui a le cœur sur la main. Respectueux et à l'écoute de tous, il sait plus que n'importe qui transmettre l'amitié et la joie, mais Francis est à cent mille lieues de tout cela.

— Ce n'est pas ce que tu crois, dit-il brusquement sans vraiment d'enthousiasme.

— Ce que je crois a peu d'importance. Par contre, ce qui en a, c'est ce que je sais. Et je sais que ton Rudi Mahoney est le flingueur attitré de la famille Brambilla. Il est né le 7 octobre 1980 à Vancouver, Colombie Britannique. À quatorze ans, il trouvait plus rigolo de buter ses semblables pour le compte de Giovanni Brambilla, le patron de l'organisation la plus puissante de tout l'Ouest du Canada, que d'aller à l'école. Son parcours par la suite est particulièrement éloquent en matière de délinquance.

---

[30] La cuisine est un vrai régal. L'accueil est plus que chaleureux. Un pur instant de bonheur. À partager sans modération.

[31] Authentique.

— Paul, c'est un homme à moi ! Il travaille pour moi !

— Belle référence !

— Il fait de l'alpinisme.

— Qu'est-ce qu'on en a à foutre de savoir s'il... ? Je... Une seconde ! Tu dis : « alpinisme » !?

— C'est ce que j'ai dit, oui.

Rudel fronce les sourcils.

— Il n'est nulle part mentionné dans son dossier que Mahoney est un adepte de cette activité. Comment tu sais ça, toi ?

Francis sourit mais ne répond pas.

— À quoi tu joues ?

— Aux gendarmes et aux voleurs.

Rudel s'irrite d'un coup.

— Arrête de jouer au con ! Qu'espères-tu gagner en agissant comme tu le fais ? Tu es suicidaire ou quoi ? C'est quoi cette histoire d'alpinisme ? Pour que tu m'en parles, c'est que ça doit avoir une importance pour toi. Qu'est-ce que c'est ?

— Je ne peux rien te dire. Sécurité !

Le Commissaire a visiblement beaucoup de mal à se contenir.

— Nom de Dieu de nom de Dieu ! Tu me fais chier avec ta « sécurité » ! Fais attention, Francis, fais très attention. Depuis un petit moment je te vois changer. Tu glisses sur la mauvaise pente. Tu n'as de cesse de prendre des accommodements avec les lois, ça va finir par te faire basculer du côté « obscur de la force ». Tu connais le dicton : « *À force de jouer avec le feu, on finit toujours par se brûler !* ». Prends garde que cela ne t'arrive pas, tu n'es pas infaillible. Ton statut de privé ne t'autorise nullement à n'en faire qu'à ta tête, je te l'ai déjà dit, et répété... et je ne serais pas toujours là pour te sauver la mise. Cette fois tu as franchi toutes les limites acceptables. Ton désir de justice est tellement exacerbé que tu ne réalises pas que tu t'es engagé dans le chemin de la perdition. Arrête ta fuite en avant ! Arrête, avant qu'il ne soit trop tard.

— Je te rassure, je sais très bien ce que je fais.

— Ce n'est pas l'impression que ça donne. Comment as-tu pu faire ami-ami avec une fripouille pareille ?

— Ce n'est pas lui.

— Pas lui ? Sa tronche correspond, trait pour trait, aux photos de nos amis Américains. On a vérifié jusqu'à la taille de ses slips, c'est Rudi Mahoney, il n'y a absolument aucun doute.

— Je te dis que ce n'est pas lui. C'est une couverture. Le mien fait de l'alpinisme, je te le rappelle.

— Une couverture !? Il va te falloir être nettement plus convaincant si tu veux que je t'écoute.

— C'est un homme à moi infiltré dans l'organisation de Bouddha. Tous les jours, il prend des risques insensés pour m'informer de tout ce qui se passe chez Bouddha. Il joue sa vie au quotidien. Comment crois-tu que j'aie pu te refiler tous ces tuyaux sur cette putain de mafia ?

— Justement ! La cellule spécialisée qui bosse, dans le plus grand secret, sur ce que tu me fais régulièrement passer, tombe des nues tous les jours. Tes informations sont si exactes, si sensibles, si parfaites que...

— Que tu en es venu à t'interroger sur leur véracité ? Non, je n'y crois pas ! Pas toi ?!

— Des informations aussi fiables, venant d'un truand, tu m'excuseras, mais...

— Mais bordel de merde, je viens de te dire qu'il travaille pour moi !

— Peut-être t'es-tu fait piéger ? Y as-tu pensé ? Tu n'es pas le seul à utiliser un cerveau. Sais-tu seulement que c'est lui qui a assassiné ton meilleur ami, Stan ? Tu le sais ? ... Le sais-tu vraiment ?

— Oui, je le sais.

Rudel ouvre grands les yeux. La réponse a été si rapide et prononcée sur un ton tellement désinvolte qu'il commence à se poser des questions sur la santé mentale de son ami.

— Alors, tu réalises ce que tu fais ? Vraiment ? As-tu conscience de ce que tu fabriques ? Où ce genre de *deal* va t'emmener ? Tu ne trouveras rien d'autre que le chaos et la mort ! Et tout Magenta que tu es, tu n'es pas au-dessus des autres. Reviens sur terre !

Francis évacue les questions d'un geste sec. Il est agacé, mais le Commissaire n'en reste pas là.

— Es-tu si peu rancunier que tu fais ami-ami avec ce tueur ? Je ne te comprends pas, Francis. Je ne te comprends plus ! Tu es devenu masochiste ? Tu as besoin de te faire souffrir encore et encore ? Qu'espères-tu expier ? ... Ou plutôt ne lui réserverais-tu pas un sort encore plus abominable après l'avoir « utilisé » ? Tu en serais bien capable. Ta soif de vengeance pourrait bien passer par ce genre de combine... au risque de te perdre à jamais !

Francis s'énerve.

— Bon sang, mais dans quelle langue faut-il te le dire ? Rudi travaille pour moi ! Comment crois-tu qu'il a su que Salinesi avait ordonné la mise à mort du gamin ? Il a piégé le bureau du Corse, de façon à ce que tout ce qui s'y dit soit enregistré. Ça te va ?

— Tu éludes facilement les questions ? Es-tu devenu aussi insensible ? J'ai peine à le croire.

— Crois ce que tu veux, moi, je sais ce que je fais et je te demande, non ! Je te conjure de me faire encore confiance.

— C'est tout ce que tu as trouvé ? Si c'est vrai, il fallait que tu me le dises avant ! Et d'abord qui est-il ce type... réellement ? ... Je ne te comprends plus ! Comment peux-tu passer par perte et profit la mort de ton meilleur ami ? Comment peux-tu faire comme si de rien n'était ? Non, vraiment je ne te comprends plus.

— La lutte contre la criminalité, aussi dure soit-elle, aussi cruelle soit-elle, passe avant toute considération. On ne doit pas faire de sentimentalisme.

— Au point de pactiser avec le Diable ?

— Au point même de prendre sa place s'il le faut, oui !

Rudel se redresse imperceptiblement et marquc une pause, choqué par les propos de son ami.

— Je croyais te connaître et je découvre que non seulement je ne te comprends plus, mais que maintenant tu me fais peur.

— Je sais ce que je fais.

— Te prendre pour le Don Quichotte des temps modernes n'effacera jamais ta douleur. Que cherches-tu ? Que cherches-tu... vraiment ? As-tu réellement perdu ton âme ? Plus rien ne te touche donc ? Comment peux-tu être devenu aussi froid ? As-tu seulement envisagé que ce truand, ce professionnel du flingue, s'est peut-être rapproché de toi pour pouvoir mieux endormir ta confiance afin de te tuer quand il le jugera opportun ? Détruire l'organisation de Bouddha fait peut-être partie d'un plan dont tu ignores même jusqu'à son objectif initial. Un plan diabolique dont tu ne serais qu'un pion, un vulgaire pion.

Magenta est embarrassé, mais sa gêne est de courte durée.

— Je ne peux rien te dire. C'est prématuré. Trop dangereux pour lui.

— Tu le fais exprès ou quoi ? Ce n'est pas avec des airs de conspirateur que tu vas me convaincre. Je passe mon temps à faire la leçon à mes subordonnés et toi, tu es le premier à faire strictement le contraire. Bordel ! Sais-tu seulement ce que le mot « confiance » veut dire ?

— Ce n'est pas de toi que je me méfie, loin de là, et tu le sais très bien, mais c'est de tous ceux que tu côtoies au quotidien. Merde, aujourd'hui, les voyous sont à deux doigts de nous donner des ordres, et vu le terrifiant enjeu, je ne pouvais pas me permettre de tout te dévoiler. Cela aurait été un danger énorme pour la couverture de Rudi. Tu ne sais pas tous les risques qu'il a courus pour en arriver là où il en est actuellement. Je n'avais décemment pas le droit de le mettre en danger. Ça aurait été comme le condamner à mort.

— Et si c'était toi le condamné à mort ?

— Je sais où je vais. Je n'en ai jamais été aussi certain !

Rudel reste mutique et continue d'engloutir ses rognons de veau aux tagliatelles.

Il s'interrompt un instant et en relevant sa fourchette ajoute, ironique :

— Vraiment excellents, tu devrais en profiter. Ou peut-être préfères-tu le burger au foie gras ?

La légèreté mordante teintée d'une ironie presque haineuse dans le ton est si palpable, que Francis comprend que son ami est furieux contre lui. Il est ulcéré de n'avoir pas été mis dans la confidence. Ulcéré de réaliser que ne lui a été dévolu qu'un rôle de seconde zone. Presque de la figuration !

Ça va avoir du mal à passer !

Beaucoup de mal !

Magenta comprend qu'il va devoir lâcher du lest, mais il sait aussi que c'est prématuré. La partie de poker menteur n'est pas terminée et il ne peut en aucun cas prendre un tel risque.

Francis se rapproche néanmoins.

— Bordel de merde, au lieu de me vanter l'excellence des mets, accède à ma demande. Merde, j'ai absolument besoin de Rudi pour atteindre mon objectif.

Rudel s'interrompt à son tour.

— Et quel est-il... vraiment ? Mettre en l'air l'organisation de Bouddha comme tu me l'as si bien vendu en Italie, ou te venger de la mort de Stan ?

— Je n'avais pas d'autres solutions ! Tu peux, et tu dois comprendre cela.

— Ton Rudi est gardé au secret le plus absolu. Les journalistes nous assaillent comme je l'ai rarement vu. Je ne peux décemment pas, moi aussi, lui faire courir ce genre de risque. Ce serait aussi le condamner à mort. Tu me comprends ?

— C'est ça, fais de l'esprit. La majeure partie de l'opinion publique sympathise avec Rudi. Elle reconnaît le bien-fondé de son action.

Rudel frappe du poing sur la table.

— Bordel ! Francis, ton Rudi vient de flinguer deux flics ! Deux de plus à une longue liste de cadavres !

— Tu peux y ajouter les frères Galtier.

— Quoi ?! C'est aussi lui ?

— Il fallait bien qu'il fasse ses preuves pour donner des gages de confiance et pouvoir entrer dans le premier cercle.

— En tuant des gens !

— Des truands, nuance !

Rudel est embarrassé. Francis enfonce le clou.

— Tes deux flics étaient des ripoux !

— Qui étaient aussi, malheureusement, des flics, et dans les circonstances présentes, le Ministère a besoin de montrer des héros, d'avoir des martyrs. Il ne veut retenir que le « bon » côté de ces deux ordures. Dans un pays où le racisme anti-banc est considéré comme une qualité, quand un islamiste peut chanter et beugler sa haine du blanc est considéré comme une preuve de liberté d'expression, nous avons plus que jamais besoin de redorer notre blason, de redonner de l'espoir à nos compatriotes, et...

— De la merde tout ça ! As-tu lu les journaux ?

— Juste les titres, je me refuse à lire les articles.

— Tu as eu tort. La grande majorité des gens interviewés par les médias reconnaissent que Rudi a bien réagi. Seulement, ils ne savent pas qui, en réalité, étaient ces deux pourritures.

— Je reconnais bien volontiers que ton Rudi a nettoyé nos écuries en flinguant ces deux enfoirés, mais la politique est ce qu'elle est. Le Ministère a besoin de redorer son blason, donc...

— Donc, tu ne libéreras pas Rudi !

— Non ! J'administre la justice et je ne peux pas laisser des criminels impunis. Je ne peux décemment pas faire autrement.

— Tous les journalistes plaident pour la libération de Rudi. Il a, en plus, sauvé un enfant hémophile d'une mort certaine... et pas n'importe quel enfant !

— N'essaie pas de m'attendrir, Francis, c'est peine perdue. La justice est basée sur des lois bien précises, pas sur le sentimentalisme exacerbé poussé à son paroxysme, tout ça pour faire vendre un maximum d'exemplaires. Si ton Rudi a bien sauvé un gamin, cela ne l'exempte pas pour autant de tous ses délits. Même le père de Julien s'est rangé au point de vue du Ministère. Il a déclaré que nous n'avions pas le droit d'avoir la moindre pitié pour ces criminels.

Francis sourit en coin en essayant difficilement de se maîtriser.

— Tu sais que tu ferais un excellent premier flic de France !

— Je te remercie pour le compliment, mais tu me fais trop d'honneur, et ce n'est pas comme ça qu'il faut poser la question. Il faut plutôt demander aux flics ce qu'ils en pensent. Pour eux, un bon Ministre de l'Intérieur c'est quoi ? C'est qui ? Comment le voient-ils ? Et quel a été, d'après eux, le meilleur Ministre de l'Intérieur sur ces vingt dernières années ? Moi, je ne me suis jamais senti comme étant en haut de la pyramide, d'ailleurs je ne peux pas avoir la même réaction que tous les autres pour une raison simple : je suis d'une famille de flics, toute ma famille était dans la police, mon père, bien entendu, et la plupart de mes oncles. Donc quand j'ai intégré le cabinet du Ministre de l'Intérieur, j'avais déjà tellement entendu parler de ces problèmes, que je ne suis pas arrivé en pays inconnu.

— Bon sang, Paul, est-ce que tu crois qu'il est plus facile de contrôler la police quand on est de droite ou quand on est de gauche ?

— Oh non ! Mais sur quel terrain essaies-tu de m'entraîner ? Je n'ai jamais considéré que c'était une chose acquise. De toute façon, si tu veux pouvoir diriger convenablement le Ministère de l'Intérieur, il faut que les gens te fassent confiance. Et ils ne te feront pas confiance parce que tu as un titre, mais parce que dans un certain nombre de circonstances, tu auras une attitude qui correspond à celle qu'ils attendent que tu aies. Ils n'ont pas besoin d'un père. Ils ont besoin d'un chef parce que les policiers ont besoin d'avoir confiance en leur Ministre de l'Intérieur et la confiance, ça ne se décrète pas. Quand tu as un certain nombre de problèmes difficiles, quand tu as des prises d'otages, je pense à la prise d'otages des enfants de l'école de Neuilly-sur-Seine, le 13 mai 1993, ou à celle de l'avion d'Air Algérie le 24 décembre 1994, les gens d'Action Directe, ça fait beaucoup, et c'est dans ces occasions que les policiers jugent le Ministre de l'Intérieur. Ils voient s'il assume sa responsabilité ou s'il a tendance à jouer les filles de l'air, comme Collomb qui se retire doucement du merdier actuel en espérant sauver sa peau à Lyon, et à laisser les autres se débrouiller. C'est un poste casse-gueule, il ne faut pas se faire d'illusions.

— Les flics de France ont besoin de quelqu'un comme toi. Donne-leur cette chance ! Il est véritablement temps de se décider à investir, à casser le processus actuel. Il y a des gens, comme Bouddha, que les scrupules n'étouffent pas. Encore faudrait-il que les mouvements politiques s'en rendent compte et prennent enfin un certain nombre d'initiatives pour ne pas laisser se développer la gangrène qui pourrit actuellement la France, mais pour ça il faut la foi et toi tu l'as. On ne peut rien faire sans conviction, sans enthousiasme. Ce qui me renverse, à l'heure actuelle, c'est de voir, notamment parmi le personnel politique, cette espèce d'état second. J'ai entendu certains sénateurs et autres clowns bien-pensants tenir les propos suivants : « *Qu'il faudrait dire à ceux qui vont être nos candidats dans deux ou trois ans...* ». Je me suis énervé, car ce n'est pas ce langage qu'il faut tenir. Je leur ai dit : « *C'est d'abord vous qui devez dire ce que vous voulez, il ne s'agit pas d'attendre qu'ils vous disent, eux, ce qu'ils ont l'intention de faire puisque vous êtes au contact de la réalité. C'est à vous de dire ce que vous voulez, ce que vous êtes prêts à accepter, ce que vous refuserez* ». Les gouvernants, de nos jours, ont l'air tous passablement dépassés. Aussi, il est grand temps qu'un homme de ta valeur secoue ce bazar. Sors ce putain de pays de sa léthargie suicidaire.

Rudel lève la tête, s'essuie la bouche et fixe curieusement son ami Magenta en hochant vigoureusement la tête d'approbation.

— Nom de Dieu, mais jusqu'où es-tu prêt à aller pour obtenir ce que tu veux ?

— Nous nous comprenons très bien tous les deux, nous pourchassons la même racaille. Pour une fois que nous sommes à la veille de gagner la partie, aide-moi. J'ai absolument besoin de Rudi.

— Hors de question !

— Je ne peux rien sans lui. Nous ne pouvons rien sans lui. Il m'est essentiel.

— Comme tes deux terreurs chargés de protéger Rosswald et ses biens ? Laisse tomber, tu t'es bien fait posséder.

— Fanny et Hervé n'y sont strictement pour rien. Ce n'est pas de leur faute.

— Les bijoux ont pourtant disparu. On a maintenant la preuve flagrante que le Serpent a frappé vite et fort, et à la barbe de tes agents qui plus est. Si c'est ça que tu appelles de l'efficacité, il va falloir que tu trouves autre chose pour me convaincre. La discussion est close.

RUDEL EST DE PLUS EN PLUS FURIEUX ! ...

Haute-Savoie,
Saint Germain-sur-Rhône,
domicile de Francis Magenta,
dimanche 25 novembre,
07 h 17

Le jour se lève à peine. On a l'impression que tout est figé dans une froideur infinie. Le brouillard traîne paresseusement sur les champs. On ne voit même pas la cime des arbres et un petit vent froid s'ingénie à accentuer cette impression d'hiver rigoureux.

Las, Francis Magenta est en train de se préparer un solide café. Ici et là, des bouteilles vides, des assiettes non nettoyées. À l'évidence, il y a du laisser-aller, mais, curieusement, Francis n'en n'a cure. Au contraire, il semble même s'en réjouir. Ça l'amuse !

Il vient de faire le point sur ses affaires avec Genetelli et tout semble aller selon ses prévisions. Il attend un dossier que son analyste doit lui envoyer. Il a hâte de le lire car il pourrait expliquer bien des choses et, surtout, donner un éclairage nouveau sur certains protagonistes de cette sale affaire.

Une petite sonnerie l'empêche de terminer sa tartine. Il la pose rapidement et ouvre sa messagerie tout en s'asseyant.

En quelques clics, le dossier apparaît et ce qu'il soupçonnait s'avère confirmé : la voiture de Frédéric Manfredi, miraculeusement retrouvée à la casse et examinée par les techniciens de Mondial Protection, a bien été sabotée. La mort du père biologique de Julien n'est donc pas accidentelle.

Francis relève la tête et regarde droit devant lui. Il réfléchit. Qui avait des griefs contre Frédéric au point de vouloir sa mort ? La réponse est immédiate : Paola, sa femme !

Même s'il en a la certitude, il se demande comment diable il va pouvoir le prouver.

Il en est là de ses cogitations quand il entend soudain le bruit de plusieurs sirènes de police en approche et il devine qu'une ou plusieurs voitures sont en train de se diriger vers sa maison.

Inquiet et autant surpris, c'est en voyant les phares crever le brouillard qu'il réalise que c'est vraiment pour lui.

Que lui veut-on ?

Il se lève, se dirige vers l'entrée tout en attrapant au passage sa parka. Il fait vraiment froid ce matin.

Il se sent soulagé en entendant la voix du Commissaire Rudel. Mais il déchante vite en s'apercevant qu'il donne des ordres très clairs d'encerclement de la maison sur un ton qui laisse présager une discussion particulièrement animée.

À peine a-t-il ouvert la porte qu'une demi-douzaine de policiers s'engouffre dans la demeure. Bousculé sans ménagements, Francis tente de résister mais bien vite Rudel lui fait face.

— Tu peux me dire à quoi rime ce déploiement de force ?

Le policier dévisage durement le privé durant quelques secondes puis, sans détourner son regard, donne des ordres d'une voix de stentor.

— Trouvez-le-moi !

Francis fronce les sourcils. Il ne comprend rien.

— Mais nom de Dieu ! Vas-tu enfin me dire ce qui se passe ?

— C'est plutôt à toi de me le dire ! crie Rudel en poussant en avant sans ménagement Magenta.

Un policier referme la porte et se cale devant, jambes bien écartées. Des fois que le prévenu veuille s'enfuir !

Francis est assis dans son canapé, Rudel debout, immobile devant lui, bras croisés, le fixe durement.

— Où est-il ?

— Où est-il !? ... Mais où est qui, bordel ?

— Rudi Mahoney ! Où l'as-tu caché ?

Francis tombe des nues.

— Rudi ?!

— Oui, Rudi ! Ne fais pas l'idiot, je n'ai pas du tout envie de rigoler. Où l'as-tu planqué ?

— Mais nulle part, je...

— Cesse ce petit jeu avec moi. Je ne suis pas du tout d'humeur à jouer aux devinettes. Ma question est simple et j'exige que tu y répondes : où est Rudi ?

Quelques secondes passent. Tandis que des policiers vont et viennent en fouillant de partout dans un tintamarre ahurissant, sans prendre beaucoup de précautions, Francis dévisage tour à tour Rudel et les autres flics qui se sont rapprochés du canapé et, à voir leurs expressions, ils ne semblent nullement décidés à se montrer compréhensifs.

— RAS au sous-sol, Commissaire ! crie une voix.

— RAS dans les chambres ! hurle une autre.

— Idem au second ! ajoute une troisième.

— Mais nom de Dieu, Paul...

— Commissaire Rudel ! Pour toi, c'est Commissaire Rudel.

— Je ne sais pas où diable se trouve Rudi, Commissaire. C'est vous-même qui m'avez dit qu'il était au secret, ce qui me cause bien des soucis, justement.

— Ça je le sais. Alors tu as précisément décidé de te servir toi-même. Comment as-tu fait pour découvrir sa planque ?

— Sa planque ?! Mais du diable si je la connais.

Rudel se penche en avant et pose durement ses mains sur chaque épaule du privé.

— Rudi Mahoney a été libéré cette nuit, à 3 heures 18, par un homme. Je ne sais pas comment il a su où je l'avais caché mais le fait est qu'il a attaqué la maison où je le tenais au secret. Il a balancé des gaz lacrymogènes et mis KO quatre de mes hommes.

— Quoi ? Mais c'est...

— Il n'y a que toi qui avais le mobile et les moyens pour le libérer. Cet homme est un assassin et la loi doit faire son œuvre. Maintenant que tu as franchi la ligne rouge, tu va devoir répondre de tes actes et, cette fois, je ne te couvrirai pas. Où l'as-tu caché ?

Furieux, Magenta repousse violemment le Commissaire et se redresse alors que les autres flics tentent de le faire rassoir.

— Laissez-le ! ordonne Rudel.

— Tu permets que je m'explique ?

— On est là pour ça.

— À quelle heure vous dites que Rudi a été libéré ?

— 3 heures 18 !

Francis réfléchit et sourit en coin.

— Ça te fait rire ?

— Plutôt oui.

— Pourquoi ?

— Parce que je ne suis strictement pour rien dans cette évasion. Et je peux le prouver.

C'est au tour de Rudel de sourire.

— Je te sais assez malin pour t'être prévu un alibi en bêton, mais avec moi ça ne prend pas.

— Tu permets ?

Du geste, Francis lui montre son bureau.

— Qu'est-ce que tu veux faire ?

— Je vais te donner trois numéros de téléphone. Appelle-les et tu verras que je ne peux en aucun cas être l'auteur de cette attaque.

— Vas-y ! Où étais-tu alors ?

Sur le qui-vive, Rudel s'écarte pour laisser passer son ami.

— Au sommet de la Tournette ! répond Francis en se dirigeant vers son bureau.

— La Tournette ? ([32]).

Là, c'est Rudel qui ne comprend plus. Il regarde curieusement Francis en train d'écrire.

Le privé le dévisage avec l'air sûr de lui qui déplaît souverainement au policier.

— N'essaye pas de me la jouer à l'envers, je ne suis pas d'humeur.

Francis se redresse, arrache le feuillet de son calepin et le tend en avant.

— Tiens ! Régale-toi !

Suspicieux, Rudel prend le papier, le regarde rapidement et revient sur le privé.

— C'est quoi ces numéros ?

— Ce sont ceux de trois personnes que tu connais très bien et que tu ne peux légitimement pas soupçonner de contrevenir à la loi.

— Qu'est-ce que tu foutais au sommet de la Tournette ?

— Du delta plane !

— Du quoi ?

---

[32] La Tournette est un sommet du massif des Bornes. Elle culmine à 2.351 mètres. Le chaînon de la Tournette (que flanque, du côté Ouest, celui, beaucoup plus modeste, de la Forclaz) sépare le lac d'Annecy de la dépression de Thônes. Elle permet de contempler tous les sommets au-dessus du lac d'Annecy ainsi que les Aravis et le massif du Mont Blanc, parfois cachés par des bancs de nuage lorsqu'il fait chaud. À noter la présence de nombreux bouquetins qui se laissent approcher et photographier. Attention, près du sommet, ces mêmes bouquetins peuvent déclencher des chutes de pierres.

ON SE CALME ET ON RESPIRE PAR LE NEZ ! ...

08 h 12

L'ambiance est un peu moins électrique. Les policiers ont levé leur dispositif et sont sortis.

Ils attendent leur chef.

Après être resté de longues minutes au téléphone tout en observant le privé assis à son bureau, Rudel, aussi stupéfait que de plus en plus intrigué, a fichu tout le monde dehors pour rester seul avec Magenta.

Assis face à lui, mutique, cherchant à comprendre, il ne sait pas comment commencer.

Il se redresse lentement, laisse glisser ses mains bien à plat sur ses jambes et, dépité, d'une voix faible, commence :

— Ton alibi est confirmé ! Au moment de l'attaque, tu étais bien en train de faire le con en delta plane avec ton moniteur... Putain, Francis, mais que me caches-tu encore ? Qu'est-ce que tu foutais à pareille heure dans les airs ? Il va falloir que tu t'allonges, maintenant, si tu veux que je continue à marcher dans ta combine. C'est clair ?

— Très clair. Un café ?

— C'est pas de refus.

Francis se lève et se dirige vers l'énorme cafetière.

— À part moi, tu n'as pas d'autres suspects ?

— Je n'avais pas besoin d'en avoir d'autres.

Francis se retourne.

— Mauvaise réponse ! Pour le meilleur flic de France, ce n'est pas probant.

— Ça va ! Je n'ai pas besoin de tes leçons. Avoue quand même que toutes les apparences étaient contre toi.

— D'accord sur ce point. As-tu des indices ?

— On est dessus, mais ce type a surgi de la nuit comme un vampire. Son attaque a été parfaitement maîtrisée et n'a pas duré longtemps. Ce type sait ce qu'il fait. Ce n'est pas un amateur. Tout ce que l'on sait avec certitude, c'est qu'il s'est blessé à la jambe droite.

— C'est tout ?

— C'est tout. On n'a pas de trace de sang, mais l'un des policiers l'a vu se blesser avant de s'effondrer, victime des gaz.

— On ne va pas bien loin avec ça.

— Non !

Francis apporte les deux tasses et les pose tout en réfléchissant.

— Ce qui veut dire que le Corse peut très bien être l'auteur de cette attaque. Ce serait logique. Il tient à ses Lieutenants.

— Négatif ! J'ai fait vérifier. Il n'a pas quitté son QG de l'Avenue du Petit Port. Tous ses hommes étaient à Annecy.

— Aïe ! Ça veut dire qu'il y a un troisième larron qui s'est invité à la fête.

— Qui d'après toi ?

— Aucune idée. Du sucre ?

— Non, merci... Tout cela n'a pas l'air de t'émouvoir plus que ça. Que mijotes-tu ?

— Si Rudi est dehors, alors il n'y a plus qu'à attendre qu'il me contacte.

Rudel pose son café et dévisage longuement son ami.

— Bordel, mais quand vas-tu me dire la vérité ? Qui c'est ce type... réellement ?

— Je te l'ai dit ! Il travaille pour moi, il agit en sous-marin au sein même de l'organisation du Bouddha. On va la faire exploser cette mafia de merde !

— Réponds-moi sincèrement et sans fioritures. Ce type, c'est réellement Rudi Mahoney ?

Francis prend le temps de la réflexion.

— Oui et... non !

Rudel s'anime.

— Bordel, Francis ! Qu'est-ce que c'est que cette réponse à la con ?

— Je ne peux rien te dire pour le moment, mais je te prie de croire qu'il est du bon côté. Fais-moi cette faveur.

Le Commissaire boit à petite gorgées.

— Comment te passe-t-il les infos ?

— Quand il fait son jogging, il fait semblant d'écouter de la musique. Quand il s'arrête pour faire quelques exercices, il y a toujours, non loin de lui, un de mes contacts... jamais deux fois le même.

— Qui a, lui aussi, un baladeur sur le crâne, je suppose ?

— Exact ! Et pendant qu'ils font leurs assouplissements, le contact capte toutes les informations à distance. C'est imparable. La technique, quand même, ça a du bon !

— Et Salinesi ne se doute de rien ?

— Jusqu'à maintenant, non, mais ça ne durera pas. Ce type est particulièrement rusé et il surveille tout. Tu n'as qu'à voir les trésors d'imagination que j'ai dû déployer pour sortir de sa ligne de mire.

Rudel comprend petit à petit que Francis a concocté un plan diaboliquement millimétré qui ne peut que réussir à condition que tous les éléments s'imbriquent les uns dans les autres suivant un timing bien précis. Un timing que, malheureusement, personne ne peut gérer.

Voilà la faille de ce plan !

Mais il se doute qu'il y en a une autre, et une de taille : Francis dit-il vraiment toute la vérité ?

— Je peux te poser une question ?

— Je t'en prie.

— Et Stan dans tout cela ? Tu y penses ?

Le visage de Francis s'assombrit soudain. Il ne répond pas, boit lentement tout en fixant son ami.

— Qu'est-ce que tu crois ? laisse-t-il tomber d'une voix chevrotante.

— Mais comment as-tu pu pactiser avec son assassin ?

— L'exigence de justice prend, parfois, des chemins détournés qu'il faut savoir suivre en faisant taire sa douleur.

— N'as-tu pas peur, qu'au final, ce soit toi le dindon de la farce ?

Francis reste mutique.

— Et concernant le Serpent, tu as des nouvelles ? demande-t-il soudain en faisant doucement rouler sa tasse entre ses paumes.

— Tu changes encore de sujet !

— Je veux faire avancer les choses.

— Soit. Non, nous sommes toujours au point mort. Et toi, de ton côté ?

— Pareil ! On a épluché les CV de tous les personnels, rien ne cloche, d'autant plus que personne n'a quitté le domaine Rosswald. Donc, nous en sommes réduits à surveiller les receleurs potentiels. Si les bijoux refont surface, et ils le feront obligatoirement, c'est une certitude, on le saura immédiatement.

— Victor, le cuistot, Thérèse et Martine, les gouvernantes, Edmond, le jardinier et Pierre, l'homme à tout faire, sont donc exempts de tous soupçons ?

— En effet.

Rudel réfléchit, guère convaincu.

— Ce n'est pas possible. Pour faire un coup pareil, il faut nécessairement que le coupable soit un proche de la famille. Le Serpent doit être un des membres du personnel…

Inquiet, Rudel s'interrompt. Francis le surveille discrètement du coin de l'œil. Il sait déjà à quoi il réfléchit.

— Et si…

— Si ? Oui Paul ?

— Si ce fameux Serpent, ce n'était pas qu'une seule personne, mais plusieurs ? Tu as pensé à ça ?

Qui sait ? pense Francis. Ce serait bien dans sa façon de faire. Et en effet, il y a pensé tout de suite. Plusieurs personnes agissant sous le même nom, c'est imparable, chacun servant d'alibi à l'autre.

Francis hausse les épaules sans rien dire, préférant ne pas s'engager dans ce genre de discussion. Égoïstement, il tient à être le seul à mettre hors d'état de nuire ce damné Serpent. Il en a besoin ! Et pour ça, pas la peine de donner des indices aux autres. Il le regrette pour son ami, mais se justifie en se disant que dans la vie, chacun ne doit voir, à un certain moment, que ce qui l'intéresse le mieux.

En clair : à chacun sa merde !

Un silence que Rudel, méfiant, rompt au bout de quelques minutes de réflexion.

— Pour en revenir à notre Bouddha, quel est ton plan ? ... Exactement !

Francis constate avec plaisir que son ami n'approfondit pas le sujet sur le Serpent. Tant mieux, il sait qu'il aurait eu du mal à lui mentir.

Mais ce qu'il ne sait pas, par excès de confiance peut-être, c'est que son ami, lui aussi, a ses petits secrets. Il évite soigneusement de lui apprendre qu'il a mis en place un savant dispositif autour de « l'Émeraude » au cas où, justement, le Rudi se repointe. Il n'aura pas l'occasion de pousser la porte d'entrée.

— Je te l'ai dit : le faire tomber... définitivement ! On va tout simplement attendre que Rudi réapparaisse.

— Parce que tu es sûr qu'il va réapparaître ?

— Aussi sûr que deux et deux font quatre... Enfin, pour être tout à fait franc avec toi, je l'espère très fortement. Il ne faudrait pas que le type qui l'a escamoté ne le refroidisse. C'est une hypothèse, mais je n'y crois guère. Selon toute logique, il va retourner à son lieu d'attache : l'immeuble « Émeraude ». Sa mission n'est pas terminée.

— Admettons ! Ensuite ?

— Il a encore deux trois choses à régler puis nous pourrons passer à l'action.

— Par « nous », tu entends qui exactement ?

— Eh bien mes hommes et les tiens, comme cela a toujours été convenu.

Moins convaincu, Rudel fixe son ami, cherchant à deviner ce qu'il cache car, il en est certain, il lui cache des choses. Mais lesquelles ?

— Et concrètement, tu vois la chose comment ?

— On fonce dans le tas. Mes hommes en tête et les tiens, tout de suite derrière, pour assurer notre couverture et nettoyer ce qui doit encore l'être. De l'intérieur, Rudi nous facilitera les choses.

— Tu ne manques pas d'air.

— Avec les hommes de Bouddha, c'est le seul langage qu'ils connaissent.

— Une fois en haut ?

— C'est à ce niveau que je prévois les plus grosses difficultés. Salinesi et ses deux gardes du corps ne se laisseront jamais prendre vivant. Ils flingueront jusqu'à ce qu'ils ne puissent plus le faire. Le Corse est le plus dangereux.

— Gilles étant mort durant la fusillade à Desingy, il ne reste à Salinesi que Tony et Ange.

— Tony ne me fait pas peur et Ange encore moins. Les renseignements que m'a transmis Rudi à leur sujet m'en ont appris beaucoup sur leurs personnalités. C'était une de ses missions prioritaires. Tony se battra mais cherchera le moyen de filer à l'as, quant à Ange, c'est le genre de type à avoir divorcé de son cerveau mais sans obtenir la garde des neurones. Donc...

— C'est bien beau de connaître leurs quotients intellectuels, mais il n'en reste pas moins qu'ils sont tout le temps dans l'ombre de Salinesi. Tu vas faire comment pour te débarrasser de ces deux sangsues ?

Francis sourit énigmatiquement, le même petit sourire qui exaspère Rudel car c'est comme s'il lui balançait à la figure qu'il le prenait pour ce qu'il n'est vraiment pas.

— J'ai une arme secrète ! Un atout !

— Encore des mystères. Quand te décideras-tu à dire la vérité ? Penses-tu vraiment que de ne pas me dire franchement quelles sont tes intentions véritables, ça va t'aider ? Tu es impossible comme mec quand tu fais le mariole !

— C'est là tout mon charme !

— C'est ça ! Fais de l'ironie en plus ! Ça ne va pas t'aider, crois-moi !

Goguenard, Francis croise les bras et regarde fixement son ami en attendant que ça se passe.

Rudel le dévisage durement. Il ne reconnaît plus son ami. Il a la désagréable sensation de naviguer sur la crête d'une vague mortelle qui risque de l'engloutir à tout instant. Il s'interroge. Jusqu'où va aller le privé ? La mort de Stan l'a-t-elle à ce point bouleversé que Francis est prêt à tout, même au pire ? Rudel a peur qu'il se soit lancé dans une espèce de baroud d'honneur, quitte à faire exploser tous les codes. Attention ! S'il voit juste, alors il se demande jusqu'où, lui, peut aller ? Il y a des lois qu'il se doit de respecter.

À contrario, Francis n'a pas l'air de s'en soucier outre mesure. Pour lui, tous les moyens sont bons !

Mais qu'entend-t-on par « bons moyens » ?

Où s'arrêtent les « bons moyens » ?

Où commencent les « mauvais moyens » ?

Pour la première fois de sa vie, le Commissaire se sent pris dans un étau infernal, un dilemme insoluble. Doit-il cautionner les manœuvres de plus en plus limites de son ami, ou doit-il tirer la sonnette d'alarme et ordonner l'arrêt immédiat de cette opération ? Une opération qui, si dès le départ elle lui semblait parfaitement justifiée, maintenant, au vu des dérives du privé, il se pose réellement la question de son opportunité.

Quelques secondes s'écoulent. Les deux hommes s'observent. Manifestement, Francis n'entend pas lâcher du lest. Guère rassuré, Rudel hausse les épaules en soufflant bruyamment.

— Bon ! Reste Bouddha lui-même. On ne le voit plus en public depuis presque deux ans. Il reste cloîtré dans sa maison perchée au dixième étage. Tu penses faire comment pour l'en déloger ?

— J'ai ma petite idée.

— Encore des cachotteries.

— Appelons cela de la prudence.

Rudel secoue tristement la tête.

— Tu ne fais jamais confiance, toi, hein ?

Francis se contente de sourire sans répondre.

Exaspéré, Rudel change de sujet.

— Qu'est-ce que tu foutais en delta plane en pleine nuit ? Ça te vient d'où cette lubie ? C'est nouveau ? Tu ne peux pas jouer à la pétanque, comme tout le monde ?

Francis sourit largement.

— Aaaah, mon ami ! Tu ne sais pas l'intense plaisir que l'on éprouve à voler, seul, en plein ciel, au milieu de rien et de tout, à voir les lumières étinceler de partout en imaginant des hommes et des femmes en train de vivre, discrètement heureux, bien tapis derrière leurs fenêtres fermées...

— La philosophie a très peu de chance de m'atteindre. Je suis quelqu'un de concret. Qu'est-ce que tu fous en pleine nuit en delta plane ?

— Tu le sauras bien assez tôt !

— Encore une réponse sibylline. Je commence à en avoir assez. Je crois que...

— C'est Barnier qui a repris l'affaire Paola Rosswald ?

— Exact ! Pourquoi ?

— Parce que j'ai des informations qui pourraient l'intéresser.

— Du genre ?

— Du genre, par exemple, sabotage de voiture. Tu vois ce que je veux dire ?

Rudel observe un temps d'arrêt.

— Frédéric Manfredi ?

— Tout juste. Les gars de mon laboratoire ont réussi le tour de force de retrouver l'épave de sa voiture. Ils l'ont examinée sous toutes les coutures et ont finalement découvert que le circuit de freins a été saboté. C'est très bien fait, mais c'est parfaitement intentionnel. C'est un assassinat.

— Ça va passablement compliquer la situation de Paola.

— J'en ai bien peur.

— Puisqu'on parle des Rosswald, tes deux terreurs assurent toujours la protection du gosse depuis qu'il a été admis aux urgences ?

— Affirmatif ! Mais quand on passera à l'action, Fanny et Hervé seront de la partie.

— Est-ce bien raisonnable ? Ils n'ont pas particulièrement brillé jusqu'à présent. Tu les as trouvés où ?

— Dans la Bresse Jurassienne. Tu te rappelles que j'ai ouvert une agence à Lons-le-Saunier, eh bien, Stan et moi avons fait du recrutement et ce sont les seuls à avoir rempli tous nos critères avec succès. Ce sont vraiment des pointures. Tu verras sur le terrain.

— J'aimerais afficher la même confiance que toi.

— Tu peux.

— Ouais... Quand on monte au braquo comme tu imagines le faire, on a intérêt d'avoir les coudées franches et, surtout, de se savoir en confiance ! La confiance, tu sais ce que cela veut dire ?

— Au nom du Ciel, Paul ! C'est une idée fixe chez toi !

— C'est ce qui m'a permis d'arriver vivant à l'âge que j'ai... Allez, faut que j'y aille !

Le Commissaire se lève et se dirige droit vers la porte.

Arrivé devant, Francis l'interpelle.

— Paul, tu pourrais dire à tes gugusses de remettre un peu d'ordre dans le bordel qu'ils m'ont fichu ?

Souriant aussi faussement que très largement, Rudel se retourne.

— N'en demande quand même pas trop, d'accord ?

Tout content d'avoir cloué le bec de son ami, Rudel ouvre la porte d'entrée. Un vent glacial s'engouffre dans la maison.

— Au fait !

— Quoi ? fait le policier en se retournant.

— Pour Rudi, sois sympa, laisse-le franchir ton cordon !

— Je ne comprends pas.

— Mais si, tu m'as très bien compris. Je sais que tu as mis en place un dispositif serré autour de « l'Émeraude ». C'est la logique même. Alors, sois sympa, laisse Rudi passer, on a besoin de lui dedans... vraiment besoin ! ... OK ? ... OK ? ...

La mimique agacée mais très discrète du policier arrache un sourire de victoire à Francis.

— À la bonne heure ! Merci, je savais qu'on pouvait compter sur toi.

Furieux de s'être fait rouler, Rudel hausse violemment les épaules et sort en grognant.

Francis sourit mais s'abstient d'éclater de rire. Faut pas trop pousser non plus !

UNE FEMME IRRÉPROCHABLE ! ...

Haute-Savoie,
domaine Rosswald,
lundi 26 novembre,
11 h 16

Malgré un soleil bien présent, le froid reste persistant et la horde de journalistes qui se presse sur la grande terrasse de la maison Rosswald-Manfredi autour du maître des lieux, a plutôt l'air de s'en accommoder avec plaisir. Elle n'a de cesse de mitrailler le capitaine d'industrie qui a finalement accepté de répondre à quelques questions sous la pression des médias avides de sensationnel.

À ses côtés, prenant la pose, Julien Rosswald enfin sorti de l'hôpital, ne semble pas trop gêné par tous ces journalistes qui le mitraillent sans relâche en louant le courage de ce petit homme prometteur.

Pas très loin, mais très discrets, Fanny et Hervé veillent à ce que tout se passe au mieux.

On ne sait jamais !

Un flot incessant de questions se déverse mais, imperturbable, l'homme d'affaires répond directement et sans ambages. Le public aime les hommes directs. Il a l'impression que ce genre de personnes ne sait pas mentir.

— Une dernière question, monsieur Rosswald !

— La dernière alors ! Messieurs, toutes vos questions m'ont donné soif et il est grand temps que nous fêtions le retour de mon fils. Je vous écoute et ensuite je vous invite à un vin d'honneur.

Une vague de rires accompagnée d'une salve nourrie d'applaudissements, submerge la terrasse, tandis que le journaliste pose sa question :

— Que pensez-vous de la libération de Rudi Mahoney ?

Robert Rosswald, se ferme, croise ses bras et regarde fixement le sol. Tout le monde se tait d'un coup, pressentant une réponse importante, essentielle.

— Je suis du genre à ne pas céder aux sirènes envoûtantes du sentimentalisme. Même si je reconnais que l'action de ce Rudi a permis de sauver mon fils, cela ne suffit absolument pas pour l'exempter de tous ses crimes. Jamais ! Je reste convaincu que tous les criminels doivent être punis... Messieurs, ce sera tout. Le vin d'honneur nous attend !

12 h 18

Fanny et Hervé viennent de refouler, non sans difficultés, les derniers journalistes qui tenaient à faire encore et toujours des photos des deux héros de la région, surtout Julien devenu une véritable star depuis ses aventures.

Sur la terrasse, Robert Rosswald les salue du bras tout en affichant un sourire de façade, pressé de voir ces bandes d'énergumènes, comme il se plaît à les appeler, disparaître enfin de son horizon. Même s'ils l'agacent, il sait qu'il est obligé de composer avec eux. La puissance de la presse de nos jours est devenue aussi obligatoire qu'incontournable pour un homme dans sa position. Il a absolument besoin d'elle, alors autant la contenter.

— Tu peux aller jouer, Julien, je te rejoins dès que possible.

— Fanny vient avec moi ?

— Si tu veux ! Bien sûr qu'elle peut aller jouer avec toi.

— Ouais, super ! Je vais lui laisser mon TGV cette fois ! Et moi je vais conduire le train de marchandises.

Robert sourit tout en caressant la tête de son fils. Il se redresse et voit arriver vers lui le couple de gardes du corps.

— Tout est OK, monsieur Rosswald.

— Parfait, Hervé, parfait. Vous pouvez rejoindre vos quartiers. Fanny !

— Monsieur ?

— Julien voudrait bien que...

— Que j'aille jouer avec lui ! Pas de problèmes monsieur, j'y vais tout de suite.

— Merci.

L'homme d'affaires la gratifie d'un chaleureux sourire. Il attend d'être seul et, après avoir vérifié que personne ne peut plus le déranger, tout en laissant son personnel nettoyer la terrasse après la bourrasque médiatique assoiffée, il s'isole dans le grand salon et s'assoit lentement tout en réfléchissant aux derniers évènements.

Machinalement, il masse longuement sa jambe droite endolorie en laissant son esprit vagabonder. Il espère surtout qu'aucun des journalistes présents n'a remarqué la raideur de sa démarche. Il a souffert le martyr durant cette interview sans fin, mais il ne pouvait pas se permettre de laisser la moindre place au doute.

Au bout de nombreuses minutes, rassuré quant à sa jambe, il attrape le journal relatant encore une fois mais avec, semble-t-il, des éléments nouveaux, comme toujours, la façon dont un inconnu, devenu un véritable héros en quelques minutes, a réussi à soustraire Rudi Mahoney, un autre héros, de sa cachette.

Il lit tout en souriant discrètement.

Personne ne me soupçonnera jamais, pense-t-il. J'ai senti moi aussi une très grande reconnaissance pour ce Rudi. Mais devant les journalistes, dans ma position, je suis obligé de taire mon sentiment. Heureusement, grâce à mes relations, surtout avec le Premier Ministre, il m'a été assez facile de savoir où Rudel avait caché le sauveur de Julien. Sans lui, mon fils serait mort à l'heure actuelle. Je conçois bien volontiers la révolte du Commissaire Rudel, mais je me devais de venir au secours de celui qui a sauvé mon fils. La suite, personne ne la connaîtra jamais.

Par associations d'idées, Robert pense à Julien et, une fois encore, à ses quelques phrases sibyllines, lâchées lors de son retour si inattendu, qui lui reviennent sans cesse en mémoire.

Elles le tracassent depuis ce jour.

Il se lève, rejette rapidement le journal et, inquiet, se plante devant la porte-fenêtre, mains dans les poches.

— À quoi Julien faisait-il allusion en disant : « *J'y crois pas ! Elle me l'avait bien dit !* ». La question est plutôt : « À qui faisait-il allusion ? ».

Qui est cette personne, en l'occurrence une femme ? Qui est-elle ? Sa ravisseuse ? Mais pourquoi lui aurait-elle dit cela ? Dans quel but ? Pourtant, quelque part, ça tient la route puisqu' « elle » a relâché Julien sans aucune contrepartie. Quelle est donc cette nouvelle énigme ? Qui est cette femme ? Pour qui travaille-t-elle ? Quel est son but ?

Robert ronge son frein. Il est exaspéré car il n'a pas l'habitude de se heurter à des problèmes dont il n'a pas la solution. Quand il ne maîtrise pas une situation dans sa totalité, il se sent démuni et fragile.

Il se redresse, prend une profonde inspiration. C'est décidé, dès qu'il le peut, il va emmener Julien loin, très loin, très, très loin de ce merdier puant. Le temps de régler quelques problèmes au bureau et ils partiront loin de tout cela.

Il sait que cette solution de facilité n'est pas vraiment la meilleure. La fuite en avant n'a jamais résolu un problème, bien au contraire, mais en l'absence d'autres éléments, il pense que c'est encore la moins pire et, de toute façon, il se doit de se dédier aussi longtemps que possible à son Julien qu'il adore finalement. Il doit lui faire oublier les horreurs que lui a fait endurer sa mère.

Boulevard Jacques Replat,
13 h 39

Sans ménagement, les policiers font irruption dans la maison fermée. Avec des gestes mille fois répétés, le chef indique les directions à suivre à ses hommes qui, rapidement, s'égaillent dans toutes les directions.

Bien vite, des bruits de tiroirs renversés retentissent dans toute la villa inhabitée.

— Alors ? demande le Commissaire Barnier avec impatience.

— Rien pour le moment, patron ! crie une voix venue de l'étage.

— Ici non plus ! dit une autre venant du sous-sol.

Plusieurs minutes s'écoulent, ponctuées par les mêmes bruits aussi assourdissants que retentissants d'une perquisition qui s'éternise beaucoup trop au goût du policier qui ne cache plus son impatience.

— Je l'ai ! hurle soudain un de ses hommes en arrivant en courant du jardin.

Il tient un objet bien en vue dans sa main.

Soulagé, comme délivré d'un poids terrible, insupportable, Barnier court vers lui.

— C'est le portable ?

— Oui, Commissaire, c'est le second portable de Paola Manfredi. Vous aviez raison ! Il y a bien le numéro de ce Norriega enregistré dedans !

— De quel numéro parlez-vous ?

Surpris, tout le monde se fige et regarde dans la direction d'où vient la question.

Tous voient alors le Commissaire Rudel entrer, accompagné de ses adjoints directs.

Impressionné, Barnier semble se raidir dans un garde-à-vous impressionnant.

Conscient que son arrivée dérange, Rudel s'approche de son subordonné et lui tape chaleureusement sur l'épaule.

— Que se passe-t-il, cher ami ? Je vous sens inquiet, tendu !

— C'est que ... je pensais que...

— Non, je suis toujours ici, je ne suis pas reparti pour Paris. Pourquoi ? Cela vous pose-t-il un problème ?

— Non ! Pas du tout ! ... C'est simplement que...

— Que vous ne pensiez pas me voir ici, ce matin. Comme je vous comprends.

Rudel sait que tous les regards convergent sur lui. Dans un geste se voulant rassurant, il enlace Barnier par le bras et l'entraîne à l'écart. Pas la peine que tout le monde entende. Il ne sait que trop combien les oreilles indiscrètes traînent de partout en ces moments troubles dans lesquels plus personne ne sait à qui il a exactement à faire.

À l'abri d'un pommier particulièrement abondant en été, les deux hommes s'immobilisent.

— Je suis...

— Ne vous excusez pas, cher ami, c'est un signe de faiblesse. Un homme comme vous est un chef, un décideur, un patron indiscuté que tous ses hommes respectent et admirent. Ne vous excusez donc pas, c'est un signe de faiblesse, je le répète. N'oubliez jamais qu'ils ont besoin de vous pour pouvoir faire, chaque jour, leur devoir. Je suis de votre côté, vous le savez. Je sais très bien que vous êtes en ce moment sur l'affaire Paola Manfredi. D'où ma venue inopinée. Qu'avez-vous de nouveau à ce sujet ?

Le Commissaire Barnier se détend. La tension, ces derniers temps, est tellement forte, qu'un rien suffit à tout déstabiliser, d'autant plus que cette omniprésente impression de suspicion, de doute, pourrit sa vie au quotidien et que cela en devient très nettement insupportable. D'abord son travail est extrêmement difficile mais, quand il constate que la justice ne le suit pas et fait, bien au contraire, le jeu des voyous qui dépensent sans compter pour cela, il a de plus en plus de mal à faire face.

Où est la justice ?

Il commence à sérieusement douter de son existence.

— Je ne suis pas votre ennemi, vous le savez bien. J'ai seulement besoin d'en savoir plus.

— C'est en rapport avec ? ...

Rudel sourit.

— D'après vous ? répond-il dans un sourire de connivence.

Barnier réfléchit quelques secondes, pesant le pour et le contre avant de se décider.

— Il y a quelques jours, un certain Finkler s'est pointé au commissariat. Il voulait absolument me parler car, disait-il, il avait des révélations très importantes à faire sur l'affaire Manfredi.

— Finkler, Finkler ! ... Joseph Finkler ?

— Ouais, lui-même.

— Ce type est un usurier qui nous prend pour des cons depuis des années. Qu'est-ce qu'il aurait comme renseignements intéressants à nous communiquer ?

— J'ai reçu ce type. Croyez-moi, j'ai eu du mal ! Enfin bref...

— Que vous a-t-il dit ?

— Qu'il avait vu la photo de Paola Manfredi dans le journal suite à son interpellation. Il s'est tout de suite rappelé d'elle, même si, d'après ses dires, elle était vêtue différemment et avait caché son visage au moment de leur rencontre.

— Et ensuite.

— Elle lui avait apporté le fameux collier...

— Comment ça ?

— Elle venait le voir pour le négocier !

Rudel réfléchit.

— Comment Finkler vous a-t-il convaincu ? L'avait-il sur lui quand vous lui avez parlé ?

— Bien sûr ! Vous pensez bien qu'avec le casier long comme un jour sans fin qui le caractérise, il avait tout intérêt à assurer ses arrières s'il voulait être crédible. De plus, il tenait absolument à se dédouaner de tout ce bazar, il sent bien que cette affaire le dépasse et il ne veut plus s'y trouver mêlé.

— Les truands auraient donc une conscience, maintenant ? Ça c'est nouveau !

— Affirmatif ! Votre usurier m'a mis sur le bureau le collier volé chez les Rosswald-Manfredi.

— Quand cela ?

— Il y a peine quelques heures et...

— C'est incroyable ! Il en voulait combien ?

— Finkler m'a dit qu'il avait estimé le collier à environ quatre cents millions, sans cacher qu'il pensait qu'il aurait pu valoir nettement plus. Il m'a ensuite fait tout un laïus sur les façons de procéder dans ce domaine et a ajouté, tout content, que sa cliente, Paola Manfredi, voulait l'argent en liquide.

— Il a payé ?

— Oui, bien sûr !

— Quoi ?! ... Mais alors cela revient à dire que le bijou que vous avez au bureau est le collier véritable ! C'est le collier d'origine !

— J'en suis arrivé à la même conclusion.

— Ce qui veut dire que celui que le Serpent a dérobé au domaine Rosswald est une vulgaire copie sans aucune valeur.

— Exact !

Rudel s'anime et commence à marcher de long en large sous le regard intrigué de Barnier.

— Il est possible que...

— Oui ?

Le policier se frappe machinalement le menton avec son poing fermé. Il s'immobilise et pointe un index accusateur sur son subordonné.

— Il est possible que Finkler connaisse l'identité du Serpent.

— Désolé de doucher votre bel optimisme, Commissaire, mais je lui ai bien évidemment posé la question. Malheureusement, il ne l'a jamais vu. Il lui a parlé à de nombreuses reprises, mais il n'a jamais vu son visage. Il ne sait même pas si c'est un homme ou une femme. Tout ce qu'il a pu m'apprendre, c'est qu'il est convaincu que c'est une des personnes vivant au domaine Rosswald.

— C'est déjà ça. Ça restreint singulièrement les possibilités et c'est tant mieux. Ce qui veut dire que nous avons le choix entre Victor, le cuisinier, Thérèse ou Martine, Edmond, le jardinier, et Pierre, l'homme à tout faire. Vous vous en occupez ?

— C'est déjà en cours.

— Parfait, parfait !

Rudel reprend sa déambulation, l'esprit en ébullition.

— Paola Manfredi ne s'est pas contentée de kidnapper son fils, mais elle a aussi volé les bijoux de famille, a vendu le collier à ce Finkler, a empoché l'argent avant de placer une vulgaire copie dans le coffre du domaine. Non seulement, elle a engrangé quatre cents millions, mais elle a ensuite eu besoin d'empocher le double pour le rapt de son fils ! Mais quelle femme indigne ! Elle est à flinguer ! Quand je pense que toutes les mères du département ne jurent que par cette planche pourrie ! Aaaah, elles vont drôlement tomber de haut quand elles découvriront quel genre de femme leur « idole » est véritablement... Mais j'y pense ! Comment... Par quel opération du saint esprit vous trouvez-vous ici ?

— Paola Manfredi est passée par un intermédiaire pour joindre Finkler.

— Qui ça ?

— Alfonso Diégo Norriega. L'enquête a démontré qu'elle utilisait ce domicile, Boulevard Jacques Replat, pour passer ses appels sans susciter les soupçons. D'où ma venue ici !

— Où vous avez trouvé le portable utilisé par la coupable.

— Exact ! Nous avons la preuve matérielle, flagrante, irrécusable, qu'elle était en contact avec le receleur réputé Norriega !

— Norriega ! Encore lui. Il a été vu à Genève, à l'hôtel des Bergues, quelque temps avant le retentissant vol de l'or Walder. Quelque chose me dit qu'il doit être en cheville avec le Serpent... Autre chose : où sont les autres bijoux ? C'est Finkler qui les a négociés aussi ?

— Négatif ! Je lui ai posé la question. D'après lui, c'est Norriega qui les a pour les négocier à son compte. Il les aurait exigés de Paola en paiement de son aide pour contacter Finkler.

— Cela renforce ma thèse. Il doit être en cheville avec le Serpent et l'aura probablement informé de l'existence des bijoux, d'où sa venue au domaine. Seulement, il a été devancé par Paola. Finkler est prêt à témoigner ?

— Oui ! On va enfin pouvoir coffrer cette vermine de Panaméen.

— Ainsi que le Serpent !

LE RETOUR ! ...

Annecy,
mardi 27 novembre,
09 h 48

— Dispatcheur ? ... Dispatcheur ? C'est un appel toute priorité !

— *Dispatcheur écoute !*

— C'est moi, Rudi, je...

— *Putain, où étais-tu passé ? Tout le monde s'inquiète pour toi, ici !*

— Qu'est-ce que tu crois ? Les flics quadrillent la ville, je suis sans cesse en déplacement.

— *Qui t'a délivré ? Tu as pu le voir ?*

— Négatif ! Le type était cagoulé et n'a pas prononcé un seul mot. Il m'a sorti de ma geôle et m'a indiqué une bagnole planquée dans les fourrés à quelques dizaines de mètres de la baraque. Ensuite, il a disparu.

— *Dommage !*

— Je veux retourner à « l'Émeraude » pour finir le boulot, mais je pense que les condés m'y attendent. Vous pouvez m'aider à...

— *Bien sûr qu'on peut t'aider ! Le patron a tout prévu. Tu dois, normalement, pouvoir y entrer sans trop de problèmes. Il a fait en sorte que les flics te laissent assez de champ de manœuvre pour que tu puisses y accéder sans te faire coincer.*

— OK ! Mille mercis ! Je vous revaudrai ça !

— *Qu'est-ce que tu vas raconter au Corse pour expliquer ton subit retour ? Tu sais à quel point il est soupçonneux.*

— Ne t'inquiète pas pour ça. Ce type ne réagit qu'à une seule chose : l'argent. Si je lui apporte une affaire en or, il la saisira.

— *Du genre ? Le patron est au courant ?*

— Ce n'est ni le lieu ni le moment pour en parler. J'y vais !

— *Fais gaffe à tes fesses ! Ça va commencer à être drôlement chaud pour toi, on arrive dans la dernière ligne droite. Salinesi est sur les dents depuis que tu as disparu. Fais vraiment gaffe !*

— Je sais.

— *Le patron et nous tous attendons ton signal. On agira dès que nous le recevrons. Ensuite, à la grâce de Dieu !*

— Ça ira vite, très, très vite ! Va falloir tirer juste et pas se planter !

— *Tu m'étonnes ! Va surtout falloir que tu penses bien à nous faciliter tous les accès à l'immeuble, c'est primordial, essentiel. Ensuite, n'oublie surtout pas de te planquer, car tu seras en première ligne le temps qu'on puisse grimper jusqu'au bureau du Bouddha pour t'épauler. Quelques minutes seulement, mais les pires de ton existence.*

— Pas la peine de me flanquer la trouille, je sais très bien à quoi je m'expose. J'ai l'habitude. Qui ose vaincra ! ([33]).

— *Ouais ! Enfin, n'ose pas trop tout de même.*

---

[33] « Qui ose vaincra ! ». C'est la devise du 9ème régiment de chasseurs parachutistes de la 11ème compagnie de l'armée française. Créée durant la Seconde Guerre mondiale pour les premières troupes parachutistes françaises libres. Voir à ce sujet l'excellentissime roman de Paul Bonnecarrère (1925 – 1977) « Qui ose vaincra ». Il était lui-même un des tous premiers paras de la France Libre à avoir sauté sur la Bretagne au cours du D-Day.

— Soyez tous tranquille, je sais encore ce que je fais. Avez-vous alerté notre... atout ? Ce cher atout qui m'a protégé jusqu'à présent ?

— *Qu'est-ce que tu crois ? Le patron a tout de suite averti notre arme secrète. Quand elle va entrer en action, ça va décoiffer sévère. Gare aux cons qui seront dans sa ligne de mire !*

Immeuble « Émeraude »,
bureau de Dominique Salinesi,
10 h 37

— Patron !

— Quoi ? Qu'est-ce que tu as à hurler comme un bœuf qu'on égorge, tu as...

La phrase de Salinesi meurt sur ses lèvres en voyant Rudi entrer dans son bureau, comme si de rien n'était.

Le temps qu'il réalise pleinement ce qui se passe, il se précipite vers son flingueur et le prend vigoureusement par les épaules, mais pas assez pour que cela soit franc, ce qui met automatiquement Rudi en alerte. Il n'est guère étonné, c'est une réaction logique à laquelle il s'attendait.

— Putain ! Nom de Dieu, si je m'attendais à te voir ici ! Comment as-tu fait pour entrer, c'est plein de flics dans la rue ?

En même temps, d'un geste sec, il ordonne à Tony de vérifier les accès à l'immeuble.

Le Corse entraîne Rudi vers le coin salon.

— Tu dois avoir des choses à nous raconter, toi. D'abord, les flics ! Tu leur as lâché quelque chose ?

— Pour qui me prenez-vous ?

— C'est une question que je pose à tous les mecs qui, comme toi, reviennent de chez les poulets. Tu ne me feras jamais croire qu'ils t'ont laissé sortir simplement sur ta belle gueule...

— Vous ne lisez pas les journaux ? Vous ne savez pas que...

— Je sais tout ce qu'il y a à savoir. Je ne te pensais pas aussi chevaleresque. J'avais ordonné que le gosse soit abattu, qu'est-ce qui t'a pris de n'en faire qu'à ta tête ? Tu sais très bien que je n'aime pas qu'on déroge à mes ordres. C'est mauvais pour le *business.*

— Vous permettrez que je m'en explique directement avec Bouddha et...

— Bouddha n'a pas l'intention de te voir. Il a d'autres chats à fouetter en ce moment et, crois-moi, c'est autre chose que ta petite escapade chez les condés. Alors, je répète ma question : qu'as-tu donné en contrepartie pour être relâché ?

Rudi sourit en coin et ne se laisse pas intimider.

— Que dalle ! Je n'ai rien dit sur rien du tout. Je ne suis pas né de la dernière pluie. Croyez-vous sincèrement que je me pointerais ici en ayant quelque chose à me reprocher ? Si je suis ici, c'est parce que je bosse pour vous, que vous me devez du fric, et que j'ai les cuisses propres.

Salinesi recule et contemple longuement son homme main, histoire de se faire une idée exacte sur son compte. Il se frotte longuement le menton, songeur. Lui ment-il ou ? ...

— Des mecs aux cuisses propres qui les empêchaient de marcher tellement leurs couilles les gênaient, j'en ai connu plus souvent qu'à mon tour, alors tes jérémiades ne m'intimident pas. Un mec qui revient de chez les condés sans une égratignure est toujours, outre un sujet de grande perplexité, un danger potentiel pour moi, surtout après avoir dézingué deux flics... et accessoirement deux zélés informateurs. Que s'est-il passé, exactement ?

— Ce que la presse a mentionné et rien d'autre. Devarieux et Royer sont devenus fous furieux et se sont tiré dessus. Étant au beau milieu du champ de tir, je me suis retrouvé dans leur ligne de mire. J'ai été obligé de me défendre, ce n'est pas plus compliqué que cela.

Salinesi écoute avec grande attention, pesant le pour et le contre.

— Soit ! Mais pourquoi Devarieux aurait-il pété un câble ?

— Peut-être que vous l'avez justement un peu trop poussé en avant.

Salinesi fronce les sourcils

— Précise !

— En l'envoyant au turbin en direct, ça a sans doute réveillé en lui des notions d'honnêteté qu'il croyait avoir éliminées. Prenant conscience que vous l'utilisiez plus que prévu, il a probablement pensé sauver le gosse pour... comment dirais-je ? ... se refaire une virginité !

— Une virginité !? Devarieux !? Lui, avoir des remords de conscience !? Tu plaisantes ! D'avoir une conscience, c'est déjà pour lui un problème ! Cependant ce que tu dis n'est pas dépourvu d'intérêt... Si je suis ton raisonnement, Devarieux aurait tenté de sauver sa peau...

— Et Royer, que vous avez soudoyé entretemps, était là pour veiller au grain. Étant chaque jour à ses côtés, il a dû très vite sentir qu'il était en train de retourner sa veste et...

— Serait intervenu ! ... Ouais, ouais, ouais, ouais ! Pourquoi pas ?

— Enfin, ça c'est mon opinion.

Salinesi se met à marcher, pensif, sans cesser de jeter de rapides coups d'œil sur son flingueur. Il n'arrive pas à se départir d'une double impression. D'abord, il apprécie beaucoup le savoir-faire de Rudi tout autant que sa vivacité d'esprit. D'un autre côté, des cérébraux comme lui l'ont toujours dérouté. En effet, être si intelligent et n'être qu'un simple flingueur aux ordres, ça n'a pas de sens ! Avec le talent qu'il a, il devrait déjà régner sur un beau coin de bitume. Au lieu de cela, il se contente de faire les courses pour les autres avec toutes les conséquences que cela entraîne.

Il y a là quelque chose qui le déroute.

— Et pour le gosse ? demande-t-il soudain.

— Rassurez-vous, je ne l'ai pas laissé vivre par pure charité. À quoi vous servirait-il mort ? Lui vivant, vous pouvez toujours prétendre à une rançon. Ce n'est qu'une simple question de temps.

Touché par l'argument, le Corse affiche une moue admirative.

— Pas faux ! Continue.

— Si les bijoux et, notamment, le collier des Manfredi ont disparu, c'est que la Paola s'est servie avant tout le monde. Faisons-la craquer et ce serait bien le diable si elle ne nous disait pas la vérité.

— Intéressant. Tu oublies une seule chose : elle est en taule.

— Et depuis quand cela vous empêche-t-il de faire ce que vous avez décidé ? Au pire, il y a toujours son mari. Il est blindé aux as, inutile de vous le rappeler.

Salinesi observe un temps d'arrêt.

— Tu sais que tu gagnes vraiment à être connu, toi ?

Au même moment, Tony revient et, d'un signe discret, fait comprendre à son chef que tout est normal. Aucune invasion policière n'a été constatée.

Le système de détection d'intrusion est si efficace, que personne ne peut pénétrer dans « l'Émeraude » sans être automatiquement repéré.

Le Corse sourit largement, rassuré, puis congédie nerveusement son homme de main avant de reporter toute son attention sur Rudi.

— J'aime bien ta façon de raisonner. L'ennui, vois-tu... c'est que tu raisonnes un peu trop à mon goût.

— Vous ai-je déjà déçu ? Avez-vous eu à vous plaindre, à un moment quelconque, de mon travail ? Jamais !

— Non, certes ! ... Mais j'ai toujours mal à mon genou.

UNE VIEILLE DAME BIEN TRANQUILLE ! ...

Annecy,
jeudi 29 novembre,
11 h 17

La vieille dame un peu voûtée trottine allégrement le long du sentier gravillonné qui longe le lac d'Annecy. Elle semble pressée. Peut-être est-ce la probable venue d'un énorme nuage tout noir qu'elle voit s'approcher en roulant doucement depuis l'autre côté du lac ? Il est interminable ce petit chemin, d'autant plus que ce qu'elle porte semble peser des tonnes.

Rapidement, elle s'engouffre à gauche et gagne le rond-point de l'Avenue de la Maveria.

Là, à l'abri du magnifique arbre qui trône au beau milieu du rond-point, elle s'octroie quelques minutes de répit en soufflant longuement.

— Puis-je vous aider, madame la baronne ?

Toute confuse, la vieille dame se retourne pour voir un des innombrables grooms de l'Impérial Palace ([34]) dans lequel elle a élu domicile depuis plusicurs semaines.

---

[34] En 1912, M. René Leyraz se porte acquéreur de plusieurs parcelles situées au bord du lac d'Annecy. Il est déterminé à y construire un hôtel de luxe. Le 14 juillet 1913, l'Impérial Palace ouvre ses portes. Le succès est immédiat et toutes les grandes têtes couronnées de ce

— Oooh, mon Guy ! Mon très cher Guy ! Vous êtes mon sauveur !

Avec professionnalisme et un sourire parfaitement maîtrisé, le jeune trentenaire s'approche de la cliente pour l'aider.

— Laissez-moi prendre votre chevalet, à votre âge, même ce genre d'objet doit vous paraître bien lourd.

— Pas tant que ça, pas tant que ça.

Avec un sourire désarmant, tout en prenant appui sur le bras du jeune homme, la vieille dame hoche vigoureusement la tête en approuvant.

— Je peux vous poser une question ?

— Bien sûr mon Guy, bien sûr !

— Avec mes collègues, on se demandait pourquoi vous peignez l'immeuble « Émeraude » au lieu du lac ?

La vieille dame regarde son accompagnateur avec un charmant sourire.

— Mais le lac je l'ai déjà peint des dizaines de fois, cette fois-ci, j'ai voulu me diversifier. C'est plus compliqué, mais j'ai tout mon temps.

Le jeune homme hoche la tête en souriant, satisfait.

---

monde vont y venir : George VI, le Sultan du Maroc, Winston Churchill ou encore Édith Piaf et Charlie Chaplin (Charlot). Le déclenchement de la Première Guerre mondiale va freiner le développement de l'hôtel. Dans les années 1950, commence le déclin avec la fermeture définitive le 8 septembre 1965. En 1967, la ville fait l'acquisition du site et impose un certain nombre d'obligations (non privatisation du parc et conservation du bâtiment). Le 26 octobre 1981, le toit part totalement en fumée. Ouvert à tous les vents et infiltré par l'eau de pluie, le bâtiment devient alors une masse fantomatique. En 1984, le Maire, Bernard Bosson, déniche l'oiseau rare : la société allemande Jung. En 1987, le contrat est signé et les travaux démarrent le 17 juin 1988. Le 15 décembre 1990, l'hôtel renaît enfin de ses cendres et a dorénavant une triple « casquette » : Hôtel, Centre de Congrès et Casino. Le 1er août 2013, le groupe PVG de La Clusaz (groupe fondé en 1979 par Gaston Pollet-Villard) en devient le propriétaire.

Calant son pas sur celui de la cliente, le groom accompagne lentement la baronne jusqu'à l'entrée arrière du Palace.

— Le temps va se gâter, vous faites bien de rentrer, précise l'employé. Je vous accompagne jusqu'au restaurant ? Et qui sait... à partir de 20 heures, peut-être une petite partie ? Machine à sous ? Roulette électronique ? Black Jack ou Keno ? ...

La baronne n'a pas l'air décidée.

— Ou alors, cette fois-ci, peut-être préférerez-vous quelque jeu traditionnel ? Roulette anglaise ? Punto Banco ? Texas Holdem Poker ou encore une partie d'Ultimate Poker ?

— Ne me tentez pas, jeune homme. Vous voulez me ruiner !

— Vous ruiner ! Vous ! À chaque fois que vous jouez, vous gagnez, alors vous ruiner...

— Ce n'est pas gentil de me tenter ainsi, mon Guy.

— Mais loin de moi cette idée. Vous êtes devenue la chouchou de nous autres, alors tout ce que nous pouvons faire pour rendre votre séjour le plus agréable possible sera...

— Oooh, comme c'est gentil, mon Guy. Vous me touchez beaucoup, mais je voudrais d'abord regagner ma chambre.

— Pas de souci, madame, je vous accompagne... Vous êtes bien installée au dernier étage ?

— Oui, oui, oui, oui ! Tout est parfait !

— Quel dommage que vous ne soyez pas côté lac !

— Oooh mais non, mon Guy, au contraire, au contraire ! C'est parfait ainsi... Plus que parfait !

Six minutes plus tard

Une fois seule, ayant pris soin de bien fermer sa porte, retrouvant soudain une vitalité inaccoutumée, la vieille dame se dirige vivement vers son lit et se penche pour en sortir une mallette.

Rapidement, elle la pose sur le lit, l'ouvre et en sort une Carabine Sako TRG 42 noire, calibre 338 Lapua Mag ([35]).

Elle pose la carabine Finlandaise de quatre kilo neuf sur le lit.

L'arme en impose, non seulement par ses dimensions, un mètre vingt au total pour six cent-quatre-vingt-dix centimètres uniquement pour le canon, mais aussi par sa munition Magnum dont la portée excède le kilomètre.

Les militaires qui l'utilisent principalement, ne s'y sont pas trompés : la carabine Sako TRG 42 est une arme aux performances exceptionnelles. Elle est aujourd'hui en service au sein des corps européens les plus prestigieux, parmi lesquels le régiment des Commandos Parachutistes de l'Air français, le FSB Russe, les armées Suisse, Espagnole, Danoise ou encore Italienne pour ne citer que les plus connues.

Avec des gestes mille fois répétés, la vieille dame fixe l'arme sur son bipied Sako M08 ainsi que son frein de bouche avant d'introduire le chargeur cinq coups.

Ayant vérifié à nouveau sa carabine de précision, elle sort ensuite de la mallette une lunette de vision nocturne monoculaire Pulsar Challenger NVS, 4,5 x 60 ([36]), ainsi qu'une caméra de vision thermique, une Seek

---

[35] Carabine manuelle a été conçue et construite par le Finlandais SAKO, c'est une arme exceptionnelle tant par sa robustesse que sa fiabilité. Elle permet la neutralisation d'individus à des distances dépassant allègrement le kilomètre, et peut éventuellement infliger des dommages sur les véhicules et autre matériel. Pour résister aux épouvantables pressions développées par la cartouche, sa culasse à verrou possède trois tenons logés dans un boîtier en alliage d'acier forgé à froid, qui assure un verrouillage solide en toutes circonstances. Marque de fabrique des armes finlandaises, l'action est fluide et tout coulisse à merveille pour assurer un réarmement rapide.

[36] Cette jumelle de vision nocturne est légère et extrêmement résistante. Elle offre, en plus, un grand champ de vision. Sa résolution est excellente et donne toujours une qualité d'image fine même de nuit. Très résistante à l'eau et à la poussière. Une torche IR

Thermal XR UT EAA ([37]). Elle aurait préféré une caméra thermique Flir TG165, mais bon... on ne fait pas toujours ce que l'on veut dans la vie... quoique ?

---

est également intégrée. Sans la lampe torche son autonomie est de 72 heures et sinon elle est de 20 heures. Grossissement : 4,5. Diamètre de l'objectif : 50 mm. Champ de vision en degrés : 11. Champ maximum de détection : 250 mètres. Poids : 500 grammes. Dimensions : 234x79x57 mm.

[37] Les appareils à vision thermique sont des technologies qui permettent l'observation des corps qui nous entourent, grâce aux variations de températures. Autrement dit, chaque substance ou matière, qu'elle soit organique, vivante ou inerte, émet des ondes de chaleur plus ou moins fortes qui varient en fonction de leur température. On pense souvent que seuls les êtres vivants produisent de la chaleur, mais une simple pierre exposée toute la journée au soleil va également en emmagasiner et ainsi émettre la radiation suffisante pour être observée avec un dispositif à vision thermique. Dans le film « *Predator* » (réalisé par John Mc Tiernan, en 1987, avec Arnold Schwarzenegger), l'Alien utilise la vision thermique pour repérer ses ennemis comme le démontrent ces photos tirées du film.

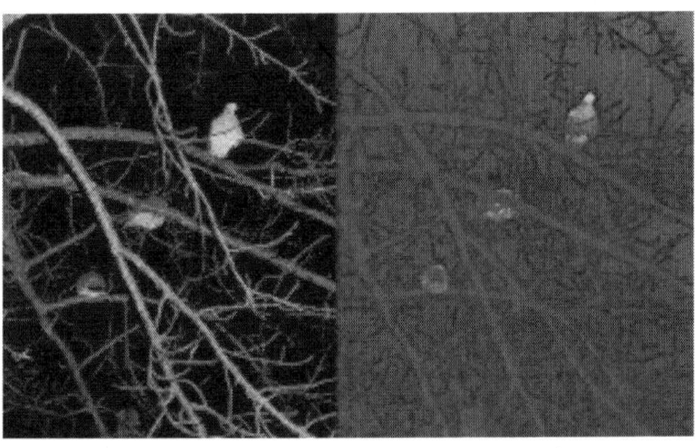

Ce sont en effet les sapeurs-pompiers qui en font le plus large usage. Grâce à ces dispositifs, il leur est possible de rechercher des victimes la nuit comme dans le cas d'un accident de la route. Ils s'en servent également pour détecter des foyers de feu situés dans des endroits difficilement visibles à l'œil nu. L'armée et la police les utilisent aussi souvent lors de leurs missions nocturnes. Ils peuvent aussi

La vieille dame s'approche maintenant de la fenêtre en faisant bien attention à ce que personne ne puisse la voir. Elle pose délicatement l'arme sur le petit guéridon et retourne prendre les six autres chargeurs qu'elle a expressément demandés.

Oh bien sûr, le dispatcheur et le patron ont fait la gueule, mais il faut savoir ce que l'on veut. De toute façon, le chef n'a rien à lui refuser. Pire, *il ne peut* rien lui refuser !

Avec trente cartouches, ça devrait le faire !

Elle n'est là qu'en appui !

Ce n'est qu'une simple question de rapidité, mais pour ça, on peut lui faire confiance.

Grâce à ses observations, elle sait qu'il y a toujours en permanence une bonne trentaine de porte-flingues dans le bâtiment, surtout la nuit. Avec l'effet de surprise, c'est tout à fait jouable.

---

avoir un tout autre usage comme dans le secteur de la construction où ils servent à détecter certaines failles d'isolation d'un bâtiment. Plus incongru encore, certaines salles de cinéma les utilisent aujourd'hui pour tenter de détecter les voyous qui auraient eu l'idée de filmer les films projetés dans la salle. Enfin, on les utilise aussi dans le domaine médical pour déceler des comportements fiévreux ou analyser l'évolution d'une maladie. Les premiers prix sont disponibles à partir de 300€ et les tarifs peuvent aller jusqu'à plus de 30 000€. Les caméras à vision thermique les plus sophistiquées peuvent détecter des températures aussi faibles que 0.01 degrés Celsius, voire même négatives. Le fonctionnement de la Seek Thermal XR UT EAA est des plus pratique, elle se fixe en effet à votre Smartphone et retransmet une image thermique haute définition sur son écran. Disponible pour Android ou Ios. Elle retransmet une image thermique de jour, de nuit et dans des conditions climatiques extrêmes. Sa portée maximale de 600 mètres, c'est assez impressionnant dans la mesure, ou la portée maximale en général est de 250 mètres. Elle détecte les températures entre -40 et +330 degré. Son champ de vision est à 20 degrés.

Elle se redresse, monte son chevalet et en sort une minuscule caméra qu'elle s'empresse de connecter à son PC portable.

Avec contentement, elle lance son programme. Dans quelques instants, le patron va pouvoir vérifier les informations qu'elle envoie régulièrement.

Elles sont essentielles.

Au moment de l'assaut, ces renseignements vont valoir de l'or. Le patron et ses hommes doivent attaquer en toute connaissance de cause, et rien ne doit pouvoir les arrêter.

Dans le cas contraire, elle et sa carabine seront là !

L'opération est millimétrée, mais un imprévu est toujours possible !

Elle consulte sa montre, vérifie une fois encore son matériel, puis écarte doucement le voilage pour regarder une énième fois l'Avenue du Petit Port et, juste plus loin, l'immeuble « Émeraude ».

Elle est un petit peu en contrebas, mais la puissance destructrice de son arme compensera ce handicap.

Elle règle sa lunette et sourit de satisfaction. À cette distance, elle ne manquera aucune de ses cibles.

Oooooh non !

Elle consulte à nouveau sa montre et remballe chevalet, arme et tout son matériel. Elle a une prédilection pour la lunette thermique et remercie Bouddha d'avoir exigé que son immeuble soit tout en verre. Ainsi, il y a peu de chances qu'un de ses tueurs échappe à ses recherches.

Elle referme la mallette avec contentement.

Il est temps d'aller se restaurer.

Il est vrai que les menus concoctés par l'inégalable chef du restaurant italien « Le Riva » sont à mourir.

Elle hésite entre un Carpaccio de veau, sauce au thon avec tomates cerise et éclats de parmigiano et une escalope de veau à la Milanaise, linguine à la sauce

Marinara ou, soyons fou ! ... Un suprême de volaille rôti, pommes Vitelotte, aubergines à la Parmigiana dans son jus corsé à l'Amaretto.

Le tout sans vin.

Eh oui, c'est qu'il s'agit d'avoir les bons réflexes... tout le temps !

Et ce soir, ça va peut-être enfin swinguer ?

L'INÉVITABLE GRAIN DE SABLE ! ...

Annecy,
bureau de Dominique Salinesi,
lundi 3 décembre,
20 h 14

La nuit noire est déjà tombée depuis longtemps, pourtant il y a encore beaucoup de lumières derrière toutes ces fenêtres. On imagine les habitants vaquer paisiblement à leurs occupations quotidiennes. Ici, on passe à table, là on se prépare un repas-TV pour savourer avec grand plaisir son feuilleton favori, ailleurs on couche les enfants. C'est qu'il y a école demain matin, même si l'atmosphère est plutôt à la fête.

Noël est proche. Les guirlandes et les décorations rendent encore plus palpable cette impression, cette fièvre envoûtante.

Loin de toute cette folie ambiante, le Corse examine tous les derniers rapports de ses hommes. Ici, le racket à bien repris, là, les femmes de petite vertu ont de la peine à faire recette. Ailleurs, quelques loubards trop pressés sont allés voir la tronche des poissons du lac de plus près... de vraiment plus près, histoire de ne jamais oublier qui est le patron ici.

Sans même frapper, Tony entre dans le bureau. Salinesi lève son visage renfrogné de bulldog mal léché et rugit déjà avant même que son bras droit ait eu le temps de se justifier.

— On t'a jamais appris à frapper à une porte, connard d'abruti ! Je vais te...

Le papier que Tony lui colle ostensiblement sous le nez le calme d'un coup.

Sourcils froncés, le Corse le regarde puis dévisage son porte-flingue avec curiosité.

— T'es sûr de ça ?

— Je n'ai jamais été aussi sûr de moi, patron.

Salinesi se lève lentement en saisissant le document qu'il relit avec le plus grand intérêt.

— Je ne m'étais donc pas trompé, laisse-t-il soudain tombé avec quelque fierté.

En même temps, il frotte machinalement son genou.

— Je le savais ! Je le savais !

— Garry Webster est vétérinaire. J'ai eu l'idée de consulter la liste de ses clients...

— Et ?

— Eh bien, il s'occupe d'un chenil un peu particulier : celui d'un certain Abe Miller qui dirige une agence de détectives privés implantée aux USA et au Canada. Elle a son siège à Washington : c'est Mondial Protection !

— Dont le grand patron n'est autre que... Francis Magenta ! ... J'avais raison, on est en train de nous cocufier depuis le début. Où est cette planche pourrie de Rudi ?

— Il devrait rentrer bientôt, il m'a dit qu'il serait là vers les 22 heures. Je... Vous voulez que j'aille le chercher ?

— Non ! Surtout pas ! Qu'on me l'amène dès qu'il franchit les portes de l'immeuble. Je veux en avoir le cœur net. Je veux savoir si ce type est vraiment en train de nous baiser ou non !

— Pourtant, il ne lui a jamais parlé pendant ses entraînements ! s'étonne Tony.

Furibond, Salinesi se jette sur lui et l'attrape par le cou.

— Écoute-moi bien, petit con, écoute-moi bien parce que je ne le répéterai pas deux fois ! On se fout maintenant de savoir s'il lui a parlé ou non. De toute évidence, ces deux salauds ont trouvé un moyen pour se parler sans que personne ne s'en aperçoive. Facile de deviner sur quoi portaient leurs conversations ! Tout ce que je vois, c'est que cet « américain bien tranquille, en vacances », travaille pour Magenta.

— Vous êtes sûr ?

— Réfléchis deux secondes triple nœud ! Qui veux-tu que ce soit d'autre qui œuvre en coulisse ? Seulement, cette fois, Magenta n'avance pas à visage découvert, il s'est offert une sous-traitante « aimable » en la personne de cette crevure de Rudi.

— Ils nous ont bien roulés ! s'exclame Tony, atterré.

— Et comment ! C'est très clair ! Ce qui veut dire que ce fils de pute de détective nous l'a fait à l'envers depuis le début et que Rudi Mahoney n'est rien d'autre qu'une taupe que ce salopard a réussi à nous mettre dans les pattes. Alors tu vas te démerder pour me cueillir ce traître au plus vite quand il sera revenu. Il ne doit pas ressortir d'ici vivant. Je tiens à le faire parler personnellement, et j'ai ce qu'il faut pour délier les langues les plus rebelles. Exécution !

En même temps, le Corse écrase nerveusement la touche de son Interphone pour rameuter tous ses hommes.

En se passant à plusieurs reprises une main lourde sur le visage, ayant retrouvé son calme, il aboie ses ordres sur un ton qui ne souffre aucune contestation.

— Il y a des arrêts de mort dans l'air ! rugit-il soudain à l'attention de Tony qui, toujours atterré, approuve machinalement de la tête.

Après avoir alerté le maximum de porte-flingues, satisfait, Salinesi prend une longue inspiration en consultant sa montre.

— Cette ordure va payer ! Le prix fort !

Salinesi est de ceux qui tolèrent le meurtre mais ne supportent pas le mensonge.

— La nuit va être longue ! ... Très longue ! ... Très, très longue !

Saint Germain-sur-Rhône,
domicile de Francis Magenta,
22 h 27

Il y a bien longtemps que Francis ne s'est pas senti aussi bien, aussi relaxé, aussi serein.

Les dernières infos fournies par son atout qu'il vient d'examiner avec le plus grand intérêt, l'ont convaincu que Bouddha ne s'attend nullement à une action d'envergure et de force contre lui.

Tous les mouvements autour de l'immeuble « Émeraude » l'attestent clairement. À aucun moment, il n'a repéré de signes suspects trahissant une mise en place accélérée d'un dispositif de protection quelconque. Il n'y a aucune précipitation, aucune fébrilité. Non, tout se passe bien dans le meilleur des mondes chez les truands.

Son atout a bien travaillé et il lui tarde de le retrouver. À cette idée, il sourit largement avant de se concentrer, loupe en main, sur les images parfaites de la façade qu'il examine attentivement, surtout depuis le neuvième étage. Il n'y a qu'un étage, qu'un ridicule petit étage entre le neuvième et les appartements de Bouddha. Distance nulle mais plus que dangereuse.

Il n'a jamais été aussi proche de sa cible.

Pendant encore de longues minutes, il scrute au détail près cette façade.

Finalement, il se redresse, pose lentement la loupe et, en souriant, se dit que ce sera dur, mais faisable.

— C'est impossible, mais faisable ! s'amuse-t-il à dire.

— Rudi y arrivera, ajoute-t-il avec conviction.

La surprise va être de taille pour Bouddha. Dès que Rudi aura réussi à transmettre les derniers renseignements et, surtout, à désactiver tous les systèmes de protection des entrées du bâtiment, Francis et ses hommes pourront investir les lieux en force. Et pas question de lambiner en route. Les rats doivent être tous pris dans leur tanière. La surprise doit être la plus totale !

Jusqu'à présent, il les a toujours attaqués de front, il a malheureusement vu le résultat : négatif sur toute la ligne. Avec ce genre d'ordures sur pattes, seule la ruse est efficace et il s'y est employé depuis des mois, tissant patiemment sa toile d'araignée, construisant une nasse aussi invisible que terriblement redoutable dans laquelle le privé entend bien capturer tous ces malfaisants, Bouddha en tête.

Et s'il faut utiliser la force, il l'utilisera.

S'il faut être violent, il le sera.

Pas de quartiers !

Pas de pitié !

Ces voyous en ont-ils, eux, de la compassion pour les cohortes de victimes qu'ils laissent derrière leur passage de mort et de haine ?

Non, à situation exceptionnelle, moyens exceptionnels.

Francis se redresse, prend une profonde inspiration et, par association d'idées, pense à son ami Rudel. Il craint sa réaction quand il saura que...

À y bien réfléchir, le Commissaire risque même de piquer une colère noire dont lui seul a le secret, mais son amitié pour le privé sera-t-elle assez forte pour y résister ?

Car il ne fait aucun doute que la réaction du policier sera terriblement musclée quand il découvrira que Francis l'a quand même bien baladé.

— Ouais ! laisse-t-il tomber.

Il se passe lentement la main sur le visage, se faisant l'effet d'un traitre. Il abhorre jouer double jeu, mais là, il n'a pas d'autre solution pour parvenir à son objectif, et ça passe par raconter des bobards à son meilleur ami.

Il soupire longuement et se rassure en se disant que le moment venu, il saura bien trouver les mots qui calmeront l'ire du fonctionnaire.

Mais en est-il si convaincu ?

Il doit bien se l'avouer, il s'efforce de le croire.

Pour éluder cette terrible question, Francis s'octroie un grand verre de Gin qu'il boit d'un coup.

Il le repose durement en faisant claquer sa langue. L'alcool le réveille brutalement. Il se secoue en grimaçant, préférant se concentrer sur la phase finale de son opération.

Il sent la victoire toute proche.

Elle est là !

À portée de main !

Elle est sienne, et personne ne la lui volera.

Machinalement, il consulte sa montre, se perd dans ses pensées et se dit qu'il serait temps d'aller dormir. À force de marcher à coups de cachetons et d'alcool, il va vraiment finir par se détraquer quelque chose.

Que va dire Myriam ?

Il la voit... Non ! Pire ! Il l'entend déjà lui faire la leçon, une leçon que seule des femmes de caractère, aimantes et décidées, déterminées et amoureuses savent donner.

Et quand elles sont en colère ! ...

— Nom de Dieu ! Pourvu que tout se passe bien, sinon...

La sonnerie de son portable crypté résonne soudain, le tirant soudainement de sa rêverie.

Il décroche, étonné et bizarrement inquiet.

— Abe ! Quel plaisir de t'enten... Une petite seconde ! Si tu m'appelles à cette heure-ci... 16 heures 27 à Washington, c'est qu'il y a un os !

— *Et un sacré ! Francis, on s'est fait baiser !*

— Que se passe-t-il ?

— *Une connerie ! Une vulgaire connerie. La couverture de Rudi a sauté.*

— Quoi ! Nom de Dieu ! Mais comment diable... C'est délibéré ? On nous attaque ? Une machination ?

— *Non, c'est juste une bêtise de merde.*

— Certain ?

— Oui ! La connerie est plus vraisemblable que le complot, parce que la connerie est à la portée de tous. Le complot nécessite beaucoup d'intelligence et d'organisation ([38]). C'est un vulgaire loufiat ([39]) de la prison qui, à peine embauché, a voulu faire du zèle en classant les dossiers et... je ne te fais pas de dessin. Du coup, l'ex avocat de Mahoney a été averti... tu imagines la suite !

— Salinesi ?

— Salinesi ne va pas tarder à être au courant. S'il ne l'est pas déjà.

— Bordel de merde ! Il va falloir passer à l'action immédiatement, c'est le seul moyen de sauver Rudi d'une mort certaine.

— Tiens-moi au courant ! Ça me ferait vraiment chier d'aller annoncer à sa femme qu'il est mort. C'est quand même mon cousin.

— Je m'en occupe ! Je te tiens au courant ! De ton côté, dès que tu sais autre chose, tiens-moi au jus !

22 h 51

Haletant, se maîtrisant difficilement, sentant sa respiration s'emballer, Francis coupe nerveusement la conversation et compose immédiatement un numéro abrégé.

On décroche tout de suite.

— Dispatcheur, j'écoute !

— Geronimo !

---

[38] De Michel Rocard, alors Ministre de l'Intérieur.

[39] Terme formé à partir du mot « loffe » (nigaud). De façon générale, ce terme désigne un garçon de café et, par extension, un domestique, un larbin, voire un homme possédant peu de caractère.

ÇA VA ÊTRE CHAUD, TRÈS CHAUD ! ...

Mont des Princes,
lundi 3 décembre,
22 h 56

Un petit vent glacial balaye la grande étendue devant la vieille ferme.

La visibilité est réduite.

La femme est à la fenêtre, laissant errer son regard sur cette nuit noire et lugubre à souhait, perdue dans ses pensées.

Le crépitement du feu dans la grande cheminée rend l'attente plus acceptable. C'est la seule démonstration de tranquillité dans la maison.

— Il me manque ce gosse ! laisse-t-elle soudain tomber.

— Pas de sentimentalisme ! rugit un homme attablé derrière elle.

Son acolyte est en train de nettoyer son Glock 19. Il le fait tous les jours, ça l'occupe et, de toute façon, vaut toujours mieux avoir son arme parfaitement propre, surtout quand elle risque de servir très bientôt.

— Tu as vu le thermomètre ? Ça dégringole dur ! On va sûrement se taper la neige. Il va vraiment falloir qu'on bouge sinon on va se retrouver coincés ici. Que fout le dispatcheur ?

— S'il n'appelle pas, c'est qu'il a ses raisons, répond la femme sans se retourner.

— Ouais ! En attendant, j'espère seulement que le patron sait ce qu'il fait. Cette attente est mauvaise pour nos nerfs et plus on attend, plus j'ai l'impression qu'on nous a oubliés.

La femme se retourne

— Rassure-toi ! Quand le moment sera venu de passer à l'action, sois certain qu'on sera les premiers à être avertis et...

La sonnerie du portable résonne dans la pièce, surprenant les deux personnes.

Soudain, tous les sens en éveil, elles se dévisagent rapidement, puis l'homme ouvre rapidement son mobile.

— Ouais dispatcheur, on t'écoute !

— *Geronimo !*

— Enfin !

— *Porte principale, logements droite et gauche, standard téléphonique, système d'évacuation. Soyez en place dans quarante minutes !*

Sur les flancs du Mont Veyrier,
domaine des Rosswald-Manfredi,
dans la salle de jeux,
23 h 03

— Noooon, Fanny ! Tu as encore raté l'aiguillage ! C'est pas marrant !

Julien est furieux.

Fanny le regarde, implorante, puis l'enfant finit par sourire et se jette dans ses bras.

— Il revient quand papa ?

— Tiens, tu ne l'appelles plus « Robert » ? Il y a du progrès !

— Te moque pas !

La jeune femme frotte énergiquement son abondante chevelure.

— Ne t'inquiète pas. Il sera là demain matin. Tu sais, il a beaucoup de travail et doit régler beaucoup de choses. Encore quelques heures et vous partirez tous les deux pour un long, long voyage.

— Tu viendras avec nous ?

— Je ne sais pas. Ça ne dépend pas de moi.

Dépité, le gosse fait la moue avant de soudainement sourire à nouveau.

— Je prends le train de marchandises !

À l'écart, Hervé lit le journal.

Tout à coup, son portable vibre dans sa poche.

Il redresse vivement la tête et son regard croise immédiatement celui de sa compagne.

Ils se comprennent.

Hervé s'éjecte de son fauteuil et s'éloigne tandis que, prévoyante, Fanny pousse l'enfant plus loin en lui souriant largement.

— Ouais dispatcheur, on t'écoute !

— *Geronimo !*

— Il était temps !

— *Porte arrière, local technique ascenseurs. Soyez en place dans quarante minutes !*

Annecy,
Impérial Palace,
1 Allée de l'Impérial,
23 h 07

Le cadre est feutré mais l'ambiance est à son paroxysme. Les clients vont et viennent entre l'une des sept tables de jeux, s'extasiant sur la réussite d'untel, s'exclamant sur celle d'un autre ailleurs, ou s'écartant vivement pour laisser passer un client malchanceux qui préfère s'en aller en bougonnant que la prochaine fois il leur fera voir de quel bois il se chauffe.

Plus loin, près de l'un des trois distributeurs automatique de billets, un jeune homme ne semble pas comprendre pourquoi la machine ne lui donne rien.

Sous l'œil soupçonneux d'un vigile très discret, il se demande quoi faire.

Un peu à l'écart, un petit attroupement s'est fait autour de la table de Black Jack. Sous les regards chaleureux et compatissants des croupiers et agents de sécurité qui se sont habitués à la voir, la vieille dame stupéfie son entourage. En effet, elle gagne presque à chaque fois contre la banque. Plusieurs fois de suite, elle a fait vingt et un en deux cartes, battant ainsi la banque et empochant une fois et demie sa mise initiale.

Ici et là, des exclamations d'admiration retentissent, surfant sur les très nombreuses personnes qui déambulent sans but précis, un verre à la main, histoire de sentir l'adrénaline monter encore une fois plus fort que précédemment.

Souriante et détendue, la vieille dame vient de faire sauter la banque une nouvelle fois, s'attirant l'admiration des femmes et l'intérêt de quelques hommes qui cherchent une proie facile.

Soudain, alors qu'elle bouge horizontalement sa main de gauche à droite, signifiant par ce geste qu'elle est en mode « stand », qu'elle est servie au niveau carte, son visage se crispe l'espace d'une demie seconde.

Son mobile vient de vibrer.

Rapidement, elle se lève, fait signe au croupier, surpris, qu'elle arrête et s'éloigne en trottinant vers les toilettes, suivie par un homme d'un âge certain.

Alors qu'un autre client prend immédiatement la place vacante, la baronne entre dans les toilettes et sort rapidement son portable.

— Oui dispatcheur, je t'écoute !

— *Geronimo !*

— Pas trop tôt !

— *Dans quarante minutes, sois en place ! Couvre-nous au maximum au moment de l'assaut ! Même signal !*

À peine a-t-elle refermé son mobile en sortant des toilettes, que l'homme, certain de son fait, lui bloque le passage.

— Madame, excusez-moi de vous importuner, mais à votre âge, ravissante comme vous êtes, ce n'est pas très prudent de jouer seule. Vous avez besoin d'un protecteur. Puis-je vous offrir mon bras et une coupe de champagne ?

Rapidement, la vieille dame regarde à droite et à gauche puis, souriante, elle attrape l'inconnu et l'entraîne vers le fond du couloir.

Ravi tout autant que surpris par la réaction de sa proie, il se laisse faire et, tout excité, sent qu'il ne finira pas la soirée seul.

— Approchez-vous ! dit-elle mielleuse, en estimant être assez loin de la foule.

Souriant et confiant, l'homme s'exécute avant, soudain, de sentir son cœur s'emballer à un point qu'il n'aurait jamais soupçonné.

Souffle coupé, mains accrochées à ses parties, jambes serrées et flageolantes, l'homme ouvre la bouche et la referme sans qu'aucun son n'en sorte tant la douleur du coup de genoux qu'il a pris dans ses bijoux de famille est insupportable.

— Ça t'apprendra à draguer les vieilles dames, connard de vicieux ! ajoute la baronne en lui assénant une manchette sur la nuque qui l'envoie au tapis pour un bon moment.

Rapidement, elle traîne avec une facilité déconcertante l'imprudent bellâtre, et le cache dans un débarras, avant, et toujours en trottinant, de disparaître pour rejoindre sa chambre.

Il est 23 heures 18 !

On y est !

GERONIMO ! ...

Immeuble « *Émeraude* »,
Avenue du Petit Port,
siège du Bouddha, patron incontesté de la pègre,
mardi 4 décembre,
01 h 24

— Entre Rudi ! Entre donc ! Justement, je voulais te voir. Assis-toi ! Tu vas bien ?

Sur ses gardes, le flingueur s'exécute mais une petite alarme vient de se déclencher dans sa tête. Il est bien trop habitué aux coups tordus qui sont légions dans son *job* pour ne pas avoir compris que le sourire tout particulièrement engageant et encourageant de Salinesi cache une saloperie.

Facile de savoir laquelle : sa couverture a dû sauter. Pourtant, tout était particulièrement bien monté ! Alors ?

— Oui, ça va ! Que vouliez-vous me dire ?

À plus tard les questions. Pour le moment, il va falloir jouer serrer et se garder de partout, ça risque de lui tomber dessus à tout instant. Rapidement, il se remémore la disposition des lieux, individualisant chaque position des porte-flingues du Corse.

Son objectif prioritaire et unique : l'ascenseur !

S'il réussit à l'atteindre, il pourra gagner directement les appartements de Bouddha. Le chef incontesté est seul, toujours seul. Ce sera plus facile que face à une vingtaine d'hommes en arme.

Par chance, il a suffisamment parcouru les lieux pour savoir presque exactement combien de temps ils mettront pour venir à l'aide de Salinesi. À moins que ce salaud ne les ait pas déjà fait monter. Là, ça risque de poser problème.

Un sérieux problème !

Il prend une profonde inspiration tout en regardant distraitement vers la baie vitrée.

Si le Corse a positionné ses hommes dans les pièces voisines, aussi vite se mettra-il à courir qu'il n'aura jamais le temps nécessaire pour atteindre cette saloperie d'ascenseur.

Sa seule chance ne peut venir que de l'extérieur.

Pour la première fois de sa vie, Rudi se demande si l'efficacité de son ange gardien positionné en face, dans l'Hôtel Impérial Palace, est si redoutable et imparable que ça, comme le lui a assuré Francis.

Il va pouvoir juger sur pièce !

L'ennui c'est que c'est sa vie qui en dépend.

Quelque part,
non loin de l'immeuble « *Émeraude* »,
01 h 27

— Dispatcheur à tous ! Localisation et situation !

— *Équipe 2, Fanny et Hervé. En position devant la porte arrière du bâtiment. Alarmes désactivées. Tout est sous contrôle !*

— *Ici équipe 1. En position devant l'entrée principale. Alarmes neutralisées. Tout est calme. Rudi a bien bossé.*

— *Ici la baronne. En position dans l'Hôtel Impérial Palace. Champ de vision entièrement dégagé, vent quasi nul, cibles en vue... mais faudrait que ça démarre vite, la neige ne va pas tarder à tomber et ce sera plus compliqué pour ajuster mes tirs.*

— D'après la météo, ça devrait jouer et...

— *Une seconde !*

— Quoi baronne ?

— *Ça bouge au huitième. Salinesi a l'air bien énervé. Ouais, c'est ça ! Il est au courant !*

— Ce n'est pas un scoop. Tu vois Rudi ?

— *Négatif pour l'instant, mais s'il vient dans le bureau du Corse, je pourrai intervenir si ça tourne mal pour lui. Compte sur moi.*

— OK ! Alors tenez-vous tous prêts ! La corrida va bientôt commencer.

— Ici équipe 1 !

— Je t'écoute.

— Où est le patron ?

— Pas loin, pas loin ! Rassure-toi, il sera de la fête. Alors réglons nos montres : il est exactement 1 heure 29. À 1 heure 45, on passe à l'action, sauf cas de force majeure ! Calez-vous sur cet horaire et... à la grâce de Dieu ! Foutez-moi en l'air toutes ces sangsues !

Bureau de Dominique Salinesi,
01 h 34

L'esprit en ébullition, calculant ses chances de s'en tirer vivant, Rudi reporte son regard sur la porte donnant accès à l'ascenseur.

Simple et en même temps tellement difficile ! Si loin et à la fois si proche. Il n'a qu'une trentaine de mètres à parcourir, mais aura-t-il assez de temps ? Salinesi et ses tueurs lui en laisseront-ils ?

— Qu'est-ce que tu regardes ?

— Hein ? ... Pardon, rien, rien ! Rien en particulier.

— Tu voudrais bien monter pour aller le voir, n'est-ce-pas ? Finalement, possible que ton souhait se réalise.

— Pourquoi ?

— Parce que j'ai reçu des nouvelles que je n'aime pas.

— On en est tous là. Impôts, pensions alimentaires, taxes...

— Profites-en pour faire de l'humour. Pas sûr que tu puisses le faire encore longtemps.

Salinesi sourit trop largement pour que ce soit une simple plaisanterie. Il fait durer le plaisir et ça, Rudi n'en veut absolument pas. Le timing est lancé, tous les autres doivent être en train de prendre position tout autour de l'immeuble. En aucun cas il ne peut se permettre de perdre du temps, aussi va-t-il pousser son patron à se dévoiler.

— Non, non, mon ami ! reprend le Corse en secouant violemment un index sous le nez du flingueur.

— J'ai à y voir quelque chose ? J'ai fait quelque chose que je n'aurais pas dû ?

— Oui, on peut dire ça comme ça.

Instinctivement, Rudi se cramponne aux accoudoirs de son fauteuil, prêt à se propulser en l'air pour filer vers l'ascenseur. Il a compris que le boss sait tout et qu'il va prendre un malin plaisir à le faire attendre. Il le tient, il le sait !

Salinesi observe une pause qui met les nerfs du flingueur à rude épreuve. Se savoir disséqué comme ça par une espèce de requin qui tourne autour de lui comme pour mieux savourer son futur festin, le met passablement à cran.

Soudain, le Corse s'immobilise et se plante ostensiblement devant Rudi.

Lui ne cesse de regarder furtivement l'horloge murale. Jamais une aiguille n'a mis autant de temps pour avancer.

Rudi a de plus en plus de mal à déglutir.

— Pour qui travailles-tu ? Quel est ton nom ?

— Je bosse pour vous et je m'appelle Rudi Mahoney !

— Tsss, tsss, tsss ! Je veux ton vrai nom !

— Je n'en ai pas d'autre.

Rudi est en train de bander tous ses muscles. Ça ne va pas tarder à devenir critique.

— Ne serait-ce pas plutôt Rudi Brolin ? Ne serais-tu pas cousin avec un certain Abe Miller, patron de Mondial Protection États-Unis ?

Rudi esquisse un sourire de surprise qui ne prend pas.

— On va bien s'occuper de toi ! éructe Salinesi en faisant un signe sec de la main.

01 h 43

À la même seconde, trois hommes surgissent dans la pièce pour se jeter sur le flingueur.

Rapide comme l'éclair, ce dernier est déjà debout et abat l'un des trois agresseurs.

De sa main gauche, il saisit une lourde chaise qu'il balance sur Salinesi en train de l'ajuster.

Déséquilibré, le Corse bascule en arrière pendant que la chaise tombe lourdement sur le bureau, faisant voler tous les documents qui se trouvent dessus.

Rudi se jette au sol, fait un roulé-boulé tout en tirant sur le deuxième tueur qui s'effondre en hurlant de douleur.

01 h 44

Finissant sa roulade, Rudi se redresse pour faire face au troisième homme de main, mais il le voit appuyer sur la queue de détente de son arme avec un sourire carnassier qui le fait frémir.

Trop tard !

01 h 45

À la même seconde, la baie vitrée vole en éclat, laissant s'engouffrer dans un sifflement strident un vent glacial. Le tueur est littéralement propulsé en arrière et va s'écraser violemment contre le mur avant de glisser au sol, mort, une balle entre les deux yeux.

Rudi n'en revient pas. L'atout a réussi un coup de maître extraordinaire.

Ne voulant pas s'attarder, alors que dans les escaliers des bruits de pas lui indiquent que plusieurs hommes arrivent très vite, il se redresse vivement, bondit sur le Corse qu'il assomme rapidement avant de foncer sur l'ascenseur.

Au même moment, une fusillade nourrie venant du rez-de-chaussée lui arrive aux oreilles. Il sourit, légèrement rassuré : les copains arrivent enfin !

01 h 46

Sonné, le nez en sang, Salinesi se redresse et gueule des ordres aux premiers hommes qui surgissent, déroutés par les terrifiantes explosions qui secouent l'immeuble à presque tous les étages.

Des hurlements et de longues rafales de fusils d'assaut retentissent de partout.

— Que se passe-t-il ? crie l'un d'eux.

Très vite, le Corse réagit en se précipitant sur ses écrans de surveillance. Mais ils restent tous obstinément noirs.

— Le réseau a été saboté ! Vous quatre, poursuivez ce traître de Rudi ! Il se dirige vers l'ascenseur de Bouddha ! Vite ! Il ne doit pas l'atteindre ! Tous les autres, redescendez ! On est attaqués !

01 h 48

À l'entrée, l'équipe 1 de Jean-Georges, le Gascon, et Stéphanie, sa compagne, s'engouffre en courant en abattant tous les truands qui essaient de s'interposer avec un sang-froid exemplaire.

Lancés comme des bolides, exhortant leurs hommes à grands renforts d'ordres et de cris, certains de leur victoire, assoiffés d'action après ces longues journées d'attente forcée dans leur repère du Mont des Princes, les deux principaux collaborateurs de Francis Magenta n'entendent pas laisser un seul mètre carré de terrain aux voyous.

Ils ont assez pourri la vie des Annéciens.

Il faut que ça cesse... définitivement !

Bien vite, au milieu du fracas des explosions de grenades, des crépitements des rafales de HK-416 ([40]) et des effondrements de parois et autres murs, les privés deviennent maîtres des deux premiers étages.

01 h 50

Rudi a réussi à se barricader, mais il sait que la porte sera vite abattue. Il aura gagné quelques précieuses secondes, c'est tout.

Haletant, il débouche sur l'ascenseur, surprend les deux gorilles de garde qu'il met à terre et s'engouffre à l'intérieur.

01 h 51

Une nouvelle explosion secoue le bâtiment. Cette fois, elle venait de l'arrière. En effet, Fanny et Hervé se sont rués à l'assaut de l'immeuble par les sous-sols, le parking et les machineries. Rapidement, ils se sont rendus maîtres des lieux en abattant plusieurs truands qui avaient eu le malheur de tenter de s'interposer.

— Fanny !

— Ouais !

— Quelle heure ?

— 1 heure 51 !

— Tu crois qu'il y est ?

— J'en sais rien, Hervé, mais on doit suivre le plan. Tant pis !

— OK, alors dans... cinq, quatre, trois, deux, une seconde... Top !

Vivement, Fanny appuie sur le bouton en plastique au-dessus duquel clignote une lumière rouge. Aussitôt, une explosion sourde retentit dans l'arrière-salle de la machinerie des ascenseurs. Une fumée s'en dégage très vite. Une porte en bois vole en éclats et

---

[40] Le HK416 est un fusil d'assaut de la firme allemande Heckler & Koch. C'est une version améliorée de la carabine américaine M4.

retombe en mille morceaux autour des deux gardes du corps qui se protègent comme ils le peuvent.

Les ascenseurs sont maintenant inutilisables !

DERNIER ACTE ! ...

01 h 53

Terminus au neuvième étage. Rudi en sort rapidement. Au bruit, il a compris que Fanny a fait sauter les panneaux de contrôle des ascenseurs. Il sait, maintenant, qu'il est coupé de Salinesi et de ses sbires. Reste une inconnue de taille : comment va-t-il accéder aux appartements de Bouddha ?

Par sécurité, connaissant les ruses du Corse, il se déchausse et coince les portes coulissantes de la cabine d'ascenseur avec ses chaussures.

Au huitième étage, c'est l'enfer. Coup sur coup, des hommes lancés à la poursuite de Rudi sont abattus par ce mystérieux tireur planqué à l'extérieur de l'immeuble. Ils sont tombés tellement vite que les autres poursuivants sont tout à coup moins enclins à aller se faire trouer la bidoche.

Seul Salinesi ne décolère pas. Il bondit sur le clavier de commande des volets roulants et appuie nerveusement dessus.

Aussitôt, les volets métalliques se ferment, coupant ainsi la vue à la baronne qui enchaîne les tirs au but avec une régularité désespérante.

— Ça empêchera toujours le bâtard qui est en train de nous aligner pendant quelques minutes !

Une fois les volets fermés, Salinesi pousse en avant Tony et lui ordonne d'appeler l'ascenseur. Le flingueur hésite puis, à nouveau rudement poussé par son patron, s'avance vers la cabine et appuie sur le bouton d'appel. Bien évidemment, rien ne fonctionne.

— Ce bâtard a dû coincer la porte ! Pas moyen d'avoir le rappel !

Fou de rage, il se tourne sur Ange.

— Fonce aux sous-sols ! Au PC de secours ! Vite ! Débloque-moi le système d'arrêt automatique. Rudi est fait comme un rat. Il est impossible de trouver la combinaison de l'ascenseur qui dessert le toit !

— Mais c'est que ça tire de partout !

Une explosion retentit non loin.

En effet, la fusillade et les hurlements montent crescendo au fur et à mesure que les équipes de Magenta, entraînées par un Gascon au mieux de sa forme, prennent possession des lieux après d'âpres combats de pièce en pièce.

— Et alors, pauvre con ! Je le sais bien que ça flingue tous azimuts ! Mais je veux que tu ailles me déverrouiller ce putain de système de secours ! Bute-moi quiconque t'empêcherait de passer ! Tony !

— Ouais !

— Tu descends avec lui ! Passez par l'un des deux escaliers secondaires !

02 h 01

Parfaitement conscient que son temps est compté, Rudi n'essaie même pas d'ailleurs de découvrir la combinaison de l'ascenseur donnant sur les appartements de Bouddha.

Rapidement, il ouvre un local technique et en sort tout un attirail d'alpiniste qu'il avait pris soin de dissimuler lors de l'une de ses visites nocturnes quand il cherchait les documents demandés par Francis.

Après avoir mis des chaussures spéciales et glissé sa radio dans ses vêtements, avec des gestes précis, sans rapidité excessive, il s'équipe et s'arrime à un dispositif incendie. Puis, en se protégeant le visage, il sort son Glock et vise posément la baie vitrée qui finit par exploser en mille morceaux.

Aussitôt, un vent particulièrement glacial accompagné de minuscules flocons de neige, envahit le couloir en ululant, faisant tout voler dans tous les sens, frappant son visage avec une force insoupçonnée.

La différence de température est saisissante.

Comme toutes les alarmes sont neutralisées, celle indiquant l'explosion de la baie vitrée reste silencieuse. Ainsi, Salinesi ne peut pas deviner ce qu'il va faire. S'il le découvre, ce sera bien trop tard !

02 h 05

— J'ai un quart d'heure avant que le Corse ne me tombe dessus. C'est court, mais je devrais y arriver.

Après avoir vérifié son harnais, sans remords, Rudi se glisse à l'extérieur du bâtiment, aussitôt happé par une bourrasque de vent d'un froid polaire. Les flocons deviennent plus présents et viennent sensiblement obscurcir son champ de vision.

Malgré tout, grâce à un pistolet spécial, suivant de mémoire le plan que lui a fourni Francis, il réussit à fixer des pitons à la façade et commence lentement sa lente et périlleuse ascension le long de l'immeuble. Sans hésiter, il grimpe souplement, sans précipitation, assurant chacune de ses prises, confiant dans son agilité. Il laisse à la chance le soin de faire le reste en priant le ciel qu'elle l'accompagne jusqu'au bout.

De toute manière, il sait qu'il est attendu sur le toit. Ce sera même un réel plaisir que de le revoir.

Depuis le temps !

Sans se déconcentrer une seule seconde, il sent plus qu'il ne voit les innombrables gyrophares qui illuminent l'avenue et tout le quartier. Du sol, au milieu des explosions, des matériaux qui dégringolent ici et là, du bruit des fusillades, lui parviennent des crissements de pneus, le bruit des portières qui claquent, des ordres, des cris, des exclamations, des hurlements, des interpellations. Pas la peine de chercher qui arrive ! Rudel et Barnier, accompagnés de tout ce qu'ils ont pu trouver, débaroulent pour venir prêter main forte aux équipes de Magenta.

En arrière-plan, les sirènes stridentes des pompiers commencent à se préciser.

Deuxième sous-sol,
salle des machineries,
02 h 16

— Eh, gros tas ! Tu vas où comme ça ?

Surpris, Ange se retourne et fait immédiatement feu sur la silhouette qu'il a entraperçue.

Anticipant la manœuvre, Fanny s'est jetée au sol et roule vers le flingueur qui se demande ce qui se passe.

Fanny est déjà sur lui. D'un foudroyant coup de pied, Ange voit son arme voler avant de sentir un étau infernal étrangler son cou.

Tout s'est passé tellement vite qu'il n'a pas eu le temps de comprendre ce qui lui arrivait.

Fanny serre, serre. Elle serre si fort qu'elle sent soudain le corps de son adversaire se relâcher d'un coup à la seconde même où elle entend un sinistre bruit de noix cassées.

— Petites cervicales ! ironise-t-elle en desserrant d'un coup son étreinte.

Mort, Ange s'effondre à terre comme un vulgaire sac de patates.

— Fanny ! Vite !

Immédiatement en position de combat, la jeune femme se tourne dans la direction de l'appel. Elle voit Hervé venir vers elle, le visage ensanglanté.

— Que s'est-il passé ?

— Il y en a un autre. Je l'ai vu trop tard. Il m'a sonné avant de filer vers une petite pièce, là, derrière.

— OK ! Allons-y ! Il y a quoi dans cette pièce ?

— D'après le peu que j'ai pu voir, il semblerait qu'il y ait un panneau de contrôle des ascenseurs.

— Merde ! Une pièce secrète ! Ça, c'était pas prévu au programme ! Préviens le dispatcheur, vite ! Si l'autre enfoiré réussit à réactiver les ascenseurs, Salinesi va se précipiter au dixième.

— OK !

Tout en courant, les deux agents de Mondial Protection, se ruent à la poursuite de Tony qui est en train d'arriver dans le local technique de secours.

Sans se concerter plus, les deux privés se jettent sur le truand qui enfonce toute une série de boutons rouges.

Attrapé par le cou par Fanny, le truand part en arrière tandis qu'Hervé se précipite sur le tableau de commande.

Mais trop tard !

Un bruit sinistre de machinerie lui fait craindre le pire. En effet, les voyants passent du rouge au vert les uns après les autres.

— Merde ! Ils sont réactivés !

Hervé appuie sur tous les boutons, au petit bonheur la chance, mais rien n'y fait. La mécanique s'est irrémédiablement remise en marche !

— Un coup de main serait apprécié ! balbutie Fanny en mauvaise posture.

Déchaîné, Tony est arcbouté sur la jeune femme qu'il essaie d'étrangler avec la lanière de son pistolet-mitrailleur en beuglant comme un damné.

Fou de rage, ulcéré de n'avoir pas pu stopper les ascenseurs, Hervé se tourne, lève son fusil d'assaut et assène un terrifiant coup sur la tête du truand qui explose littéralement. Il s'effondre sur Fanny sans dire un mot. Son sang se répand de partout.

En même temps, il attrape le cadavre sans vie de Tony et, sans ménagement, le tire en arrière pour libérer sa compagne. Elle se redresse en se frottant douloureusement le cou.

— Ce salaud a bien failli m'avoir.

— Dispatcheur d'équipe 2 !

— *Dispatcheur écoute.*

— Les ascenseurs fonctionnent à nouveau. On est arrivés trop tard ! Salinesi et ses hommes vont probablement tenter de rejoindre le dixième. Avertis la baronne, vite !

— *OK ! Je m'en occupe !*

02 h 19

En courant vers l'entrée de l'immeuble, alors que l'avant-toit arraché par un tir direct, pend dangereusement et menace de dégringoler définitivement au sol, le dispatcheur active à nouveau sa radio.

— Baronne de dispatcheur !

— *J'écoute !*

— Tu devrais voir trois gars monter vers le neuvième par…

— *L'ascenseur ! Oui, je sais, je les ai repérés avec ma caméra thermique. Je suppose que je dois les éliminer ?*

— Supposition exacte !

— *Ça tombe bien, je n'ai plus que trois balles.*

— Alors sors-toi les doigts du cul, pour une fois.

— *T'ai-je déjà déçu ?*

— Ne m'oblige pas à répondre ! Active !

Énervé, le dispatcheur s'engouffre dans l'entrée de l'immeuble en ruine. Un commando arrive vers lui en petites foulées.

— Zone sécurisée ! Tout est sous contrôle.

— De la résistance ?

— On a encore un îlot d'irréductibles au septième. On ne devrait pas tarder à les réduire au silence.

— Parfait ! Des pertes ?

— Nous avons sept blessés, dont deux dans un état grave et un en état d'urgence absolue.

— Merde ! D'un autre côté, on ne fait pas d'omelette sans casser des œufs. On pouvait s'attendre à pire. Beau boulot !

Sur les toits,
02 h 28

À bout de force, Rudi essaie de se rétablir sur le toit du dixième étage. Dans un dernier effort surhumain, alors que le vent le gifle avec violence, il réussit l'exploit de se glisser sur la corniche. Encore un petit effort et il se retrouve couché sur le ventre.

Pas le temps de reprendre son souffle, il se redresse vivement, ignorant les douloureuses crampes de ses muscles sollicités à l'extrême. Il empoigne son Glock et, par petits sauts, se déplace en zigzag pour se rapprocher de la maison de Bouddha.

À quelques mètres, il s'agenouille à l'abri derrière un énorme ventilateur. Il consulte sa montre, puis prend sa radio.

— Dispatcheur de Rudi !

— *Dispatcheur écoute !*

— Je suis sur le toit. RAS ! Mais où est Francis ? Il devrait être là !

Souriant et détendu, le dispatcheur qui est en train de faire le point avec ses hommes, regarde sa montre et, en souriant :

— *Il est au-dessus de toi !*

Interloqué, Rudi regarde machinalement en l'air. Soudain, surgissant du noir le plus absolu, au milieu de brèves mais inquiétantes bourrasques de neige, il lui semble apercevoir une chauve-souris géante.

Surpris, il regarde évoluer le delta plane. Son pilote le mène avec professionnalisme. Doucement, il glisse sur le côté et amorce une boucle pour pouvoir atterrir au meilleur endroit.

Rudi s'est redressé et, indifférent au vent et à la neige qui martyrisent son corps endolori, il regarde venir vers lui l'aile volante. Il a l'impression d'être dans un vrai film d'action hollywoodien.

Avec grâce, le delta plane aborde le toit et se pose impeccablement. Francis court en même temps et réussit à s'arrêter juste avant l'autre bord du toit.

Moins une !

02 h 31

Grâce à son système de détection thermique, la baronne suit parfaitement l'évolution de l'ascenseur qui aborde maintenant le neuvième étage.

Lentement, avec des gestes mesurés, elle arme sa carabine et vise posément la première silhouette qui sort de la cabine.

Elle fait feu !

La silhouette colorée semble s'immobiliser puis s'effondre sur elle-même.

Avec une rapidité déconcertante, la vieille dame a déjà introduit sa deuxième balle dans la culasse de son arme et fait feu presque à la même seconde.

La seconde silhouette tombe au sol pour ne pas se relever.

Immédiatement, elle introduit sa troisième et dernière balle et fait feu. Mais cette fois-ci, la silhouette n'est pas touchée.

— Merde ! murmure-t-elle.

Aussitôt, elle active sa radio.

— Dispatcheur de baronne !

— *J'écoute !*

— J'en ai loupé un ! Préviens Rudi et Francis que Salinesi est en train de monter. Ce ne peut être que lui.

— *OK ! Décroche maintenant !*

— De toute façon je n'ai plus de munitions. On se retrouve à la maison.

OPÉRATION : « BOUDDHA » ! ...

Sur les toits,
02 h 33

— Tu m'as fichu une de ces pétoches ! Mais d'où arrives-tu ?

— De la Tournette !

Rapidement, aidé de Rudi, Francis se déharnache et range son aile delta derrière une petite montagne de climatiseurs.

— Comment ça se présente ?

— Tout est calme. Bien trop calme à mon goût.

— Bouddha ?

— Il est là ! Juste là, dans son salon d'été. On le voit de dos. Il ne bouge pas. Pourtant, avec le bazar qu'il y a, il n'est pas possible qu'il n'entende rien.

Francis arme sèchement son Glock et se redresse.

— Le meilleur moyen de le savoir, c'est d'aller lui demander. Allons-y ! On n'a pas toute la nuit et je veux ce gros tas !

À demi courbés, tous les sens en éveil, malgré le froid persistant et les bourrasques de neige, les deux hommes s'avancent prudemment vers la maison de Bouddha. En s'approchant, ils le distinguent de mieux en mieux. Effectivement, l'homme est assis à son bureau et ne bouge pas.

Francis s'immobilise. Par signe, il demande à Rudi de le rejoindre.

— Quel est ton plan ?

— On entre. Je m'occupe de Bouddha, toi tu files sur l'ascenseur et tu le bloques. Dispatcheur vient de m'informer que Salinesi est en train de monter.

Rudi sourit.

— Tu me le laisses. Celui-là, j'en fais mon affaire. Il n'emmerdera bientôt plus personne.

02 h 36

Sans difficulté cette fois, les deux hommes pénètrent dans l'appartement de Bouddha dont la porte n'est pas fermée. Ils le voient de dos.

Les deux hommes se dévisagent. Quelque chose ne colle pas. Tous les deux ont la même sensation.

Interrogatif, Rudi demande ce qu'il faut faire.

D'un geste sec, Francis se rue sur Bouddha tandis que Rudi se précipite à l'autre bout de la pièce pour bloquer l'ascenseur dont il entend déjà la machinerie. Effectivement, quelqu'un est en train de monter.

Fermement, Francis colle son arme dans le dos de Bouddha en disant :

— Pas un geste ! C'est fini ! Nous allons...

Stupéfait, Francis voit l'homme basculer sur le côté.

— Qu'est-ce que ? ...

Bouddha est à terre, en position assisse. Sa rigidité est terrifiante.

Francis s'agenouille et constate que rien de ce qui avait fait la puissance de Bouddha n'existe plus. Seule son apparence terrestre subsiste.

— Merde ! Il est mort... mort et embaumé !

Dérouté, Rudi commet la faute à ne pas faire. Il regarde du côté de Francis, ne comprenant pas ce qu'il se passe.

Au même moment, les portes coulissantes de l'ascenseur s'ouvrent. Salinesi surgit comme un diable de sa boîte, arme au poing.

— Tu étais condamné Rudi, mais maintenant plus que jamais tu dois mourir !

Le Corse ouvre le feu sur le flingueur qui s'est retourné quelques centièmes de secondes trop tard.

Touché, il s'effondre.

Avec un sourire carnassier, Salinesi s'approche pour l'achever, mais un coup de feu le stoppe net.

Dominique Salinesi laisse tomber son arme, porte la main à sa poitrine tout en essayant de voir d'où vient le tir.

En s'effondrant à genou, l'air étonné, il entraperçoit le privé.

— Ma... Magenta ? Mais d'où... d'où diable sortez-vous ?

Francis se précipite sur les deux hommes à terre. Rapidement, il examine Rudi et avec bonheur, constate que sa blessure n'est pas trop grave. Il se tourne sur le Corse qui agonise. Déjà la mort tisse son masque aussi froid que blanc sur son visage constellé de sueur. À l'œil nu, Francis peut voir les traits du mafieux se contracter.

— Je crois que... que je suis fini... aussi fini que Bouddha.

— Depuis quand est-il mort ?

— Deux... deux ans... Crise cardiaque... catastrophique... C'était un chef... Sans lui le gang allait se désagréger... On allait se disputer sa succession... Pas bon... pas bon du tout...

— Et vous l'avez fait embaumer ?

— Oui... j'ai dit à tout le monde qu'il ne voulait plus voir personne à cause de sa maladie de peau... je le montrais de temps en temps aux hommes de loin...

— C'est vous qui dirigiez le gang ?

— Oui ! Mais tous croyaient que c'était Bouddha qui donnait les ordres.

— J'appelle une ambulance.

— Pas... pas la... pas la... peine... j'ai mon compte et...

La dernière phrase du Corse meurt sur ses lèvres tandis que son corps se détend et que sa tête glisse sur le côté.

Francis se redresse lentement puis se précipite à nouveau sur Rudi qui reprend connaissance en grimaçant.

Au même moment, les portes coulissantes de l'ascenseur s'ouvrent à nouveau. Plusieurs hommes en sortent et, armes à la main, se précipitent dans l'appartement qu'ils investissent rapidement

— Un infirmier ! Par ici ! crie Francis en joignant le geste à la parole.

— Je suis le dispatcheur ! claironne-t-il en surgissant à son tour, tout fier.

— C'est pas trop tôt ! tonne Francis en allant à sa rencontre.

Juste derrière, il aperçoit avec satisfaction les membres de l'équipe 1 arriver.

— Gascon ! Ma belle Angevine ! Nom de Dieu ! Ça fait vraiment plaisir de vous revoir.

— Et nous donc !

Ils lui sourient.

— J'ai fait aussi vite que j'ai pu, tente de se justifier le dispatcheur en regardant tout autour de lui. Mince alors, l'est mort, le Bouddha ?

— Aussi mort qu'il est possible de l'être.

En fanfaronnant, le dispatcheur s'approche du corps embaumé qu'il examine longuement.

— Ouais, ben sur ce coup, on a été vachement bon... surtout moi !

— Toujours aussi modeste à ce que je vois.

— C'est ce qui fait tout mon charme.

— Opinion fort discutable. Allez, tire-toi avant que Rudel n'arrive.

— *Yes Sir !*

Impérial Palace,
1 Allée de l'Impérial,
02 h 43

— Vous nous quittez déjà ? s'exclame Guy en voyant la vieille dame trottiner allégrement avec tout son barda.

— Avec le ramdam qu'il y a dans la rue, impossible de dormir. Ah c'est autrement plus excitant qu'une partie au golf miniature. Appelez-moi un taxi ! Je rentre chez moi !

Le groom est déconcerté, mais d'un autre côté il est bien obligé de s'exécuter.

Au milieu de la cohue généralisée qui règne dans tout l'établissement, les clients n'ont d'yeux que pour ce qui se passe en face et les commentaires vont bon train.

— Laissez-moi vous aider ! propose le groom en prenant d'office la mallette de sa cliente.

— Ah oui, je veux bien. Ce n'est pas de refus.

— Dites donc, ça pèse un âne mort ! Qu'est-ce que vous avez donc là-dedans ? Un fusil d'assaut ?

Le groom se laisse aller à rigoler.

— Exactement ! ironise la vieille dame.

— Aaaah madame la baronne, vous êtes impayable ! Nous allons vous regretter.

Très vite, Guy hèle un des innombrables taxis qui stationnent non loin du palace.

La voiture démarre et vient se ranger au bas de l'escalier.

— Madame la baronne nous quitte. Au fait, ajoute-t-il en se retournant. Où doit-il vous déposer ?

— À Saint Germain-sur-Rhône ! répond sèchement la vieille dame en se glissant dans la voiture.

— Eh, mais c'est à au moins trente...

— Bornes d'ici, oui, je sais ! En route, jeune homme !

EXPLICATIONS DE GRAVURE ! ...

Appartement de Bouddha,
02 h 51

— Attention ! Le voilà ! susurre le Gascon à l'oreille de Francis avant de reculer de quelques pas.

Immédiatement, il se campe sur ses jambes bien écartées, l'air martial, l'arme contre la poitrine, canon pointé vers le bas et l'index posé bien à plat sur le pontet.

Le privé acquiesce de la tête, se demandant comment, cette fois-ci, ça va se passer.

À l'image d'un taureau rendu fou furieux par l'odeur du sang, le Commissaire Rudel déboule avec sa tête des très mauvais jours.

Derrière lui, Barnier et d'autres policiers.

En avisant Francis, il s'immobilise quelques secondes puis reprend sa marche d'un pas décidé.

À l'évidence, les choses ne vont pas se passer au mieux.

Arrivé à même pas deux mètres du privé, Rudel s'immobilise.

Mains sur les hanches, il observe longuement Francis qui tente de sourire comme si de rien n'était.

— C'est quoi tout ce bordel ? hurle le policier en s'aidant du geste. Non, mais tu as vu le bordel que tu as semé dans tout le quartier ? Je n'y crois pas, on est en plein Annecy, et toi tu mènes une opération commando avec tes hommes. Tu prends d'assaut un immeuble avec des fusils-mitrailleurs ! Des grenades ! Des roquettes ! La moitié de l'immeuble est détruit. Il y a des tonnes de gravats dans la rue. On va devoir le raser ! Sur plus de deux cents mètres à la ronde, il y a des milliers et des milliers de morceaux de verre. Non, mais tu réalises ce que tu as fait ? Tu es malade, Francis, tu es un grand malade ! Faut te faire soigner. As-tu seulement pensé aux risques fous que tu as fait courir à tous les habitants du quartier ? En as-tu seulement conscience ? ...

— Il y a eu des blessés ? Que je sache, aucun, alors où est le problème ? De toute manière, ils ne risquaient absolument rien du tout, mes hommes sont surentraînés et leurs consignes étaient très strictes.

— Mais bordel, c'est une véritable opération de guerre !

— Parce que nous sommes en guerre ! dit ouvertement Francis.

Rudel ouvre grands les yeux.

— Que veux-tu dire ?

— Une seconde ! Tu permets, j'ai des blessés.

Surpris, Rudel emboîte néanmoins le pas de Francis qui se dirige résolument vers une civière sur laquelle est allongé, inconscient, Rudi. Deux infirmiers s'occupent de lui. L'un d'eux tient une perfusion à bout de bras.

— C'est qui ?

— Rudi... Enfin, c'est Rudi Brolin, le cousin d'Abe Miller, mon responsable pour la zone États-Unis/Canada.

Rudel se penche et observe le blessé.

— C'est incroyable ! La ressemblance est plus que frappante.

— Je t'avais prévenu. Je t'ai bien dit que c'était lui sans être lui.

— Toujours ta manie des devinettes. Et où est...

— Le vrai Rudi Mahoney est mort en prison depuis de nombreux mois. Dès qu'Abe a été prévenu, on a tout de suite étouffé la nouvelle, escamoté le corps et modifié deux ou trois lignes de son CV. La suite, tu la connais. Une pareille chance ne se présente pas deux fois. Il fallait. Non ! Je devais la saisir pour l'exploiter au maximum. C'est à ce moment que j'ai décidé de mettre mon plan à exécution.

— Tu aurais pu me mettre dans la confidence.

— Au risque de faire capoter notre opération ? Négatif ! La moindre petite fuite, même involontaire, aurait eu des conséquences catastrophiques. D'ailleurs ça bien failli arriver à cause d'un minable rond-de-cuir besogneux. De toute...

— Excusez-moi, messieurs ! La blessure de cet homme n'est pas grave, mais elle va le devenir rapidement si on continue à palabrer. Nous devons le transporter au plus vite aux urgences.

— Excusez-moi ! Vous avez raison. Fanny, Hervé ! Vous vous en chargez. Allez à l'hôpital avec tous les blessés et veillez sur eux. On se retrouve où vous savez.

Les deux agents de Mondial Protection passent leur arme à la bretelle et saisissent la civière.

Bien vite, avec mille précautions, Rudi Brolin est emmené au rez-de-chaussée avant d'être transféré avec tous les autres aux urgences d'Annecy.

Rudel contemple l'appartement.

— Et ces deux macchabées, c'est qui ?

— Le tas de viande qui pisse le sang, là, c'est Salinesi. Le Corse ne t'emmerdera plus. Il a fini de pourrir la vie des collégiens en leur vendant du rêve frelaté à la sortie de leurs lycées. Quant à la poupée de papier mâché, c'est ce qui reste de Bouddha. On est arrivé deux ans trop tard. Maintenant, tu m'excuses, je suis crevé, je rentre chez moi.

Rudel le bloque du bras.

— Une petite seconde. N'espère pas t'en tirer à si bon compte. On n'a pas fini de discuter toi et moi. Pourquoi parles-tu, à l'instant, de guerre ?

Francis n'entend pas se laisser marcher sur les pieds. S'il faut crever l'abcès, eh bien allons-y !

Il prend une profonde inspiration et se jette à l'eau.

— En 1977, Alain Peyrefitte, alors Ministre de la Justice, a rédigé un rapport alarmant, alertant les plus hautes autorités du pays sur le laxisme sécuritaire. Pour la première fois, il évoquait le danger de voir des zones de non-droit se créer en France ([41]). On n'a rien fait pendant plus de quarante ans. Résultat aujourd'hui, en 2018 ? Les policiers n'osent plus patrouiller ou intervenir dans un très grand nombre de quartiers. Ils ont la trouille de se prendre un frigo ou une machine à laver sur la gueule, au minimum. Et je les comprends ! Voilà où nous en sommes ! Gérard Collomb, ton dernier Ministre de l'Intérieur, a dit, il n'y a pas si longtemps, lors de sa passation de pouvoir, qu'il y avait urgence de lancer la reconquête Républicaine des quartiers. Tu saisis la nuance, Commissaire ? ... Tu la saisis vraiment ? En 1977, on parlait du « risque de création de zone de non-droit ». En 2018, on parle de « reconquête Républicaine ». Si ça, ça ne veut pas dire que nous sommes en guerre, je te plains sincèrement si tu ne le comprends pas.

— Ne m'insulte pas !

— Il n'y a nulle insulte dans mon propos. Je voudrais seulement que tu réalises, enfin, dans quelle merde tout notre beau pays se retrouve fourré à cause du laxisme politique, volontaire ou non, de ces quarante

---

[41] Alain Peyrefitte est né le 26 août 1925 à Najac (Aveyron). Homme d'État, diplomate et écrivain. Il était membre de l'Académie Française. Après normal sup et l'ENA, il choisit la carrière diplomatique. On le retrouve en Allemagne de l'Ouest puis en Union Soviétique. Élu plusieurs fois député, il est également souvent Ministre dont un excellent Ministre de la Justice de 1977 à 1981. Comme écrivain, il a publié, en 1976, « *Le Mal Français* » qui est une réflexion sur la confiance. Il connut un immense succès de librairie tout comme son monumental livre : « *Quand la Chine s'éveillera... le monde tremblera* » (phrase attribuée à Napoléon 1er). Paru dans les années 1970, alors que la Chine est en pleine révolution culturelle, cet essai connut un énorme succès. Quand on découvre ce qui se passe actuellement en Chine, on ne peut qu'être frappé par la remarquable qualité d'anticipation de cet éminent personnage. Il est mort à Paris le 27 novembre 1999.

dernières années. Collomb a dit : « *La situation est très dégradée. Oui, aujourd'hui, c'est plutôt la loi du plus fort qui s'impose - des narcotrafiquants, des islamistes radicaux - qui a pris la place de la République. Il faut assurer la sécurité dans ces quartiers, mais je pense qu'il faut fondamentalement les changer. Quand un quartier se paupérise, se ghettoïse, il ne peut y avoir que des difficultés. Il faut une vision d'ensemble pour recréer de la mixité sociale* ».

— Ça ne justifie nullement cette attaque commando, ici, en plein Annecy !

Francis affiche un pauvre sourire.

— Ooooh que si ! En France, on dénombre quatre-vingt-dix bandes ([42]) dont quarante à Paris et sa banlieue ([43]). Sans chef ni structure, aux frontières mouvantes, bien loin des gangs des années 1960, ces bandes sont livrées à elles-mêmes, à la loi du plus fort. Le phénomène est exponentiel, huit mineurs sont morts depuis 2016, des centaines d'autres ont été blessés ([44]). La violence est gratuite. Depuis le 1er janvier 2018, on dénombre cent cinquante-neuf rixes qui ont fait dix morts. Une rixe tous les trois jours ([45]). Mille soixante-trois agressions sur des médecins ou personnel soignant ([46]). Il y a quatre cent quarante-deux incidents graves en milieu scolaire par jour ([47]) et quarante pour cent de plus d'agressions verbales. Cette violence gratuite n'est le fruit que de quarante pour cent de voyous âgés entre onze et treize ans ([48]). Ils ne sont pas des délinquants mais ils sont entraînés par le phénomène de bande.

---

[42] Dans les années 2011/2012, on dénombrait en France 600 bandes. Ce n'est pas qu'une grande majorité a été éradiquée, malheureusement, c'est simplement que la méthode de calcul est aujourd'hui différente uniquement pour calmer les craintes et les humeurs des dirigeants.

[43] Authentique.

[44] Authentique.

[45] Malheureusement authentique.

[46] Rigoureusement authentique.

[47] Authentique.

[48] Authentique.

Oooh je sais, ce n'est plus comme avant. La difficulté des services de police vient du fait qu'il est extrêmement difficile d'anticiper les actions de ces gamins. Ils n'ont pas de fichier, pas de casier. Ils se donnent rendez-vous par mail ou via les réseaux sociaux : twitter, Facebook, etc. pour aller en découdre avec les autres bandes sous des prétextes d'une futilité déconcertante : un regard de travers, un mot plus haut que l'autre, ou simplement pour le plaisir de cogner ([49]).

— Tu ne m'apprends rien !

— Je sais. Seulement ce que, moi, je ne comprends pas, c'est pourquoi les polices des pays de l'Est, confrontées aux mêmes problèmes, ont réagi, elles, en surveillant les sites sociaux pour localiser ces rendez-vous funestes ([50]) pour y mettre un terme. En France, on l'a fait pour les sportifs violents, pourquoi ne pas le faire pour les bandes ?

Rudel ne répond pas.

— Moi, je vais te dire pourquoi : ton putain de Ministère n'a jamais su se réformer pour s'adapter. Et ne me dis pas le contraire, je sais que tu es du même avis que moi. La différence entre nous deux, c'est que toi, tu es pris entre tes convictions et ta hiérarchie. Je ne t'en veux pas, tu ne peux pas faire autrement. Quelque part, tu as perdu ton libre-arbitre. Par contre, moi, je jouis totalement du mien, et crois-moi, nom de Dieu ! Crois-moi vraiment quand je te dis que je compte bien l'utiliser au maximum pour alerter mes concitoyens. Il y a urgence à prendre des mesures radicales pour éradiquer le mal qui est aux portes de nos maisons. Il y a tellement de merde à nettoyer qu'il m'a semblé normal de commencer par ici. Maintenant, à toi de prendre la relève.

— Tu ne noircis pas un peu le tableau ?

— Que dalle ! Entre une organisation territoriale floue, une stratégie de sécurité inexistante : on a créé

[49] Parfaitement authentique.
[50] Authentique.

des tas de nouveaux départements, BSQ, BST, PSQ ([51]), etc. qui n'ont fait que complexifier le problème en accumulant des couches et des couches dans un millefeuille administratif déjà totalement sclérosé, au lieu de chercher à travailler autrement. Ce n'est pas en pondant de nouvelles lois, totalement inapplicables au demeurant, pour interdire le *deal* dans les cages d'escaliers que nous vaincrons. Il faut un travail beaucoup plus en profondeur, seulement voilà, ça entraîne inévitablement de la casse, et comme on a peur du politiquement incorrect... Pour de pures raisons électorales, on a peur de tous ces bobos prêts à s'offusquer dès qu'un loubard s'est pris une porte dans la gueule, alors on fait profil bas et on laisse faire en espérant qu'un autre que soi aura, lui, les couilles nécessaires pour faire ce qu'il faut faire, quitte à y laisser sa carrière. Ces Ministres sont, normalement, au service de la France et des français, non ? Eh bien au contraire, certains protègent ces gangs, car il leur rapporte du fric. On en revient toujours à ce putain de fric ! Cette économie souterraine est encouragée par leur laxisme qui confine à de la complicité par omission. Ajoute à ça un manque quasi-total de sanctions pénales efficaces ([52]), des raisons toujours politiques, parfois procédurales et souvent juridictionnelles, un flou omniprésent dans la direction générale ([53]), les voyous

[51] BSQ : Brigade de Soutien de Quartier. BST : Brigade Spécialisée de Terrain. PSQ : Police de Sécurité au Quotidien.

[52] Le cas le plus significatif est celui d'un jeune délinquant qui a été 18 fois arrêté sans jamais subir des sanctions significatives. Comment ne pas décourager le meilleur des policiers ?

[53] En 10 ans, le Ministère de l'Intérieur a vu défiler 9 ministres : Michèle Alliot-Marie, Brice Hortefeux, Claude Guéant, Manuel Valls, Bernard Cazeneuve, Bruno le Roux, Matthias Fekl, Gérard Collomb et Christophe Castaner. Un tel « turn-over » est significatif du mal qui gangrène depuis des décennies les forces de police. Sans continuité dans les décisions, sans une vue à long terme, les forces de l'ordre ont bien du mal à s'y retrouver.

en herbe ont le vent en poupe ([54]), et c'est sur ce terreau délétère, mortel, que des gangs comme celui du Bouddha ont su se développer. Alors, oui, nous sommes en guerre. À situation exceptionnelle, moyens exceptionnels ! Il faut faire passer un message fort, laisser tomber la fable de la première, la deuxième, la troisième, voire la quatrième chance si chère à certains magistrats idéalistes qui croient encore que tout le monde il est bon, tout le monde il est gentil.

— Tu l'as pourtant fait pour Forrestal, ton ami ([55]).

— Pour quel résultat ? Il a replongé et il en est mort. Donc, ce n'est pas la solution, surtout aujourd'hui, car on a été beaucoup trop laxiste. Macron est un Président jeune qui n'a pas la culture régalienne sur les questions de sécurité. Il n'a pas le logiciel de compréhension nécessaire. Mais il doit bien comprendre que, maintenant, l'époque de l'angélisme est révolue. L'exaspération est presque à son comble, que ce soit de la part de citoyens que des enseignants, qui se taisent depuis trop longtemps. Il faut frapper fort, faire passer un message clair et puissant. Castaner n'a pas pris la mesure du danger mortel que ce laxisme entraîne. Qu'est-ce que le gouvernement a fait ? Il a pompeusement annoncé qu'il créait, encore une autre invention - un « Comité Stratégique ». Encore un nouveau bidule qui ne servira à rien.

— Laisse-lui le temps d'arriver.

— Mon cul ! Pourquoi créer encore un nouvel organisme ? À mon avis, en cherchant bien, il doit déjà y avoir un bon paquet de rapports alarmants qui traînent dans tous les Ministères. Alors arrêtons de prendre des gants avec la saloperie. Mettons-nous autour d'une table, policiers, élus, acteurs sociaux, professeurs, pions, psychologues scolaires, etc. et prenons enfin des

---

[54] Il y a 2 ans, la police a porté plainte contre un rappeur qui s'est filmé derrière une unité de police en pleine intervention en les insultant. Source : Jean-Marc Bailleul, secrétaire général du syndicat majoritaire des cadres de la sécurité intérieure.

[55] Voir : « *La route de Tcherkassy* ».

décisions courageuses et salutaires. Pourquoi tous les cadres de la police qui sont au quotidien sur le terrain ne sont-ils pas écoutés ? Depuis des années, ils ont des propositions raisonnées et claires à faire, mais en « haut », on les regarde avec condescendance. Mais merde, laissons-leur la parole ! Ils savent certainement mieux que tous ces branleurs de politiciens de quoi ils parlent. Soixante-quinze pour cent des français font confiance en leur police. Qu'est-ce qu'on attend pour leur donner les moyens nécessaires pour rétablir l'ordre ? Les questions sécuritaires montent en flèche dans la population et le gouvernement est très mal noté sur ce sujet. Je veux bien lui accorder le crédit que le tryptique « délinquance, immigration et expansion islamiste », soit un élément particulièrement compliqué à gérer, mais il est grand temps qu'il se réveille. La voyoucratie doit comprendre qu'il y a une ligne à ne pas franchir et que, dorénavant, ça ne sera plus comme avant. C'est ce que j'ai fait ce soir.

— Il me semble que...

Excédé, fatigué, vidé, Francis lève le bras au ciel et se dirige vers l'ascenseur. Il n'est plus d'humeur.

— Aaaah, et puis j'en ai marre ! J'ai fait mon *job.* À toi de faire le tien, maintenant. Je suis extenué et j'ai besoin de dormir. Je rentre chez moi. Tu sais où me trouver.

Ulcéré et choqué, Barnier tente de s'interposer, mais Rudel le stoppe en lui collant aussi violemment que puissamment son bras contre la poitrine.

— Vous le laissez partir ?!

— Il n'a malheureusement pas totalement tort.

En même temps, en silence, martial, le Gascon donne l'ordre aux commandos de lever le dispositif.

— Eh vous !

Le Gascon s'immobilise.

— Je vous connais, non ? On s'est déjà vu ?

— Bien sûr.

Rudel réfléchit quelques seconds, rassemblant ses souvenirs.

— Ça y est ! Vous êtes Jean-Georges Damestoy, l'un des collaborateurs préférés de Francis. Je croyais que vous aviez claqué la porte de Mondial Protection ?

Le Gascon ricane et s'avance vers le policier.

— De vous à moi, faudrait vraiment être le dernier des cons pour laisser tomber une boîte pareille !

— Donc, tout ça, c'était prémédité.

— Exact ! Pour que Francis puisse travailler en toute sérénité, il était impératif qu'il soit, aux yeux de Bouddha, lâché par toutes ses troupes. On a appliqué son plan à la lettre.

Le Gascon ne laisse pas le temps au policier de répondre. Il hèle brutalement ses hommes et disparaît vers l'ascenseur.

Barnier, stupéfait par l'arrogance de ces privés, s'approche de son chef.

— Qu'est-ce qu'on fait ?

Rudel s'anime d'un coup.

— D'après vous ? Fouillez-moi ce tas de ruines de fond en comble ! Cassez les murs s'il le faut, mais je veux tous les documents que vous pourrez retrouver ici et là, jusqu'au dernier trombone. On a des prisonniers ?

— Affirmatif ! On en a quatre. Les truands ont laissé presque trente types sur le carreau.

— C'est parfait ! Mettez-moi ces salopards au frais. Qu'ils soient soumis à des interrogatoires serrés. Il ne faudrait pas que ce qu'a fait Francis soit perdu à cause de stupides questions de procédure ! Au boulot ! Et bougez-vous le cul !

UN REPOS BIEN MÉRITÉ ! ...

Saint Germain-sur-Rhône,
domicile de Francis Magenta,
04 h 13

Il est près de quatre et demie du matin, par un temps exécrable, quand Francis aborde les derniers mètres du chemin qui le mène directement à son jardin.

Il est vidé !

La tension a été tellement forte, tellement longue que, tout à coup, il ressent un immense sentiment d'inutilité. Il n'a pas encore réalisé qu'il vient de déclarer, en fanfare, la guerre au grand banditisme. Il se demande, soudain, s'il va y avoir des retours de manivelle. Il n'avait même pas envisagé cette hypothèse, mais maintenant, elle se fait plus nette, plus présente.

Quelle sera la réaction du syndicat du crime ?

Nul doute qu'elle risque d'être violente. Depuis si longtemps habitué à faire que ce qui lui plaît, la liquidation du gang du Bouddha est un sacré coup de semonce.

Francis se détend. D'abord, le syndicat va essayer de reprendre en main les restes de l'organisation. *Business is business*. Pour le reste, on verra bien !

Au milieu d'une énorme bourrasque de neige, il voit enfin sa maison et sourit. Il sent son cœur battre la chamade.

La grande demeure est illuminée comme aux plus beaux jours de fêtes.

Il accélère légèrement, pressé de serrer dans ses bras sa baronne.

Elle lui a manqué, terriblement manqué.

Une fois garé, il remarque que la voiture de Fabrice Genetelli est là. Il se précipite vers le perron et entre en coup de vent.

— La porte ! entend-il hurler.

Il s'exécute en souriant

— Quel accueil !

Il traverse son grand salon et enlace sa compagne.

— Myriam ! Ma Myriam ! Que je suis heureux de te savoir en vie. Cette séparation m'a été insupportable. Désolé de t'avoir imposé ce rôle de baronne.

— Ne t'excuse pas, je ne me suis jamais autant amusée. J'ai même gagné quelques sous au Casino de l'Impérial et...

Francis, aux anges, la suit du regard.

Bien vite, elle sort de son sac une liasse de papiers qu'elle tend ostensiblement à son compagnon.

— Qu'est-ce que c'est ?

— Des notes de frais !

— Tu ne perds pas le nord, toi.

— Jamais quand on parle argent.

Francis secoue tristement la tête tout en dardant un regard à faire fondre une banquise sur la femme de sa vie.

Il l'enlace et la couvre de baisers.

— Ta science du tir est tout simplement phénoménale ([56]).

— Flatteur ! J'ai quand même raté mon dernier tir. Et le type que j'ai laissé filer à bien failli tuer Rudi. C'est de ma faute.

---

[56] Voir « *Bellegarde-sur-Meurtres* » et « *Le mort de la Semine* ».

— Même les meilleurs peuvent flancher. Rassure-toi, Rudi ne t'en voudra certainement pas.

Francis redresse la tête et renifle bruyamment.

— Qu'est-ce que tu prépares ?

— Une méga raclette.

— À cette heure-ci ?

— Et alors, les émotions, ça creuse, et il n'y a pas d'heures pour les braves. D'ailleurs on a presque fini de couper tout un grand assortiment de fromages. Surtout le Brézain, ton préféré ([57]).

Francis coule un regard admiratif sur son analyste financier mis à contribution. Gêné, comme à son habitude, couteau en l'air, il lui fait un timide coucou de la main.

Au même moment, le bruit d'un bouchon de bouteille, lui rappelle qu'il a quand même un peu soif.

— Apremont ! claironne Myriam en apportant deux bouteilles bien fraîches ouvertes.

— Tu vois large.

— Je vous connais. Vous avez des descentes que je ne voudrais même pas faire en vélo... et c'est nettement mieux que le Gin.

Se sentant comme il a rarement été, le privé va à la cheminée, rajoute quelques bûches dans l'âtre rougeoyant et se laisse aller à rêver.

À l'écart, Stéphanie, visiblement éprouvée et très fatiguée, est elle aussi rêveuse. Plutôt songeuse.

— À quoi vous pensez ? Je vous vois soucieuse, tout s'est pourtant bien passé ! dit Fanny à peine rentrée.

---

[57] Brézain est une marque commerciale créée en 1991 et apposée sur un succulent fromage transformé à la Balme-de-Thuy, en Haute-Savoie. C'est un fromage à base de lait de vache au goût fruité et fumé. La particularité de sa fabrication réside dans une exposition à un feu de bois de hêtre qui lui confère une texture fondante et une croûte brune-orange. Il se présente sous la forme d'un gâteau doré. 500 tonnes sont produites par an.

La belle Angevine coule un regard chaleureux sur la nouvelle recrue de Mondial Protection et répond :

— Je m'inquiète pour Julien. Je l'aime bien ce môme. Avec ce qu'il a vécu, il va devoir se reconstruire et...

— Son père s'en occupe. Ils viennent tous les deux de quitter le domaine pour faire un long, très long voyage, claironne le Gascon en surgissant du sous-sol.

— Tu as des infos ? demande Francis dont la réaction en professionnel n'est jamais bien loin.

— Ouais ! dit-il en posant d'autres bouteilles d'Apremont sur la grande table. Pendant que je surveillais le démontage de notre opération en bon ordre, j'ai entendu Barnier en parler à Rudel. Rosswald a décidé de se dédier essentiellement à son gosse. Ces deux-là vont avoir des tonnes de choses à se dire.

— Il est parti comme ça ?

Le Gascon claque des doigts.

— Aussi simple que ça. Il a congédié tout le personnel et a fermé la maison. Elle est vide.

— Du coup, on ne peut pas savoir qui est le Serpent. Victor le cuistot, Thérèse ou Martine, les gouvernantes, Edmond, le jardinier, et Pierre, l'homme à tout faire.

— Exact, d'autant plus qu'une opération conjointe de la police genevoise et des équipes de Rudel menée cette nuit même, a permis l'interpellation du peu recommandable Norriega. Très sollicité, il allait révéler l'identité du Serpent pour atténuer sa peine, quand il a eu un malaise.

— Un malaise ?! Tu veux dire que...

— Oui, je veux dire. Norriega a claqué avant de tout dire. Crise cardiaque. C'est fragile, ces petites choses.

Déçu, Francis siffle un verre entier d'Apremont sous le regard meurtrier de Myriam.

— De toute façon, on le reverra très vite.

— Tu crois ?

— J'en suis sûr. Quand le Serpent va se rendre compte que le collier qu'il a volé ne vaut pas un kopeck, sois certain qu'il va vite revenir se venger et demander des comptes. Ce genre de voleur de haut vol n'aime pas être cocufié. C'est mauvais pour l'image de marque.

— Et nous on sera là ! précise Hervé en entrant à son tour, les bras remplis de victuailles.

— Exact !

— Dis-moi Gascon, Rudel, tu as des échos ?

— Eh ben, on ne peut pas dire qu'il te porte dans son cœur, mais d'un autre côté, il admet que tu as raison. Vous avez le même objectif mais pas les mêmes moyens.

— Il est coincé. Moi je peux agir et ma façon dans le contexte actuel, est la seule qui soit efficace.

— N'empêche que le copain t'en veut de l'avoir pris pour une bille, surtout quand il m'a reconnu sans ma cagoule.

— Il le sera encore plus quand il apprendra que...

— Des nouvelles de l'hôpital ? demande à brûle-pourpoint Myriam.

Hervé répond.

— Ouais, madame ! Tous nos gars sont sortis d'affaire. Rudi aussi. D'ici quelques semaines, il pourra gambader comme si de rien n'était.

— Voilà qui est rassurant.

Le Gascon se laisse lourdement tomber dans un canapé et, en posant ses deux bras sur le dossier de cuir, demande :

— Au fait ! Vous avez vu le dispatcheur ?

— Il m'a dit qu'il nous réservait une surprise ! répond Hervé en enfournant quelques morceaux de saucisson.

— Aïe ! C'est ce que je craignais, déplore Francis en serrant les dents.

Hervé regarde ses collègues, ne comprenant pas vraiment leurs attitudes crispées.

— Ben quoi ? Qu'est-ce que j'ai dit ?

— Rien, rassure-toi, dit le Gascon en lui collant une tape amicale sur l'épaule. Quand tu connaîtras mieux le bonhomme, tu comprendras.

Au même moment, la porte d'entrée s'ouvre violemment et une bourrasque de neige s'engouffre dans l'entrée.

Une sorte de bonhomme de neige surgit alors de façon fracassante.

— Oyez, oyez, bonnes gens !

Un « la porte » tonitruant et en chœur lui répond.

Loin de se laisser intimider par la vigoureuse exhortation, le dispatcheur secoue brutalement la tonne de neige qu'il a sur sa parka et lève bien haut une photo de belle taille.

— Oyez, oyez, braves gens !

— Tu commences à comprendre ?

Atterré, Hervé secoue lentement la tête.

— Je suis le dispatcheur et je viens vous apporter une bonne nouvelle ! Un évènement sans précédent vient de se produire !

Fanny court fermer la porte pour stopper l'invasion de neige, tandis que le dispatcheur, insouciant et fier, s'immobilise en plein salon et, affectant une attitude de profond recueillement, il lève à nouveau l'immense photo qu'il a amenée et la montre ostensiblement.

— Non, j'y crois pas ! s'exclame Francis.

— C'est pas possible. On l'a déjà en chair et en os, on l'a en photo maintenant ! En pied et sur support rigide !

— Rien ne nous sera épargné, constate tristement la belle Angevine qui meurt d'éclater de rire.

— C'est quoi cette bonne nouvelle ? demande Francis guère emballé. Il s'attend à tout.

Le dispatcheur fait durer le plaisir et prend un temps infini à regarder ses amis les uns après les autres avec un sourire goguenard qui rend le Gascon particulièrement nerveux.

À l'écart, Genetelli, sidéré, reste immobile, couteau en l'air.

— Mesdames et messieurs, je suis venu pour vous annoncer la mort du dispatcheur qui coïncide avec la... renaissance de Stanislas « Stan » Jourdan ! Stan, l'invulnérable, l'irremplaçable, l'inoxydable, la terreur des gangs ! Par rapport à moi, Attila était moins dangereux que Spirou !

— Intéressante comparaison.

— Ça va sûrement plaire à Attila.

— Ou à Spirou, ça dépend.

— C'est ça, fichez-vous de moi. N'empêche que j'ai été l'indispensable cheville ouvrière de votre réussite. Je vous ai en permanence portés à bout de bras, veillant sur vous comme une mère-poule !

Déçu par l'impassibilité de son auditoire, Stan reprend :

— Ben quoi ? On n'applaudit pas ? Les photos c'est pour ça, il y en a une pour chacun d'entre vous. Pour que vous sachiez bien qui je suis.

— Oooh, pour ça, pas de souci ! ironise quelqu'un.

Un silence de plomb s'abat ensuite sur la grande pièce.

— Les douze plaies d'Égypte, tu connais ? murmure le Gascon à l'oreille d'Hervé.

— J'ai quelques souvenirs de mon catéchisme.

— Eh ben, c'est la même chose, mais à la puissance dix.

— Non !?

— Si !

Cette fois-ci, vexé par le peu d'enthousiasme de ses collègues, Stan n'entend pas en rester là.

— N'empêche que, sans le dispatcheur, vous ne seriez jamais arrivés à la prendre d'assaut cette putain de tour ! C'est grâce à moi et...

— T'as vidé combien de chargeurs ? demande rudement le Gascon.

Surpris, le fanfaron ne sait plus trop quoi répondre.

— Mais ça n'a rien à voir, car je...

— J'en ai vidé sept !

— Moi, cinq, ajoute Stéphanie.

— Quatre pour moi, dit Hervé.

— Pareil ! conclut Fanny qui commence un peu à comprendre.

Un silence se fait, uniquement interrompu de temps à autre par les bruits venant de la cuisine attenante. Myriam apporte les patates.

Stan tient à gagner la partie.

— Ouais, ben moi, je retiens que sans mon action, vous étiez tous dans la merde ! Ouais !

Condescendant, Francis s'approche et le prend chaleureusement par l'épaule.

— Écoute-moi, ma poule, même si nous divergeons sur quelques points de stratégie, cela ne nous empêche nullement de t'inviter à notre table. Pourtant, je n'ai pas l'impression que tu le mérites vraiment.

Une hilarité générale ponctue l'offre amusée du privé.

— Quoi ? Mais j'ai pris tous les risques, moi ! Je suis...

— Tu es égal à toi-même. Alors, je t'en conjure, n'en rajoute pas, c'est déjà assez difficile comme ça. OK, ma poule ?

Vexé, Stan hausse les épaules à plusieurs reprises.

— Vous vous en repentirez ! promet-il. Quand je vais raconter ça à Finette !

— Mais bien sûr ! ricane Francis, alors que le Gascon s'est rapproché des deux nouveaux membres de Mondial Protection.

— Je me demande si, finalement, je ne préférais pas plutôt le savoir mort que vivant ? ironise-t-il.

— Ouaip ! ajoute Fanny en secouant ostensiblement la tête.

— Si vous voulez, je peux vous arranger ça, moi, propose Hervé d'une voix désinvolte en pianotant sur le canon de son arme.

Faussement sérieux, le trio et Stéphanie se consultent du regard avant d'éclater d'un rire tonitruant.

Furieux, Stan va d'un petit groupe à un autre pour tenter de plaider sa cause.

Peine perdue !

— À table ! crie Myriam.

Alors que tout le monde se précipite avec enthousiasme et en rigolant ouvertement vers la méga raclette qui n'attend que leurs papilles voraces, Stan, dépité, continue à parler tout seul.

Francis s'assoit puis, voyant que son remuant ami, déboussolé, reste perdu dans ses pensées, il se redresse et l'observe quelques secondes au milieu d'une cacophonie hallucinante où s'entremêlent rires, toasts, verres qui s'entrechoquent et exclamations diverses.

— C'est non seulement indigne, mais je resterai à jamais un génie incompris. Et quand j'ai fait semblant d'être assassiné, à Nice, mon art a atteint des sommets totalement insoupçonnés ! Tout le monde s'est fait avoir ! Je suis un génie ! Un pur génie ! Bon sang, au lieu de vous empiffrer dans la joie et la bonne humeur, bande d'ingrats, vous pourriez m'écouter quand même ! Reconnaissez-le enfin que je suis génial ! Dites-vous bien qu'il faut que justice me soit ren...

— Stan !

— Ouais ?

— La ferme !

— Mais je n'ai pas terminé. Il faut que...

— La fer-me !

Le ton est si péremptoire que Stan, surpris, ne réagit même pas. Il est sonné.

— Bon !

— Pose ton bazar et viens manger ! ... Terreur incomprise !

FIN

MON EDITION – Nîmes – Tél. : 04 66 67 34 65
Imprimé et façonné en France décembre 2018
Dépôt légal : décembre 2018